KU-315-110

Właśnie dlatego że było,
powtórzenie staje się nowością.

Søren Kierkegaard

Paweł Huelle
Castorp

Wydawnictwo Znak
Kraków 2009

Opracowanie graficzne
Przemysław Dębowski

Fotografia na okłsdce
Robert Holmgren / Getty Images / Flash Press Media

Opieka redakcyjna
Karolina Macios

Korekta
Aleksandra Małysiak

Wydanie pierwsze ukazało się nakładem wydawnictwa
słowo/obraz terytoria

© Copyright by Paweł Huelle

ISBN 978-83-240-1254-1

 Książki z dobrej strony: www.znak.com.pl
Społeczny Instytut Wydawniczy Znak, 30-105 Kraków, ul. Kościuszki 37
Dział sprzedaży: tel. (012) 61 99 569, e-mail: czytelnicy@znak.com.pl

Castorp

LEICESTER CITY
LIBRARIES

G & C	26/5/10
	£14.95

Rozdział I

Zanim podjął tę podróż, która – co tu ukrywać – dla jego młodego serca była trochę jak wyzwanie do wielkich, acz nieokreślonych jeszcze czynów, odbył długą rozmowę z konsulem Tienappelem. Zażywny i poczciwy staruszek nie mógł na sam początek zrozumieć prostej idei semestrów wschodnich, a kiedy Hans Castorp wyjaśnił mu ją nieco filozoficznie, stosując prostą zasadę analogii, wujaszek podniósł się z kanapy i przemierzając salon tam i z powrotem, wygłosił coś w rodzaju politycznego przemówienia. W sposób niezwykle ekspresyjny jak na jego flegmatyczną naturę przedstawił w paru zdaniach ogólny zarys dziejów świata, Europy, wreszcie Niemiec samych, w którym to schemacie dla Wschodu jako takiego noty najwyższe nie były w ogóle przewidziane.

– Te twoje porównania – powiedział, zatrzymując się nagle przy oknie – jakkolwiek przepełnione właściwym z punktu widzenia człowieka naszej sfery dystansem, są przecież nie na miejscu. Czasy, kiedy nasi przodkowie wyruszali do Tallina, Rygi, Królewca czy Gdańska, minęły bezpowrotnie. To prawda: nie założysz kantoru ani nie przywdziejesz rycerskiego płaszcza, bo chcesz budować statki. Ale jaką tam mogą mieć politechnikę? Na pewno marną, powiadam ci, mój drogi – marną, cóż to za szkoła, która nie istniała jeszcze parę lat temu? A ponadto – tu konsul Tienappel niemal przywarł twarzą do szyby i z niezrozumiałych dla Castorpa powodów ściszył głos – należy unikać sytuacji, w których wypracowane z takim trudem formy mogą pogrążyć się w chaosie.

Wszystko to razem było zdumiewające do tego stopnia, że nieprzywykły do takiej aktywności staruszka Castorp śledził jego ruchy i słowa z na wpół otwartymi ustami, co wyglądało tak, jakby przez cały ten czas brakowało mu z wrażenia tchu. Wreszcie, przełamując nieśmiałość, zwrócił się do konsula.

– Ależ, drogi wuju, przemawiasz do mnie, jakbym rzeczywiście wyruszał na wojnę lub co najmniej w odległe i niebezpieczne krainy, skąd powrót jest wprawdzie możliwy, ale niekoniecznie pewny. Sądzę, że tam, gdzie bez trudu dociera żelazna kolej i dokąd zawijają parowce naszych stałych linii żeglugowych, nie może być niebezpiecznie. Myślisz, że popełniam błąd?

– Sofistyka, mój drogi – konsul odwrócił twarz od szyby i spojrzał uważnie na Castorpa – tak typowa dla młodości, a także brak doświadczenia, wszystko to powoduje, że nie ma sensu, bym dalej tłumaczył ci moje racje. Oczywiście nigdy nie zamierzałem i nie zamierzam wpływać na twoje decyzje. Tak, mój drogi, chciałem cię tylko ostrzec. Bynajmniej nie przed jakimś konkretnym niebezpieczeństwem, które czyha na człowieka w podróży zawsze i wszędzie. To jest jedynie, by tak rzec, rada duchowa, troska starego i życzliwego ci człowieka, abyś nie poplątał tej nici Ariadny, którą sam trzymasz w dłoniach.

Przy tych ostatnich słowach wujaszek znów odwrócił twarz do okna i wyglądało to tak, jak gdyby przed domem Tienappelów od strony rzeki i ogrodów wydarzyło się coś niezwykłego, czemu konsul – mimo niedokończonej przecież konwersacji z krewnym – musiał poświęcić natychmiastową i wyłączną uwagę. Ale, rzecz jasna, nic takiego na trawniku nie zaszło i Castorp, zdumiony jeszcze mocniej niż przed chwilą zachowaniem wuja, uniósł się z fotela, podszedł do okna i stając tuż obok konsula, powiedział, spoglądając na rozciągające się daleko miejskie plantacje róż:

– Kochany wuju, czy jesteś zdenerwowany? Gdybym kiedykolwiek przewidywał, że mój pomysł podróży na Wschód wpędzi cię w taką dystrakcję, że sprawi ci tyle kłopotu, może nawet zmieniłbym plany albo – tu młodzieniec uśmiechnął się pod nosem w charakterystyczny dla siebie sposób – ukryłbym przed tobą prawdziwy cel podróży.

– Niesłychane! – konsul zabębnił palcami prawej dłoni po parapecie. – Zdumiewające, sam widzisz, do czego to wszystko prowadzi! W naszym domu nigdy nie musiałeś kłamać, tymczasem wystarczyła sama idea tej podróży, sama myśl powzięta jeszcze bez konkretów, a już w twojej głowie rodzą się rzeczy okropne, niegodne ani twojego nazwiska, ani tradycji całej naszej rodziny! – Tu konsul Tienappel odwrócił się wreszcie od okna i spojrzał uważnie w twarz młodzieńca. – Naprawdę mógłbyś mnie okłamać? Cóż to za edukację otrzymują dziś młodzi ludzie w gimnazjach?! Za moich czasów samo wyznanie takiej możliwości byłoby nie do przyjęcia, pojmujesz to?

Hans skłonił lekko głowę, co oznaczało w sposób naturalny przyjęcie uwag wuja ze spokojem i powagą. Ale mimo wszystko chciał odpowiedzieć konsulowi, że owszem, rozumie zupełnie inaczej ideę wschodnich semestrów, niż wuj był łaskaw to pojmować, chyba opacznie lub zgoła powierzchownie biorąc ironiczną deklarację krewnego. Pozostawał też czynnik finansowy, o jakim nawet nie wspomnieli: studia na Wschodzie w zupełnie nowej szkole były o połowę tańsze dzięki dotacjom rządu, co dla Castorpa, który korzystał wprawdzie z gościnności domu Tienappelów bez ograniczeń, lecz rozporządzał skromną w istocie rentą kapitałową po swoim dziadku i ojcu – nie mogło nie mieć znaczenia. Jednak zamiast tych wyjaśnień Castorp powiedział tylko:

– Nić Ariadny? Chaos? Zupełnie nie pojmuję, drogi wuju, jaki to może mieć związek z moim pobytem w Gdańsku. Przypuszczam, że na tamtejszych ulicach ludzie ubrani są podobnie do nas, w stoczniach budują nie gorsze niż tu okręty, popołudnia lubią spędzać w kawiarniach tak samo jak my, nie stronią od książek i koncertów, słowem, jeżeli mogę spytać wprost: dlaczego użyłeś sformułowań, które sugerują, że znajdę się w jakimś dziwnym i zgoła niebezpiecznym labiryncie? Białe plamy dawno już zniknęły z naszych map.

– Jesteś optymistą jak twój dziadek – konsul Tienappel rozchmurzył nagle czoło. – A co do labiryntu i nici, którą każdy trzyma w dłoniach, miałem na myśli młodość, także twoją. Zważ, proszę, jak łatwo zboczyć z raz obranej drogi. Nic nieznaczące słowo, chwila słabości, moment zapomnienia mogą obrócić wniwecz starania wielu lat. Na Wschodzie takie rzeczy zdarzają się po prostu częściej, choć racjonalnie nie da się tego uzasadnić. Pragnę, byś o tym wiedział i pamiętał, i życzę ci, mój drogi, tej samej stanowczości tam, co tutaj. Nasz dom będzie dla ciebie zawsze stał otworem, wiedz, że nie traktuję cię inaczej niż moich własnych synów.

Przy tym ostatnim zdaniu konsul Tienappel położył swoją dłoń na ramieniu krewnego i pewnie dlatego zabrzmiało ono niczym biblijne błogosławieństwo. A przynajmniej takim być powinno w intencjach samego wuja. Natychmiast po jego wypowiedzeniu, wyjął z kieszeni surduta wielką kraciastą chustkę i otarł nią oczy, pod którymi Hans Castorp nie dopatrzył się wszakże ani jednej łzy.

W następujących po sobie szybko dniach września, kiedy na Esplenadzie pojawiły się już dojrzałe kasztany, a nad dachami Giełdy i Domu Hanzy prawdziwie jesienne cumulusy, zajęty przygotowaniami do podróży Hans Castorp nie miał czasu wracać myślami do tej rozmowy, choć zdawał sobie doskonale sprawę, jak niezwykły stanowiła wyłom w domowych obyczajach konsula Tienappela. Korespondencja z panią Wybe, u której wynająć zamierzał stancję, kompletowanie zapasu bielizny w najlepszych magazynach, uzupełnienie garderoby, z czym wiązały się dwukrotne nieraz w ciągu dnia wizyty u krawca, czy wreszcie lokata części swoich rachunków do wybranego z rozwagą i namysłem Banku Zbożowego w Gdańsku, a także sporządzenie listy niezbędnych przyborów toaletowych, których nie powinno mu zabraknąć w dalekim mieście – wszystko to zaprzątało Hansa Castorpa bez reszty. Miał także pewien dylemat, o którym powiedzieć możemy wyrozumiale, iż był młodzieńczy i w dużym stopniu związany z jego trzeźwą, acz niepozbawioną sentymentu uczuciowością. Jaką mianowicie drogą winien odbyć tę podróż? Przyszły budowniczy okrętów zrazu nie miał wątpliwości, że najbardziej stosowny byłby w tych okolicznościach statek, najlepiej handlowy, z kilkoma tylko kajutami przeznaczonymi dla pasażerów. Z drugiej jednak strony, gdy myślał o połączeniach kolejowych i z uwagą studiował rozkłady jazdy, nie mógł nie oddać się pewnemu wspomnieniu, które niespodziewanie powracało do niego, pochylonego nad mapą, kilka kwadransów przed zaśnięciem. Ojciec i matka stali na oświetlonym rzęsiście gazowymi lampami peronie berlińskiego dworca, przy którym czekał już pociąg do bałtyckiego kurortu. Dzień spędzony w stolicy pełen był słońca, dźwięków wojskowej orkiestry, bąbelków lemoniady, zgrzytu hotelowej windy i rozgwaru rozmów, które ojciec toczył z kilkoma poważnymi kupcami na tarasie kawiarni. Hans Castorp nigdy nie miał się dowiedzieć, czy jechali wówczas przez Berlin z powodu interesów hamburskiej firmy ojca, czy też dla zasięgnięcia konsultacji u światowej sławy lekarza, profesora Landaua, który zapisał matce jakieś egzotyczne krople. Drobne wątpliwości blakły jednak zawsze wobec siły wspomnienia tamtej podróży. Sypialny przedział, oblany nikłym światłem elektrycznej lampki, jak tajemniczy kufer przesuwał się przez noc. To z niej wyłaniały się obrazy zapamiętane już na zawsze: okna śródmiejskich kamienic, w których sylwetki ludzkie przypominały wycięte z czarnego papieru figurki, puste perony prowincjonalnych stacji, samotne domki dróżników czy wreszcie welon porannej mgły, przechodzący za każdym razem we wspomnieniu w oślepiającą biel piaszczystych wydm, pośród których spędził wówczas mały Castorp kilkanaście najszczęśliwszych dni lata.

Wybór nie był więc łatwy: za podróżą statkiem przemawiało bliżej nieokreślone poczucie zawodowego obowiązku, kolej natomiast oferowała przyszłemu budowniczemu okrętów z góry określoną przyjemność zanurzenia się w czasie przeszłym dokonanym. Ostatecznie wybrał tę pierwszą możliwość i zaopatrzywszy się w bilet Północnoniemieckiego Towarzystwa Żeglugowego Lloydsa, dwudziestego ósmego września przekroczył trap „Merkurego", który, napędzany nowoczesną machiną parową, obrał kurs na Gdańsk, prując siwe fale morza z prędkością jedenastu węzłów. Kiedy za rufą drobnicowca zniknęły ostatnie dźwigi hamburskiego portu, wsparty o reling pasażer Hans Castorp odczuł nieznany mu dotąd rodzaj wzruszenia. Po raz pierwszy opuszczał swoje rodzinne miasto nie dla zimowego czy letniego wypoczynku, ale po to, by zmienić bieg życia. Myślał o tym, patrząc, jak potężna siła obrotowej śruby wyrzuca nieustannie spienioną, ciemną masę wody. Wzburzony kilwater ciągnął się za rufą „Merkurego" wiele dziesiątków metrów i wreszcie znikał gdzieś daleko, wchłonięty przez żywioł.

Była w tej ruchliwości jakaś niepokojąca stałość, bezruch osiągnięty najwyższym natężeniem zmiany; ostatecznie pół mili za statkiem woda wyglądała tak, jakby nie przeorały jej przed chwilą setki ton stali, uformowane przez człowieka. Spostrzeżenie to, jakkolwiek oczywiste, zafrasowało Hansa Castorpa. Czyż nie podobnie mają się sprawy ludzkie? Nieustanny ruch zamiera nagle bez śladu w nieokreślonym punkcie horyzontu i to wszystko. Pastorzy mówią wprawdzie w takich chwilach o wieczności, filozofowie o pamięci, rodziny stawiają nagrobki i wspominają zmarłych, wszystko to jednak służy pragmatycznie żywym i nie zmienia postaci rzeczy; odchodzimy bez śladu, bezpowrotnie. Rozmyślając w ten sposób, młody podróżny wsparty o reling liniowego parowca odkrył nie bez pewnego zaskoczenia, że owa ciemna, pesymistyczna tonacja, która nigdy jeszcze nie zagościła w jego duszy na dobre, teraz manifestuje swoją ugruntowaną tam obecność. Przypominało to muzyczny motyw w tonacji moll nieznanego autorstwa, który odbity echem nie wiadomo skąd, powracał jak fala. Przy tym wszystkim Castorp odkrył coś jeszcze: znajdował mianowicie pewien rodzaj przyjemności, aby motywu tego od siebie nie oddalać; przeciwnie – wsłuchiwał się weń z upodobaniem.

– Proszę założyć pelerynę! – tubalny głos spadł na młodego pasażera z łoskotem większym niż huk fali. – Tych małych kropelek nie widać ani nie czuć, ale za chwilę przemoczą pana do bielizny i zapalenie płuc gotowe. A my tutaj nie zajmujemy się leczeniem.

Zdumienie widoczne na twarzy Castorpa musiało być istotnie głębokie, skoro dziobatą twarz bosmana rozjaśnił przelotny uśmiech, z którym dodał rzeczowo: – Peleryny dla pasażerów są wydawane przy oficerskiej mesie, nie powiedziano panu o tym? No tak, nie mamy specjalnego oficera, żeby tu państwem się zajmował.

Powiedziawszy to, marynarz obrócił się na pięcie i nie dając podróżnemu najmniejszej szansy na zdawkową choćby odpowiedź, ruszył na lewą burtę, przeskakując swobodnie liny zwinięte pod kabestanem. I chociaż Castorp nie obawiał się zapalenia płuc, mając na sobie kurtkę ze szkockiej wełny, musiał przyznać bosmanowi rację: wilgoć tężała z minuty na minutę i lepiej było w ogóle zejść z pokładu niż dopytywać się o pelerynę. W ten sposób nasz podróżny przerwał swoje młodzieńcze rozważania, jak się to mówi – w samą porę – bo kiedy szedł już wąskimi schodkami do kajuty, na śródokręciu rozległ się mocny, donośny dźwięk dzwonu, który wzywał pasażerów na pierwszy wspólny posiłek.

Razem z Castorpem było ich czworo: pani de Venancourt podróżowała do Gdańska, gdzie jej mąż od dziesięciu już lat usiłował bezskutecznie odzyskać podmiejską posiadłość, należną mu po francuskich przodkach. W Hamburgu, dokąd przybyła z Bordeaux liniowcem holenderskim, przesiadła się na „Merkurego", zachęcona korzystną ceną biletu; Kiekiernix reprezentował belgijską spółkę drzewną, choć był Holendrem i nie omieszkał tego faktu podkreślić na samym początku; pastor Gropius natomiast, po dwudziestu latach spędzonych wśród najczarniejszych plemion bantustanu, rok tułał się po Niemczech w poszukiwaniu parafii, aż wreszcie otrzymał propozycję w jednej z wsi na wyżynie, skąd – jak zapewnił go listownie radca konsystorialny Holle – w pogodne dni widać gotyckie wieże starożytnego Gdańska.

Wszystkich niezwykle grzecznie, choć powściągliwie, przywitał kapitan „Merkurego", pan Mattias Hildebrandt, po czym oddalił się do swoich obowiązków. Podano tłusty rosół z makaronem, solidną sztukę mięsa w chrzanowym sosie, kartofle, brukselkę, zasmażoną marchewkę z groszkiem, kwaszoną kapustę. Pani de Venancourt popijała francuskie *vin de table*, które steward, na jej wyraźne życzenie, godzinę wcześniej ustawił w karafce na stole, aby nabrało odpowiedniej temperatury. Hans Castorp, podobnie jak pastor Gropius, zadowolił się niezbyt dobrym gatunkiem pilznera. Tylko kupiec Kiekiernix przyszedł do stołu zaopatrzony we własny trunek. Była to wódka ryżowa sprowadzana z Chin, którą przedstawiciel spółki drzewnej dolewał sobie z zielonej butelki w pokaźnych rozmiarów czarkę i wychylał jednym haustem po każdej porcji sumiennie przeżutego jadła.

Wszyscy oprócz Hansa Castorpa mówili głośno, jak gdyby właśnie rozpoczęta podróż wywoływała w nich euforię, dzięki której ci zupełnie przypadkowi ludzie nagle stali się wesołą gromadką uczniów, uwolnioną na czas wycieczki – rzecz jasna w granicach określonych regulaminem – od surowej reguły szkolnych murów. Pani de Venancourt bez najmniejszego skrępowania nazywała pruskie sądownictwo bandą kapuścianych głąbów. Kiekiernix informował zebranych, że miasto, do którego się udają, to zapyziała i prowincjonalna dziura, czego dowodem mógł być fakt, że nie ma tam teatru na poziomie. Pastor Gropius pomstował na jezuitów: ich misja doprowadziła do tego, że czarne owieczki nie tylko odrzuciły wyznanie ewangelicko-augsburskie, ale w ogóle chrześcijaństwo, podpalając domy wszystkich białych, na czym oczywiście skorzystali obłudni Anglicy, zająwszy bezprawnie cudze terytoria. Przez chwilę temat angielski zdecydowanie połączył tę trójkę we wspólnym froncie. Dla pani de Venancourt ideał dżentelmena był wymysłem wyspiarskiej megalomanii: spotkała wielu Anglików i żaden nie posiadał prawdziwie dobrych manier. Poza tym poeci angielscy stanowczo są przereklamowani. Kiekiernix wyliczał ich niewiarygodny faryzeizm i wiarołomstwa w handlu opium na wodach Azji. Gropius uważał, że kościół anglikański nigdy naprawdę się nie zreformował i prędzej czy później – choć brzmi to może fantastycznie – wróci na łono papieża. W tym momencie, zupełnie bez związku z konwersacją, Hans Castorp zakaszlał, ponieważ mała chrząstka utkwiła mu w przełyku.

– A pan – Kiekiernix przechylił się do niego nad stołem – właściwie co o tym wszystkim sądzi, młody człowieku?

– Cóż – odparł zagadnięty, upiwszy łyk piwa. – Właściwie to nic. Mówią państwo o tak różnych rzeczach, doprawdy, trudno je ogarnąć, a cóż dopiero połączyć. Obawiam się zresztą, że oczekujecie w tej chwili bardziej potwierdzenia własnych tez niż głosu w dyskusji. Otóż nie znam się na handlu opium. Nie wiem, jakie są zasady anglikańskiego kościoła. Zaś co do dżentelmenów: mój ojciec, który miał rozległe stosunki handlowe z Anglią, twierdził, że jest w nich więcej ogłady niż u nas. Czy to państwa zadowala?

– A zatem jest pan po ich stronie – pani de Venancourt utkwiła w Hansie Castorpie znaczące spojrzenie. – Czułam to od razu!

– Jeżeli jest pan katolikiem, przepraszam za mój być może rozgorączkowany ton. Co do jezuitów nie mogę jednak zmienić zdania: to wilki w skórze baranków – wtrącił pastor Gropius. – Proszę mi wierzyć, *ergo* Anglicy to nic innego jak jezuici polityki i wszyscy się o tym niedługo przekonamy.

– Tak się składa – odparł spokojnie Castorp, patrząc na Gropiusa – że jestem tego samego co pan wyznania. Odpowiadając zaś na pani kwestię – zwrócił się do Francuzki – to wyznam, że współczesny człowiek, korzystający z dobrodziejstwa postępu i nauki, powinien być wolny od uprzedzeń. Cóż bardziej niesprawiedliwego niż przypisywanie sąsiadom wszystkich okropnych cech charakteru? Zapewne jest pani wiadomym, jakie rzeczy potrafią wygadywać o Francuzach moi rodacy, nie wspominając już Anglików.

– Mówi pan jak filozof – Kiekiernix przechylił czarkę i otarł usta serwetą. – Więc dobrze, teoretycznie ma pan rację, ale w praktyce to się zupełnie nie sprawdza.

– Udaję się do Gdańska – Castorp nie dał się zbić z tropu – by studiować budowę okrętów. W dziedzinie ludzkiej myśli, technicznych wynalazków nie ma, bo być nie może, takich uprzedzeń, o jakich państwo mówią. Gdyby nie Watt i Stephenson, dziś pływalibyśmy nadal pod żaglami. Galileusz dokonał największych odkryć dzięki holenderskim optykom. Pasteur wynalazł swoją szczepionkę nie tylko dla Francuzów. A Malpighi? Leevwenhoek? Newton? Leibniz? Łomonosow? Niech państwo sobie tylko wyobrażą: odrzucać epokowe odkrycie albo wspaniały wynalazek, tylko dlatego że uczony, który go dokonał, pochodzi z nielubianej nacji. Czy to nie absurd? Dokąd zaszłaby ludzkość, gdyby stosować tę zasadę? To samo, o ile je rozumiem, tyczy się nieśmiertelnych dzieł sztuki. Czy kiedy słuchamy Mozarta, musimy pamiętać, że był Austriakiem? Sonata Scarlattiego jest piękna nie dlatego, że był Włochem.

Wyznajmy, drogi czytelniku, że była to pierwsza mowa Hansa Castorpa na forum publicznym, jeśli nie liczyć dawno już zapomnianego występu w gimnazjum, pod tytułem „Co zawdzięczamy starożytnym Grekom?", za który otrzymał notę celującą. Teraz, przy oficerskim stole „Merkurego", gdy wybrzmiały ostatnie słowa o sonacie Włocha, zapadła przejmująca cisza, wypełniona jedynie równomiernym taktem parowej machiny, dobiegającym nieustannie z maszynowni. Steward podawał leguminę, kawę, herbatę i ciasteczka.

– Brawo! Doskonale! – schrypnięty głos rozległ się za plecami rozmawiających. Wszyscy obrócili się w stronę drzwi. W przejściu do oficerskiej mesy stał pierwszy mechanik „Merkurego", Thomas Fiedler. Jego wyprostowana postać, jego siwa, z zegarmistrzowską precyzją przystrzyżona broda, jasne i prostolinijne spojrzenie błękitnych, nieco wyblakłych oczu, wreszcie aura munduru, który doskonale zdawał się podkreślać zalety jego charakteru – wszystko to wywarło na zebranych nieodparte wrażenie, że mają do czynienia z człowiekiem wyjątkowym.

– Państwo wybaczą – przedstawił się imieniem i nazwiskiem – ale przysłuchiwałem się ostatniej kwestii waszej konwersacji. Ten młody człowiek – wskazał ruchem głowy Castorpa – przynosi zaszczyt nie tyle sobie, lecz wszystkim, którzy kształtowali jego umysł i serce. Wprawdzie nie znam się na sztuce, ale wiedza, technika i postęp są to dziedziny, które dowodnie obrazują, jaką drogą winniśmy kroczyć, by godnie zasługiwać na miano *homo sapiens*. A teraz miłe obowiązki – uśmiech pierwszego mechanika był niezwykle sympatyczny. – Po deserze zapraszam państwa na zwiedzanie naszego serca, to jest siłowni okrętowej.

Pani de Venancourt wymówiła się lekką migreną, która w huku i gorącym powietrzu dolnych pokładów mogłaby stać się niebezpiecznie ciężka. Kiekiernix widział już tyle razy maszynownię, że wolał zostać przy kawie i cygarze. Pastor Gropius natomiast, jakkolwiek doceniał trud wszystkich ludzi ciężkiej pracy – co podkreślił głębokim ukłonem głowy w kierunku Thomasa Fiedlera – nigdy nie mieszał spraw duchowych, które mu były przeznaczone, z materialnymi aspektami ludzkich działań, *ergo* odmówił najuprzejmiej. Tak więc Hans Castorp obmywszy palce w miseczce z wodą podanej przez stewarda, podziękował współpodróżnym za posiłek i zstąpił z pierwszym mechanikiem do trzewi statku.

Pouczająca to była eskapada pod każdym względem. Wychowany w żywiole portowego miasta bohater nasz nie stronił od wizyt na frachtowcach, które od czasu jego dzieciństwa zdążyły przejść metamorfozę od żagli po machiny. Widział, co prawda, niejedną już siłownię, znał ich budowę, słuchał wyczerpujących informacji, ale ujrzeć potężne mimośrody tłoków, które wielkimi łapskami obracały równomiernie korbowy wał, zobaczyć ciśnieniowe kotły z manometrami drżącymi od napięcia, słyszeć ten nieustanny szum i łoskot siły ujętej w karby przez człowieka, słowem: być w środku tego serca na pełnym morzu, przy nieustannej pracy wszystkich mechanizmów – było to doświadczenie nowe, zdecydowanie głębsze od obserwacji podobnych konstrukcji w stanie spoczynku.

Inżynier Thomas Fiedler okazał się rzeczowym przewodnikiem. Spraw oczywistych nie tłumaczył. Choć miał w pamięci wszystkie dane, nie zasypywał gościa kaskadą cyfr. Tam, gdzie uznawał za stosowne, wstrzymywał krok, by wypowiedzieć kilka uwag, zwłaszcza pod kątem przyszłych zadań, jakie w czas praktyk mogą być postawione przed studentem. Umiał też zajmująco mówić o badaniach, tych, które w zakładach naukowych rozwiążą wiele koniecznych i praktycznych kwestii. Kiedy pierwszy mechanik „Merkurego" dzielił się z Castorpem problemem wytrzymałości materiału czy też zagadnieniem zmniejszania strat energii, znać było, że ma duszę naukowca. Ale nie tylko tym ujął przyszłego inżyniera. W kotłowni, gdzie zaszli już na koniec, wskazał mu dwóch palaczy sypiących właśnie węgiel w paszczę pieca. Ich praca, okrutnie ciężka i niewdzięczna, zasługiwała zdaniem mechanika nie tylko na szacunek, ale i uwagę. Każdy ruch szufli, półobrót ciała, przesunięcie punktu ciężkości z nogi na nogę, wszystko to było doskonale wywiedzione z praw fizyki, tak aby zbędne ruchy, wydatkujące niepotrzebnie cenną energię, ograniczyć niemal do zera. A przecież ludzie ci, prości, bez wykształcenia, nie stosowali obliczeń i teorii. I pewnie byliby zdziwieni, gdyby im oznajmić, że ich sprawność, to znaczy stosunek energii wydatkowanej do uzyskanej, jest znacznie wyższa niż otaczających mechanizmów.

– Wiedział już o tym Leonardo – inżynier Thomas Fiedler kończył swój wywód na schodkach, którymi wspinali się ku górnemu pokładowi. – Wiedział, że ludzkie ciało to najdoskonalszy i najbardziej skomplikowany mechanizm, jakiego sam człowiek nigdy nie będzie w stanie stworzyć. Dlatego chciałem w młodości studiować medycynę. Ale wie pan, co mi wówczas powiedział mój ojciec? „Trupów krajał nie będziesz" – stali już na pokładzie, z przyjemnością wdychając świeże powietrze. – Ha, ha, trupów krajać nie będziesz – powtórzył pierwszy mechanik „Merkurego" i spojrzał uważnie na Castorpa. – Mam nadzieję, że pański ojciec pochwala pana wybór, nie mówiąc o postawie. Chyba się nie mylę, prawda?

– Mój ojciec zmarł dość dawno. Nie umiem sobie wyobrazić, co mógłby sądzić o tej konkretnej sytuacji. Był kupcem – Hans Castorp zawahał się przez moment, czy mówić dalej. – W ostatnich latach życia raczej nie lubił swoich obowiązków.

– Rozumiem – mechanik uciął krótko. – Tym bardziej godne szacunku jest pana dążenie. Na pewno osiągnie pan zamierzone cele. Tymczasem ja mam wachtę, więc do widzenia – podał młodzieńcowi dłoń i uścisnął ją serdecznie. – I niech pan nie da się zbić z tropu takim ludziom jak pańscy współpodróżni. Na lądzie jest ich całe mnóstwo, proszę uważać.

Hans nie odpowiedział już mechanikowi, który zniknął w drzwiach nadbudówki. Inżynier-oficer Thomas Fiedler wywarł na nim głębokie wrażenie i nawet po kilku latach, gdy Castorp kończył swoje studia w Getyndze, wspominał jego postać i słowa. Ale nie uprzedzajmy faktów, czytelnik ma prawo dowiedzieć się paru szczegółów o kolacji, która nieuchronnie czekała jeszcze tego wieczoru naszego podróżnika.

Kiekiernix ledwie trzymał się na nogach. Czerwony na twarzy, wkroczył do mesy spóźniony i usiłując zająć swoje miejsce, omal nie wyrżnął głową w stół, gdy parowiec wspiął się niespodzianie na grzbiet fali, po czym opadał długo i statecznie jak lotka wolanta. Pani de Venancourt była oburzona na Północnoniemieckie Towarzystwo Żeglugowe Lloydsa. Jak mogło zatrudniać stewardów, którzy nie tylko nie mówią, lecz nie pojmują nawet słowa po francusku! Pastor Gropius natomiast, cichy i spokojny, nakłaniał współbiesiadników, aby przed jedzeniem zechcieli odmówić modlitwę, albowiem dziękczynienie za dary Boże jest jednym z najpiękniejszych aktów, do jakich powołany został człowiek. W końcu, kiedy nie znalazł chętnych, odmówił modlitwę sam i zabrał się do pałaszowania sznycli z sałatą po toskańsku. Castorp milczał, ledwie podnosząc wzrok znad talerza. Nawet niewprawny obserwator zauważyłby, że ten pasażer, obecny myślami gdzie indziej, ma tylko jedno pragnienie: jak najprędzej zaspokoić głód i udać się do swojej kajuty, gdzie czeka już na niego zasłana koja. Całkowicie wbrew swoim obyczajom, jadł szybko i chaotycznie, nałożywszy na talerz bez żadnego porządku sznycle, sałatę, zasmażaną kapustę i kilka oliwek: na skutek kołysania statku kulały się tam i z powrotem po obrzeżach fajansowego naczynia. Kończył już prawie posiłek, gdy Kiekiernix, który nie tknął jedzenia, racząc się za to co i raz chińską wódką, powiedział, wycelowawszy weń wskazujący palec:

– Bardzo pięknie, młody człowieku. Oto zamierzasz studiować i udzielasz nam rad! A czy zastanowiłeś się kiedy nad źródłem obecnego bogactwa narodów? Anglia! Holandia! Francja! Jak to dostojnie brzmi. No i ten twój ogromny kraj!! Czy pomyślałeś kiedy, ile z tych nieprzebranych dóbr pochodzi z rzetelnej pracy rolnika, rzemieślnika, robotnika, kupca? Milczysz? Więc powiem ci, mój drogi. Kiedy skończysz tę swoją szkołę, zatrudnij się w kolonialnej spółce. I jedź tam zobaczyć piekło.

Ale to nie my siedzimy w kotłach, nie. My odgrywamy rolę diabłów. Batem, głodem, karabinem, opium i wódką, a potem strachem lub paciorkiem rządzimy milionami niewolników. Pracują dla nas, bo jakie mają wyjście?! Tacy jak on – Kiekiernix wskazał na pastora – biorą pieniądze za to, żeby tym nieszczęśnikom wytłumaczyć, że tak chce dobry Bóg. Ale Bóg nie jest dobry dla wszystkich jednakowo!

– Jest pan pijany – stwierdziła sucho pani de Venancourt. – Wywoływanie awantur na statku, o ile mi wiadomo, jest surowo zabronione przez regulamin. Proszę iść spać, a jutro przeprosi pan naszego młodego inżyniera i pastora! Bez tego proszę nie zjawiać się przy stole.

Ale pastor Gropius nie potrzebował obrońcy. Odstawił szklankę z piwem i rzekł: – Te popularne sądy, jakie przytacza pan Kiekiernix, są znane już od lat. Spotkałem kiedyś pewnego socjalistę, mówił to samo, tyle że uprzejmiej. Nie ma się czym przejmować, proszę państwa. Niesiemy tym biednym ludom religię, cywilizację, oświatę i kulturę. Bez nas tonęliby w mrokach barbarzyństwa. Pan Kiekiernix zdaje się zapominać, kim jest i co reprezentuje lub raczej – co winien reprezentować. Nieprawdaż, panie Castorp? – zwrócił się do zamyślonego Hansa, a kiedy ten nie odpowiedział, ciągnął niestrudzenie dalej: – Kolonizacja jest zjawiskiem tak starym jak ludzkość, proszę państwa. Grecy, Rzymianie, to są powszechnie znane fakty. Weźmy jednak za przykład nasz niemiecki naród. Spóźniliśmy się w Azji i Afryce, prawda. Ale na wschodzie Europy? Od setek lat niesiemy prawo, ład, harmonię sztuki i technikę. Gdyby nie my, Słowianie dawno popadliby w anarchię. To dzięki naszym dobrodziejstwom znajdują swoje miejsce w rodzinie, której na imię cywilizacja i kultura.

Podczas tyrady pastora Kiekiernix – zdawało się – przysnął odrobinę. Ale gdy tylko ostatnie słowo Gropiusa wybrzmiało w mesie, wybuchnął sardonicznym śmiechem. – Skoro bierze pana na świadka – przechylił się w stronę Castorpa – niech pan zapyta w Gdańsku pierwszego lepszego Polaka, co sądzi o tej sprawie. Z góry mogę powiedzieć, co pan usłyszy. „Dobrodziejstwa"! – Kiekiernix ryknął na całe gardło i huknął pięścią w stół. – To pięknie powiedziane! Niech państwo sobie wyobrażą, któregoś dnia do Amsterdamu zawija armada obcych, indiańskich albo chińskich statków. Mają pancerze nie do przebicia i armaty, przy których nasze pukawki wyglądają jak proce. Każą nam wielbić swojego Boga, zabijają naszego króla, gwałcą kobiety, a mężczyzn pędzą do kopalni lub na plantacje. Syfilis, ospa, angina, tania wódka i opium dopełnią reszty. Potem ich kaznodzieja każe nam podziękować za opiekę, dzięki której znaleźliśmy się w rodzinie cywilizacji i kultury. Przepraszam, zapomniałem dodać, że nasz wielebny pastor Gropius, jako przedstawiciel barbarzyńskich zabobonów, guseł *et cetera*, dawno już spłonąłby na stosie, no, chyba że znalazłby schronienie w jakimś ustroniu w Alpach. To jest dokładnie to, co czują dziś Indianie, Azjaci, Czarni. Nadejdzie jeszcze taki moment, że przyjdą do nas po rachunek. Zaprawdę, powiadam państwu, nie ma większej kloaki niż nasza chrześcijańska Europa. Pan, panie Castorp, jeszcze o tym nie wie. A kiedy pan zrozumie, będzie pan czuł to co ja – nieustanne mdłości. Jedno niech wszakże będzie panu oszczędzone: proszę nie kłamać tak jak wszyscy, proszę nie kłamać jak ten klecha, bo jest to obrzydliwe. I tak armaty zaorają pola, a zęby pójdą na lemiesze!

– To straszne – pani de Venancourt zwróciła się do pastora. – Pan Kiekiernix ma chorą wyobraźnię! Nie mogę tego więcej słuchać. Dlaczego Północnoniemieckie Linie Żeglugowe Lloydsa wpuszczają takich ludzi na pokład swoich statków? – Pytanie to pani de Venancourt zadała, wycierając chusteczką oczy. Następnie uniosła się z krzesła, wysunęła swoje ramię ku Gropiusowi i powiedziała: – Kategorycznie proszę mnie stąd natychmiast wyprowadzić.

Nie bez poczucia należnego dystansu, ale też z opiekuńczą skwapliwością pastor Gropius podał pani de Venancourt ramię, po czym *ad hoc* stworzona para opuściła mesę, nie mówiąc nawet „dobranoc". Hans Castorp odsunął od siebie talerz, na którym niedojedzony kotlet i resztki sałaty tworzyły smutną kompozycję martwej natury.

– Panie Kiekiernix – powiedział cicho – czy może pan wyjaśnić, dlaczego w swoim wywodzie wspominał pan Polaków?

Ale przedstawiciel belgijskiej spółki drzewnej i autor całego zamieszania w jednej osobie drzemał na dobre, z głową opadającą na piersi. Hans Castorp wstał od stołu i z poczuciem niejasnej winy ruszył wąskim korytarzykiem do swojej kajuty. Ponieważ „Merkury" coraz mocniej kołysał się na falach, droga na spoczynek nie była wcale łatwa.

Rozdział II

Czy następnym godzinom lub – jak kto woli – wschodom i zachodom słońca podczas tego rejsu winniśmy poświęcić równie wiele uwagi i stron? Rozumny czytelnik domyśla się oczywiście, ku czemu zmierza nasze pytanie: tak, chcemy zastosować skrót, czyli typową zmianę perspektywy, bo – jakkolwiek relacja ta utrzymana będzie do końca w porządku linearnym – nie wszystkie jej części muszą ze zwierciadlaną precyzją odpowiadać kolejnym godzinom czy dniom z życia Hansa Castorpa. Innymi słowy, jest naszym dobrym prawem skierować uwagę czytelnika na jeden dzień podróży, a pozostałe potraktować milczeniem lub ująć w jednym, nieco żartobliwym zdaniu: „I tak było już do końca". Mechanizm pamięci nie działa przecież inaczej. Co na przykład pozostaje z nadmorskich wakacji po pięciu, czy dziesięciu latach? Przecież nie dzień po dniu, minuta po minucie stają nam przed oczyma i odtwarzają nieobecny czas, lecz tylko te jakości zdarzeń, które jak ciężki tłok pieczęci pozostawiają niezatarty ślad. Gdy mały Castorp spędzał owych kilkanaście letnich dni w Kołobrzegu, każdego ranka szedł z rodzicami drogą, która pomiędzy ich

pensjonatem a kąpielowymi łazienkami rozcinała piasz-
czystą wydmę w pół. Codziennie wdychał zapach prażo-
nych słońcem desek, piachu, sosen, rdzawych traw, słone-
go tchnienia wiatru i kwiatów dzikiej róży, którą sadzono
po obu stronach ścieżki dla powstrzymania ruchu wydm.
Było to powtarzalne, a przy tym nieświadome doświadczenie: leżąc na koi „Merkurego", ze wzrokiem utkwionym w ciemny sufit, Hans pewien był, że tamten odci-
nek drogi przez wydmy, wraz z jego niezwykłą atmosferą,
rozpuściłby się i zniknął we wszystkich pozostałych in-
grediencjach lata, gdyby nie pewne zdarzenie, które wy-
odrębniło go i zapisało już na zawsze. Rodzice posprze-
czali się o krople, jakie zapisał matce profesor Landau.
Zdaje się, mimo napomnień ojca, nie chciała już ich brać.
Straszna, niewidzialna bariera oddzieliła tych dwoje, jak
gdyby nigdy nie byli najbliższymi sobie ludźmi. Ojciec
mówił szybko, podniesionym do granic krzyku, gardło-
wym głosem, a matka szlochała. I zapomnieli o nim, który, nie odwracając się z przerażenia, szedł wolno dalej,
chłonąc w jakiś niezwykle intensywny sposób wszystkie,
nawet te najdrobniejsze włókna świata. Teraz mógł je odtworzyć nie tylko w syntetycznym skrócie, nie tylko warstwa po warstwie nakładające się na siebie, ale też w subtelnych, choć nie do końca jasnych granicach przejść:
droga zaczynała się wprawdzie zaraz za małą promenadą
pensjonatu, lecz jej prawdziwe właściwości można było
odczuć dopiero nieco dalej, gdzieś w okolicach rosocha-
tej sosny.

Skoro więc nasz bohater, po dniu pełnym wrażeń, zasypiał, myśląc o przedziwnym mechanizmie pamięci, który nigdy nie da się sprowadzić do prostej sumy faktów,
nie mamy powodu, by postępować inaczej. Owszem, wy-
znamy od razu, że następne posiłki w towarzystwie pani

de Venancourt, pastora Gropiusa i Kiekierniksa nie różniły się w zasadniczy sposób od dwóch pierwszych, które opisaliśmy. Podobnie rzecz się miała ze spacerami Castorpa po pokładzie, gdy jego zamyślenie przerywał rześki głos bosmana, lub z wizytami w maszynowni, gdzie oficer-mechanik Thomas Fiedler nie tylko odkrywał przed przyszłym inżynierem coraz głębsze tajniki działania machin okrętowych, lecz także utwierdzał młodego człowieka w przekonaniu, że zawód i specjalność, jakie wybrał, mają do spełnienia wyjątkowo zaszczytną misję w obecnym, tak niedawno przecież rozpoczętym stuleciu, które – jak żadne dotąd w historii – stanie się wiekiem dobrobytu i postępu, za sprawą nauki. Aby zaspokoić ciekawość czytelnika, dodamy kilka jeszcze szczegółów, które dla Castorpa nie miały jednak większego znaczenia: Kiekiernix, kiedy trzeźwiał, stawał się milczący i ponury, co było tak sprzeczne z ekstrawertyczną potrzebą jego osobowości, że natychmiast uzupełniał poziom alkoholu w swoim organizmie, przerzucając wszakże swoją aktywność na załogę „Merkurego". Raz udało mu się wciągnąć do rozmowy samego kapitana Mattiasa Hildebrandta, który nieopatrznie pozwolił Holendrowi wejść na mostek. Innym razem zmusił pierwszego oficera, by wysłuchał nadzwyczaj szczegółowych uwag o nawigacji na Morzu Chińskim. Zbeształ bosmana za niezbyt dobry stan pokładu i takielunku, a kiedy ten posłał go do diabła, udał się do palaczy, by sprawdzić, czy „Merkury" zabunkrował odpowiedni gatunek węgla. Natomiast pastor Gropius i pani de Venancourt najwyraźniej przypadli sobie do gustu. Podkreślając oficjalny charakter przygodnej znajomości głośnymi uwagami w rodzaju: „nie masz to jak spotkać bratnią duszę na oceanie rozhuśtanych fal" lub: „liczyć na zacne towarzystwo w podró-

ży mogą ludzie o czystych sercach i prawych charakte-
rach" – które padały nawet wówczas, gdy nikogo nie było
w pobliżu, większość czasu spędzali ze sobą, spacerując
po pokładzie lub gawędząc w mesie nad partią kart, do
których pani de Venancourt przekonała pastora z prawdziwie francuską, by nie powiedzieć: katolicką niefraso-
bliwością.

Dodajmy, że mocno niespokojne pierwszej nocy morze
wygładziło się nieco już przed południem następnego
dnia i takim pozostało do końca podróży, co niewątpliwie radowało Hansa Castorpa. Wyposażony przez Thomasa Fiedlera w potężną lornetę, z upodobaniem wypa-
trywał na morskim szlaku dalekich punkcików, które po
pewnym czasie przemieniały się w realne kształty statków. Nie bez dreszczu emocji przyglądał się kadłubowi
starego klipra: pod norweską banderą i pełnymi żaglami sunął dostojnie niczym arystokrata z ubiegłego wieku,
z niechęcią i ukradkiem tylko spozierając na mijane kominy parowców. Przyszły inżynier z równym zaciekawie-
niem śledził rosyjski okręt wojenny: był to nowoczesny,
nadzwyczaj zwrotny i szybki krążownik, jakiego nigdy
jeszcze nie widział. Paszcze armat, choć zakryte płócien-
nymi pokrowcami, dawały wyobrażenie o sile zniszcze-
nia, jakie mógł siać wokół siebie ten zwinny, przyczajony
kadłub. Pierwszy też raz w życiu Hans Castorp nie potrafił odczytać wyrazu, który zapisała ręka współczesnego
człowieka. Forma liter, całkowicie obca, nie składała się
na żaden znajomy bądź domniemany sens. „АВРОРА" –
brzmiało to na tyle absurdalnie i wesoło, że obserwator
zadowolił się przypuszczeniem, iż musi to być imię jakiegoś rosyjskiego bohatera, który ocalił zapewne przed
wiekami swój kraj od mongolskiego lub też chińskiego
najazdu.

Tyle więc mamy do powiedzenia o następnych trzydziestu sześciu godzinach rejsu „Merkurego". Po dwóch dobach żeglugi minął cypel piaszczystego półwyspu zwanego Helą i obrał kurs prosto na Gdańsk. Hans Castorp, który wstał jeszcze przed świtem i dokonał w swojej kajucie niezbędnych czynności toaletowych, czuwał teraz na mostku kapitańskim obok sternika i pierwszego oficera, z kubkiem gorącej kawy, którą osobiście poczęstował go kapitan. Wielka kula słońca wstawała nad wodą po lewej burcie. Po prawej widać było niekończący się pasek białych wydm, z górującą zielenią sosen. Pomiędzy „Merkurym" a lądem pojawiły się małe łupinki żaglowych łodzi rybaków.

– To Kaszubi – powiedział kapitan Mattias Hildebrandt. – Łowią dorsze. Kiedy pójdzie pan do tawerny na przedmieściu, usłyszy pan ich język. Nieprawdopodobna plątanina! Kiedyś, na żaglowcu, miałem ich kilku pod sobą. Nigdy nie wiadomo, co myślą. I niech pan sobie wyobrazi – spojrzał dobrotliwie na Castorpa piwnymi oczyma – w każdym porcie, jeśli to była niedziela, szukali katolickiego kościoła.

– I tak są lepsi od polaczków – głos sternika zabrzmiał sucho i rzeczowo. – Przynajmniej nie chcą nam podrzynać gardeł!

– Panie Vogel – kapitan Mattias Hildebrandt omal nie wypuścił z dłoni kubka z kawą – po pierwsze, nikt nie udzielił panu głosu. A po drugie, ponieważ jest tu z nami młody człowiek, który udaje się do Gdańska na studia, uważam za stosowne wyjaśnić, że pracowałem w swoim długim życiu także z Polakami. I jak pan widzi, mam się doskonale, w przeciwieństwie do pana, który zboczyłeś z kursu o dwa rumple! Proszę skorygować!

Sternik natychmiast wykonał polecenie. Ale napięcie pozostało, wypełniając cały mostek nieznośnie ciężką atmosferą sporów, które – co było jasne dla Castorpa – nie dotyczyły wcale Polaków czy Kaszubów. O istnieniu tych ostatnich usłyszał zresztą po raz pierwszy w życiu i jeśli nie zadawał pytań, to dlatego, by nie ujawniać swojej niezawinionej ignorancji. Profesor geografii Stelling wykładał w jego gimnazjum wiedzę o wielu lądach i egzotycznych ludach, nigdy jednak nie wspomniał choćby słowem o tym, że na wschodnim obrzeżu państwa istnieją jacyś tam Kaszubi.

Fortunnie dla młodego podróżnika nikt nie zapytał go o zdanie, ponieważ na mostku przygotowywano się właśnie do wejścia na gdańską redę. Hans Castorp patrzył na te czynności z ukontentowaniem: zwolnienie obrotów maszyny, sygnalizacja flagowa, komendy wydawane przez kapitana, wzmożony ruch na pokładzie – wszystko to zapowiadało rychłą już zmianę sytuacji, co w każdej morskiej podróży wydaje się czymś ożywczym, jako że jej istotą – bez względu na przebyty dystans – jest przecież monotonia. Poza tym działał naturalny w takiej sytuacji czynnik ciekawości: młody człowiek nie mógł już doczekać się momentu, kiedy ujrzy z daleka cel swojej podróży, panoramiczny widok miasta, zapowiedź wszystkich przyszłych zdarzeń, o których nie da się powiedzieć z góry nic prócz tego, że nastąpią w tym właśnie, a nie innym miejscu. Z kronikarskiej powinności odnotujemy również, że wzrok naszego bohatera, co chwilę kontrolujący sytuację na pokładzie, natknął się w pewnym momencie na dobrze znane mu figury. Trzeźwy Kiekiernix, w eleganckim surducie, z uporządkowaną fryzurą i gładko wygolonymi policzkami, wyglądał na co najmniej dziesięć lat młodszego. Pani de Venancourt, stojąc obok pastora

Gropiusa, obracała w dłoniach złożoną parasolkę, której obecność była nieuzasadniona: w żadnym wypadku nie zanosiło się na deszcz, a słońce nad zatoką, choć rzeczywiście zmuszało do mrużenia powiek, dalekie było od zenitu. Wielebny pastor natomiast miał na głowie melonik, co wraz z połami czarnego płaszcza, falującymi w porannej bryzie, upodobniało jego postać do giełdowego maklera. Cała trójka stała na dziobie parowca, komentując prawdopodobnie manewry holownika. Hans Castorp, którego ominęła ta konwersacja, poczuł prawdziwe zadowolenie. Z mostku miał znacznie lepszy widok, a jego cicha radość, niewolna od krótkotrwałych i euforycznych poruszeń serca, mogła się spełniać w samotności.

Holownik nie od razu przejął linę z „Merkurego". Najpierw, zawróciwszy z niebywałym impetem przed dziobem statku, prowadził go dobre pół mili środkiem wodnego toru. Dopiero w awanporcie, gdy na mostku parowca padła komenda „Cała stop!", potężne oko cumy wystrzelone z dziobowej katapulty poszybowało, ciągnąc za sobą długi wąż, prosto na pokład holownika. Teraz „Merkury" sunął przed siebie wolnym, dostojnym ruchem, paradując przed armią nabrzeżnych dźwigów i wielkimi jak domy burtami statków, aż do nabrzeża o nazwie Westerplatte, gdzie rozpoczęto manewr cumowania. Hans Castorp opuścił wówczas mostek, by w towarzystwie Kiekierniksa, wielebnego pastora Gropiusa i pani de Venancourt zejść na ląd. Przy trapie żegnali pasażerów kapitan Hildebrandt i główny mechanik Thomas Fiedler, który ściskając młodzieńcowi dłoń, wręczył mu niewielką kopertę z biletem wizytowym w środku.

– To moi przyjaciele – wyjaśnił konfidencjonalnie. Wystarczy, jak udasz się pod ten adres, a przyjmą cię i pomogą w każdej sytuacji.

Zdumiony Hans Castorp już miał odpowiedzieć, że nie przewiduje takiego obrotu spraw, w którym szukać by musiał pomocy u obcych, nieznanych mu ludzi, ponieważ radzi sobie w życiu doskonale sam, ale na wyjaśnienia nie było czasu: tragarze, którzy wkroczyli na pokład „Merkurego" zaraz za urzędnikiem portowej straży, znieśli już kufry i walizy pasażerów na nabrzeże. Powiedział więc tylko: – Tak, dziękuję panu bardzo, panie Fiedler – i ruszył po stromych stopniach trapu w dół, wkładając kopertę z biletem wizytowym do kieszeni kamizelki. Jako ostatni usiadł na ławce drewnianego pojazdu, który, prawdę mówiąc, nie przypominał żadnego ze znanych mu do tej pory wehikułów lądowych. Woźnica zaciął dwa ociężałe perszerony i całe towarzystwo ruszyło w niedaleką drogę do przystani, gdzie czekał już pod parą maleńki, kryty jedynie brezentowym daszkiem statek, o wdzięcznej, choć pospolitej nazwie „Wodnik".

– *Dancika vaporetto* – powiedział, śmiejąc się głośno Kiekiernix, na co pani de Venancourt oświadczyła urażonym tonem, że podobieństwo pomiędzy tą oto zardzewiałą krypą, na której nie ma nawet tapicerowanych siedzeń, a prawdziwym weneckim *vaporetto*, którym i owszem, podróżowała z mężem wiele razy po lagunie i Canale Grande, jest oczywiście żadne i tylko człowiek pozbawiony wyobraźni, zapewne przez nadmiar mocnych wrażeń, może pozwolić sobie w towarzystwie na tak bałamutne porównania. Pastor Gropius, który nigdy nie miał szczęścia odwiedzić Wenecji, milczał, Kiekiernix machnął więc ręką i zapalił cygaro, Castorp tymczasem, wsparty łokciem o drewniane oparcie ławki, przypominał sobie opisy gdańskich budowli, które przed podróżą najuważniej studiował w przewodniku Brockhausa. Gdy „Wodnik", płynąc środkiem kanału, mijał iglicę Wisłoujścia,

bez trudu rozpoznał charakterystyczny wieniec fortyfika-
cji. Prawdziwe olśnienie czekało go jednak za zakrętem
Motławy, gdzie lewą ścianę wodnej drogi wypełniały nieco odmienne od hamburskich spichrze, prawą natomiast
średniowieczne bramy, baszty i lica wąskich kamieniczek,
między którymi rozparł się wielki, przysadzisty, sławny
dźwig, wybudowany tu podobno w roku wyprawy Ko-
lumba do Nowego Świata. Najpiękniejsze były wszakże
wieże Najświętszej Marii Panny, świętego Jana i Ratu-
sza: choć wszystkie miały tę samą, ciemnoceglastą fak-
turę, ich formy były gruntownie zróżnicowane. Górując
ponad wszystkimi dachami domów, kominami parowców,
masztami żaglowych łodzi, nie przytłaczały wcale tej gęstej panoramy, a przeciwnie – zdawały się unosić ją do
góry, jak gdyby całe miasto za chwilę oderwać miało się
od wody i poszybować wraz z gotyckimi sterczynami pod
obłoki. Do tego całkiem hamburski zapach drewnianych
pomostów, smoły, rdzy, glonów, węglowego dymu i ryb
spowodował, że pierwszy dotyk obcego miasta był dla
Castorpa niezwykle przyjazny. W odmiennej i powab-
nej formie zawierała się dobrze znana treść. Gdyby konsul Tienappel był tu razem z nim, patrząc, jak „Wodnik"
dobija prawą burtą do porośniętych wodorostami pali,
gdyby ujrzał ową ciemnoczerwoną, przechodzącą miej-
scami w brąz barwę spichlerzy, magazynów, kościołów
i średniowiecznych bram, pewnie nie wyrzekłby ani jednego z tych nierozważnych słów, jakimi uraczył go przed
wyjazdem. Opuszczając więc krótki trap stateczku, który Kiekiernix nazwał *dancika vaporetto*, Castorp czuł się
prawie szczęśliwy.

   – Niech pan bierze fiakra razem ze mną – powiedział
Holender, gdy po drewnianych schodach pomostu we-
szli na Długie Pobrzeże. – Staję w hotelu Deutches Haus,

to niedaleko stąd, ale w tramwaju nie można wozić takich kufrów. Co pan tam napakował? – Kiekiernix wskazał, chichocząc, na istotnie ogromną walizkę Castorpa. – Chyba nie zimową bieliznę? Ja, przyjacielu, nawet kiedy płynę na Borneo, mam ze sobą tylko to – potrząsnął neseserem, który przypominał lekarską torbę wiejskiego chirurga. – No, ale z drugiej strony, nie potrzebuję książek, a kalesony i koszule kupuję pod każdą szerokością geograficzną. Czasami to bardziej ekscytujące niż polowanie na gazele – znów zachichotał, wskazując ruchem głowy na odchodzących właśnie w kierunku Zielonej Bramy wielebnego pastora Gropiusa i panią de Venancourt, za którymi dwaj tragarze z dwukołowym wózkiem taszczyli całą piramidę ich kufrów. – Niech pan jedzie ze mną na śniadanie do hotelu – zmienił temat. – Mają tam świetny porter, a pan... no właśnie, powinienem był zapytać na początku, dokąd właściwie zmierza, młody człowieku?

– Langfuhr, ulica Kasztanowa – powiedział niezdecydowanie Castorp. – Muszę dojechać stąd do dworca, potem koleją...

– No przecież to na końcu świata! – przerwał mu Kiekiernix. – Wykluczone, zapraszam pana na śniadanie i zobaczymy dalej, jak się przedostać na te antypody!

Nie była to zachęcająca perspektywa. Ale już szli obok siebie, za nimi zaś podążał tragarz, wioząc na wózku ogromną i nieporęcznie ciężką walizkę Castorpa. Tak jak przed chwilą pastor Gropius i pani de Venancourt, obaj panowie skręcili z Pobrzeża w Zieloną Bramę, za którą bez trudu złapali dorożkę. Przyszły inżynier odczuwał lekką irytację na własną słabość, wynikającą z braku zdecydowania. Powinien był odmówić Holendrowi, bynajmniej nie dlatego, by go oceniał tak samo jak pani de Venancourt, ale z powodów bardziej pryncypialnych: miał przecież pewien plan, z góry określony porządek tej części dnia, przeznaczonej na dotarcie do mieszkania pani Wybe, rozpakowanie rzeczy, zaznajomienie się z tramwajowym rozkładem jazdy, wreszcie pierwszą wizytę na politechnice, gdzie na wydziale okrętowym powinien zgłosić swoją obecność. Rzecz jasna, śniadanie z dziwacznym, by nie powiedzieć: ekscentrycznym przedstawicielem belgijskiej spółki drzewnej nie wydawało się czymś groźnym czy zasadniczo niewskazanym, ale, jakkolwiek by patrzeć, stanowiło pewne, choćby i drobne, zdanie się na przypadek. I jeszcze jedno zdumiało i równocześnie zastanowiło Hansa Castorpa: otóż jego wahanie ustąpiło właściwie w tym momencie, gdy Kiekiernix wspomniał o znakomitym porterze, jaki podawać miano w hotelu Deutsches Haus.

Zajęty takimi rozważaniami, nie zwracał w ogóle uwagi na drogę i tylko nazwy poszczególnych miejsc, wymieniane przez Holendra z nonszalancją, zapadały mu w pamięć: Złota Kamienica, Fontanna Neptuna, Dwór Artusa, Poczta Główna, Złota Brama, Więzienna Wieża – w takiej to chyba następowało kolejności. Ulica, którą jechali, wstała już ze snu, daleko jednak było jej do gorączkowych godzin wczesnego popołudnia, kiedy z gmachu Giełdy wychodzili na obiad maklerzy, gazeciarze wykrzykiwali nagłówkowe wieści, kawiarnie pękały w szwach, a tramwajowe wozy dudniły jeden za drugim na rozjazdach, brzęcząc elektrycznymi dzwonkami. W porannym słońcu dorożka mijała podnoszone właśnie żaluzje sklepów, mleczarski wózek stojący na chodniku, służące z koszami na zakupy i zaspanego policjanta, który nie mając o tej porze nic szczególnego do roboty, stał na środku pustego skrzyżowania ulic z twarzą wyrażającą zaledwie gotowość do służby. Kiekiernix polecił woźnicy, by zanim zatrzyma się przed frontonem hotelu, nadłożył nieco drogi, zataczając koło na sporym placu Targu Węglowego, a to dlatego, by móc pokazać Castorpowi Wielką Zbrojownię, wybudowaną niegdyś przez niderlandzkich architektów. Było to dziwne, zważywszy, że narodowa duma zdawała się ostatnią rzeczą, na jakiej mogło zależeć Holendrowi, widocznie jednak i taką twarz posiadał pan Kiekiernix, zadowolony najwyraźniej z tego, że młody człowiek ożywił się w tym momencie i zadał nawet kilka pytań. Dorożka zamknęła pełne koło przy domkach przyklejonych do Więziennej Wieży, przemknęła jeszcze jedną bramą, której nazwy Castorp zupełnie już nie zapamiętał, i wjechała na szeroki, nowoczesny trakt, przy którym znajdował się hotel.

– No jaki jest tam adres? – zapytał głośno Kiekiernix, wręczając równocześnie dorożkarzowi banknot i nie żądając reszty. – Niech pan przypomni, każemy tę walizę dostarczyć do rąk własnych gospodyni!

Ta nowa, kolejna okoliczność, zbiła Hansa Castorpa z tropu. Oczywiście, propozycja jak najbardziej była mu na rękę, lecz z drugiej strony, o ile dobrze zapamiętał z brockhausowskiego przewodnika, dzielnica Langfuhr odległa była od centrum o dobre pięć kilometrów. W ten sposób zatem stawał się dłużnikiem Kiekierniksa jeszcze przed śniadaniem i to na sumę przekraczającą koszt zwykłego kursu do dworca, dlatego powiedział dość stanowczym tonem: „ja zapłacę!", po czym, zeskoczywszy na chodnik, sięgnął do pugilaresu.

– Wykluczone – Kiekiernix stał już przy nim i ujął go mocnym chwytem dłoni za przegub. – Zdąży pan tu jeszcze wydać masę pieniędzy, młody człowieku, poza tym ten wydatek, jeżeli mogę tak powiedzieć, ponosiłby pan z mojej winy, przyjmując uprzejmie zaproszenie. Powiadam: wykluczone, proszę powiedzieć, gdzie ma dostarczyć pański bagaż!

– Langfuhr, ulica Kasztanowa 1, pierwsze piętro od frontu, pani Hildegarda Wybe, wdowa po poruczniku cesarskiego pułku huzarów.

– Zapamiętałeś? – Kiekiernix huknął do woźnicy. – No, to jazda, a my, przyjacielu, ruszamy do stołu!

Dopiero teraz Castorp zauważył, że przyglądający się tej scenie portier hotelowy uśmiecha się pod wąsem, jak gdyby widział ją nie pierwszy raz, ale być może było to złudzenie, bo kiedy przeszli przez szerokie, usłużnie uchylone drzwi, zgięta w ukłonie postać w uniformie zdawała się niezdolna do uśmiechu.

– Przeklęty brzuchu mój, jak mawiał Odys – Kiekiernix na sam widok śnieżnobiałych obrusów, zastawy oraz rzędu butelek oczekujących majestatycznie na pomocniczym stoliczku kelnerskim popadł w stan euforyczny. – Najpierw ciebie zaspokoić muszę, dopiero potem moją duszę!

Zaczęli od ciepłych jeszcze, chrupiących bułeczek z szynką, do których podano jajka na miękko i kawę z mlekiem. Potem przybyło kilka jeszcze rodzajów pieczywa, półmiski serów, wędlin oraz przepysznie marynowane, małych rozmiarów ogórki, które, wraz z chłodnym piwem jopejskim, tworzyły całkiem zaskakującą kompozycję śniadaniową. Hans Castorp ledwie moczył usta w szklanym kuflu, ponieważ alkohol wypity o tej porze dnia, po krótkim śnie na statku, mógłby poważnie nadwerężyć jego uwagę, a tego pragnął uniknąć, zważywszy na konieczność złożenia uszanowania pani Wybe i zapowiedziany przez Holendra porter. Kiekiernix nie miał takich skrupułów, oświadczając wprost, że spotkanie z niejakim Rypsem, który reprezentuje interesy hrabiego Potockiego, ma umówione na dzień następny, do tego zaś czasu nie zamierza folgować swoim ascetycznym skłonnościom, które – pod wpływem surowej pani de Venancourt i wielebnego Gropiusa – musiał rozwijać cały dzisiejszy dzionek na pokładzie „Merkurego".

Roześmiali się obaj szczerze i głośno.

– Sprawa procesu Francuza o zwrot posiadłości wiejskiej swego czasu trafiła do miejscowych gazet – mówił Kiekiernix, przywołując kelnera. – Któryś z tych Venancourtów, jeszcze za czasów polskiego króla, który jak każdy polski król zyskiwał tron, by go natychmiast tracić, kupił tam ziemię i wybudował dwór. Sto lat później, gdy miasto zdobywał Napoleon, jakiś kolejny Venancourt służył mu pomocą. Dlatego, kiedy wróciła pruska władza, podobno zmuszono go do sprzedaży posiadłości za bezcen, grożąc procesem i więzieniem. Obecny Venancourt, mąż naszej dobrej znajomej – Kiekiernix zmrużył oko – pragnie podważyć tamtą transakcję.

– Byłoby to możliwe? – Hans Castorp nareszcie doczekał się porteru, podanego mu w wysokiej, smukłej szklanicy.

Spojrzenie Kiekierniksa było przenikliwe. Jego prosty, grecki nos, grzywa siwych włosów, pionowe zmarszczki na czole i dołeczki widoczne na policzkach wówczas, kiedy się uśmiechał, tworzyły razem fizjonomię klasyczną, chociaż nie wolną od pewnej sowizdrzalskiej nuty. Teraz jednak Hans Castorp wyczuł, że Kiekiernix spoważniał.

– Wszystko jest możliwe – powiedział cicho. – Tyle że jedne rzeczy są bardziej prawdopodobne, inne mniej. Ale niczego nie da się wykluczyć, przyjacielu, o stopniu prawdopodobieństwa każdego wydarzenia nie decyduje przecież żadna, uniwersalna skala, lecz zmienne okoliczności.

– No, chyba niezupełnie – Hans Castorp poczuł przyjemne, ożywcze działanie porteru. – Prawa fizyki, czy nam się to podoba, czy nie, działają bez względu na okoliczności. Chciałem powiedzieć, że nie można, na przykład na chwilę, znieść prawa ciążenia. A zatem jest ono w przyrodzie koniecznością, tak jak w świecie człowieka koniecznością jest prawo, które nakazuje, by legalnie zawarta transakcja, jeśli nie złożono w stosownej porze dowodów wiarołomstwa przynajmniej jednej ze stron, nie mogła być już nigdy podważona. Czyż prawa – kończył – nie są duszą państw?

– Ależ tak, oczywiście – ucieszył się, właściwie nie wiadomo z czego Kiekiernix. – Brawo, młody człowieku! – znów przywołał kelnera, by zażądać, i to natychmiast, siekanych kotletów na zimno, sałaty i czerwonego wina. – Twoja zasada stara się bronić porządku tego świata i jest naturalnie zrozumiała; wszyscy pragniemy ładu, bo chcielibyśmy odnaleźć jakiś sens, ale czy rzeczywiście zastanowiłeś się kiedykolwiek nad tym, skąd pochodzą pojęcia, które uważamy za niewzruszone prawa natury czy też cywilizacji? Pomijam już problem liczb. Zapewne, jako przyszły inżynier, nie raz rozpatrywałeś go w kontekście nauk pitagorejczyków, Platona czy Arystotelesa; tak, zostawmy ten dziecinny dylemat gimnazjalistom, którzy nie czytali Kanta. Ale, doprawdy, są sprawy poważniejsze.

Tu Kiekiernix przerwał na chwilę, by spróbować podanego mu burgunda, skinął głową i oddalił kelnera, racząc się natychmiast całym kieliszkiem wina.

– Wyobraź sobie – ciągnął – że za kilkanaście lat twój wielki kraj znowu znajdzie się w stanie wojny z Francją, ale nie wygra jej, tak jak to było w siedemdziesiątym roku, ponieważ Rosja tym razem nie będzie neutralna i korzystając z sytuacji, zajmie Prusy Wschodnie aż do Gdańska. Czy taka sytuacja teoretycznie byłaby możliwa?

– Tak – odparł Hans Castorp – teoretycznie tak.

– Pięknie – Kiekiernix podsunął mu półmisek z sałatą. – A zatem wyobraźmy sobie w tej sytuacji wznowiony proces pana de Venancourta. Przecież Rosjanom byłoby na rękę wykazać, jakich to niegodziwości dopuszczali się twoi rodacy. A że de Venancourt jest Francuzem, tym lepiej. Czyż nie byłby w tej nowej sytuacji ich naturalnym sojusznikiem? Fakt, czy transakcja, jaką zawarł jego przodek z Radą Miasta, była, czy też nie była wymuszona, nie ma tu nic do rzeczy.

– Rozumiem, do czego pan zmierza – Castorp odstawił szklanicę i uśmiechnął się do Kiekierniksa. – Zwycięzcy na ogół dyktują swoje prawa i w takiej sytuacji można zakładać, że wiele rzeczy ulega zmianom. Ostatecznie prędzej czy później dojdziemy do konwencjonalizmu. Dlatego wybrałem nauki ścisłe. Tego rodzaju względność jest w nich niemożliwa. Temperatura zamarzania wody zawsze jest taka sama, bez względu na to, czy określamy ją skalą Fahrenheita, czy Celsjusza.

– Oczywiście – Kiekiernix klasnął w dłonie – to nie do podważenia! Ale czy nasz obraz świata nie zmienia się wraz z nowymi odkryciami?

– Obraz całości może ulegać pewnym modyfikacjom – Castorp niemal machinalnie przyjął od kelnera następną szklanicę porteru. – Ale czy wyobraża pan sobie jakieś wielkie, nowe odkrycie, które unieważni prawa Newtona? Keplera? Euklidesa? Byłby to absurd równy twierdzeniu, że do życia żaby nie jest potrzebna woda, lecz amoniak!

Z ustami pełnymi sałaty Holender zachichotał. – Może ktoś kiedyś taką wyhoduje dla Francuzów? – Ale zaraz spoważniał i dodał: – Rzecz nie w tym, że istnieją aksjomaty, ale w tym, czy potrafimy sobie wyobrazić inne, całkiem odmienne ich uzasadnienia.

Po napoczęciu drugiej szklanicy porteru Hans Castorp czuł się odprężony, tym bardziej jednak należało dążyć do zakończenia śniadania w hotelu Deutsches Haus. Ponieważ temat ich konwersacji mógł ciągnąć się jeszcze długo, zmienił go, pytając: – Pan zdaje się nie najgorzej zna Polaków?

– Kupuję drewno wszędzie – Kiekiernix wzruszył ramionami – gdzie jest go pod dostatkiem po dostatecznie niskiej cenie, także w Polsce, chociaż właściwie kraj taki nie istnieje. Osiemset kilometrów stąd na południe hrabia Potocki ma swoje wielkie lasy. Byłem tam w zeszłym roku. Czy wyobrażasz sobie pałac piękniejszy od Wersalu? Powozy, jakich prawdopodobnie nie posiada nawet wasz następca tronu? Rzecz jasna, nie jadałem na pokojach – Holender znowu zachichotał – bo nie pozwalał mi na to duch ascezy, ale dom rządcy był niczego sobie. Co chciałbyś wiedzieć? Tamtejsi Żydzi żywią się powietrzem, a chłopi chodzą do kościoła boso i kiedy spotykają księdza, całują go po dłoniach. Prawdopodobnie wierzą jeszcze w wilkołaki, choć tego nie sprawdziłem.

– To Rosja? – Hans Castorp upił spory łyk porteru.

– Austria – Kiekiernix odstawił pierwszą, osuszoną już butelkę burgunda i nalał sobie pełen kieliszek, napoczynając w ten sposób drugą. – A mówiąc ściśle, prowincja Austro-Węgier zwana Galicją. Stamtąd udałem się do Wiednia i wiesz, co sobie teraz pomyślałem? Tak, ty powinieneś studiować we Wiedniu, a nie w tej dziurze tutaj. Kiedyś – spojrzał z zamyśleniem w okno – to miasto było większe od Amsterdamu czy Londynu. Dzisiaj jest swoim własnym cieniem.

Po tych słowach długo milczeli. Hans Castorp wolno dopijał porter i wreszcie, odstawiwszy puste szkło, powiedział: – Na mnie już czas, panie Kiekiernix. Bardzo dziękuję za to niezwykłe śniadanie.

– Niezwykłe? – obaj stali już przy stoliku. – Co za głupstwa wygadujesz, młody człowieku. Na pożegnanie dam ci jedną radę. Nie ufaj zbyt nauce. To znaczy: ufaj, ale tylko tyle, ile trzeba, aby zbudować statek, dom, spiętrzyć rzekę. I ani grama więcej! Kiedyś przypomnisz sobie moje słowa.

Z napoczętą butelką burgunda w jednej dłoni i zgaszonym cygarem w drugiej Kiekiernix maszerował przez salę restauracyjną, odprowadzany lekko zaciekawionymi spojrzeniami nielicznych gości, którzy właśnie teraz schodzili na śniadanie. Kiedy odwrócił się, by pomachać Castorpowi dłonią, naszego bohatera nie było już w hotelu Deutsches Haus. Zatopiony we własnych myślach, młodzieniec maszerował ku tramwajowej wysepce równym, choć nieco szybszym niż zazwyczaj krokiem. Nie wiedział jeszcze, że umiarkowany optymizm, który towarzyszył mu od dzisiejszego ranka na gdańskiej redzie, już wkrótce ustąpi wobec szeregu irytujących, nadzwyczaj kłopotliwych zdarzeń.

Rozdział III

Zaczęło się od drobnej sprzeczki z konduktorem już na pomoście tramwaju linii numer 2. Ten wąsaty, pachnący wilgotnym suknem i tabaką jegomość, zamiast sprzedać młodemu pasażerowi – tak jak tego zażądał – bilet do Wrzeszcza, a konkretnie do przystanku przy ulicy Kasztanowej, otóż konduktor ów zapytał, a właściwie zażądał od Castorpa, by ten wyjawił najpierw, do której strefy zamierza podróżować. Było to – prawdę mówiąc – żądanie tak nieoczekiwane, a przy tym tak głupie i bezczelne, że młody człowiek oświadczył podniesionym głosem, iż nie jest tutejszy i w związku z tym wystarczy, kiedy poda nazwę przystanku, do którego pragnie dotrzeć.

– Jesteś pan tego pewien? – zapytał konduktor i jak gdyby nigdy nic sprzedawał bilety następnym pasażerom, wydając im należną resztę oraz dziurkując papierowe prostokąciki według stosownych oświadczeń: „Brama Oliwska!", „dwa razy politechnika!", „raz do zajezdni!", co jeszcze mocniej zdenerwowało Castorpa, jako że ów, tak ostentacyjnie nieuprzejmy typ w mundurze zażądał określenia strefy tylko od niego właśnie, innych pasażerów traktując miło i usłużnie. Tramwaj zatrzymał się już kolejno na dwóch przystankach, ludzie wsiadali i wysiadali, a Castorp stał niezdecydowany z garścią fenigów w dłoni, mając w dodatku tę świadomość, że wygląda śmiesznie, jeśli zgoła nie żałośnie.

– Czy w takim razie odmawia mi pan sprzedaży biletu? – zapytał wreszcie bardzo głośno, tak aby słyszano go przynajmniej w najbliższych ławkach. – Mam jechać bez opłaty?!

– Przy Kasztanowej nie ma przystanku – odpowiedział równie głośno konduktor. – Skąd wiedzieć mam, gdzie zechcesz pan wysiadać?!

Fala gorąca uderzyła Castorpowi do głowy. Nigdy jeszcze nie padł ofiarą tak jawnej, publicznej arogancji, na którą, co gorsza, nie znajdował natychmiastowej odpowiedzi. Czyż można było bowiem potraktować tego okropnego człowieka kulturalnie? To znaczy z całą rewerencją wyjaśnić mu najpierw, że jego postępowanie jest zupełnie niewłaściwe, po czym przejść do szczegółów, tych mianowicie wynikających z listu pani Wybe, gdzie czarno na białym stwierdzono istnienie przystanku tramwajowego przy ulicy Kasztanowej? Pierwszy raz w swoim życiu Hans Castorp odczuł to, co ludzie z jego klasy nazywali w takich wypadkach koniecznością dania lekcji. Tak, należałoby w myśl owych zasad zmarszczyć surowo brwi i tonem nieznoszącym sprzeciwu powiedzieć jeszcze głośniej: – „Wasz służbowy numer poproszę! To niesłychane, chyba zamierzacie zrezygnować z posady. Jeszcze dziś złożę skargę do dyrekcji!". Zamiast wypowiedzieć jednak cokolwiek, zrezygnowany Hans Castorp zajął najbliższe wolne miejsce i z twarzą przyklejoną do szyby śledził nieuważnie mijany szpaler wiekowych lip, za którym ciągnęła się jezdnia alei i cmentarz. Świadomość, że jedzie bez biletu, chociaż bez własnej przecież winy, ciążyła mu niewymownie. Po tym, co miało miejsce, w żadnym jednak razie nie mógł ponownie zagadnąć konduktora, byłoby to bowiem – jak mawiała jego francuska bona madame Choissel – *tout à fait impossible à exprimer*. Refleksji poddał wszakże jego dziwaczny akcent: w niczym nie przypominał on dialektu platt, którym dziadek Castorpa, senator Tomasz, porozumiewał się dla żartu ze służącym Józefem. W niczym też nie był podobny do owych dziwolągowatych głosek z Południa, które – jako mały chłopiec – słyszał czasem w hamburskim kantorze ojca, gdy nawiedzali go w interesach jacyś przedsiębiorcy z Bawarii. Akcent konduktora należał do zupełnie innej, jak gdyby osobnej kategorii, która naszemu bohaterowi wydała się w chwili obecnej czymś wyjątkowo odpychającym, bo równocześnie i obcym, i nieprzyjaznym. Na dodatek, gdzieś w zakamarkach pamięci Castorpa zadźwięczała biblijna fraza, czytana dawno temu, prawdopodobnie podczas jednej z domowych, przedkonfirmacyjnych repetycji. Zdanie to brzmiało: – „Nie lekceważ jego mowy", lecz z której księgi mogło pochodzić: czy powinien był je potraktować jako komentarz do sytuacji w tramwaju – na te pytania nie znajdował odpowiedzi. Skołatany tym wszystkim, niemal bezwiednie zarejestrował wzrokiem mijany właśnie gmach politechniki. Zapewne, gdyby budynek ten wyłonił się przed nim tak jak parę godzin wcześniej miasto, trafiając w euforyczny nastrój przybysza, doceniłby jego subtelne, przemyślane piękno, polegające na złączeniu w jedno wieków miejscowej tradycji z ideą nowoczesną. Żaden jednak z maswerków i ani jedna attyka nie oczarowały Castorpa. Pomyślał tylko: – „I to ma być moja szkoła, coś takiego...". Czuł przy tym rodzaj wewnętrznego zawstydzenia, zupełnie tak, jakby wypadało mu głośno przyznać rację wujowi

Tienappelowi, czemu przeciwstawiało się, rzecz jasna, jego obecne, godne pożałowania położenie. Być może w tym stanie amoku dojechałby do końcowego przystanku przy zajezdni, gdyby nie młoda panna w szykownym kapeluszu, która, przechyliwszy się przez poręcz oparcia, powiedziała zupełnie miłym głosem:

– Zaraz będzie przystanek przy Klonowej, proszę pana. Wylot ulicy Kasztanowej jest o tam, po drugiej stronie torów.

Wybąknąwszy ledwie słyszalne „dziękuję", Castorp opuścił przedni pomost tramwajowego wozu. Wydawało mu się, że oczy wszystkich pasażerów skierowane są właśnie na niego. Przeciął wybrukowany trakt i bez trudu odnalazł narożną, pachnącą świeżym jeszcze tynkiem, obszerną kamienicę. Pokaźne okna wszystkich kondygnacji, rozłożyste balkony parteru i ogromne loggie na wyższych piętrach, które w skwarne dni lata dają mieszkańcom ów niebywały komfort zażywania wywczasu bez konieczności opuszczania domu – wszystko to zrobiło na młodym człowieku jak najlepsze wrażenie. Incydent z konduktorem nie został wprawdzie zapomniany, lecz jego znaczenie osłabło wobec kolejnej, zupełnie nowej sytuacji. Wchodząc po szerokich, przykrytych brązowym chodnikiem stopniach klatki schodowej, Castorp zatrzymał się na półpiętrze w miejscu, gdzie duże lustro obramowane sztukaterią schwytało jego sylwetkę jak w foyer teatru. Niemal odruchowo poprawił dłonią przedziałek, a następnie manszet kołnierzyka. Był to dla niego moment wysoce osobliwy. Uświadomił sobie nagle z całą bezwzględnością rzecz oczywistą, do której wcześniej nie przywiązywał jednak należytej wagi. Oto, po raz pierwszy zamieszka u zupełnie nieznanych sobie ludzi. Nie w hotelu ani pensjonacie, gdzie za opłatą otrzymuje się usługę razem z namiastką własnego *locum*, lecz w środku cudzego życia, odmierzanego całą gamą obcych odgłosów i zapachów. I jakkolwiek nie było w tym spostrzeżeniu żadnej konkretnej obawy – na przykład co do tego, jak też przechodzić będzie po kąpieli z łazienki do pokoju – sam fakt tak bliskiej, obcej, ba! nieustannej przecież fizyczności ludzi, z którymi nic wiązać go nie miało, nagle wydał się Castorpowi czymś niesłychanie trudnym, by nie powiedzieć: niemożliwym do spełnienia. Z nieco cięższym sercem postąpił jeszcze pół piętra w górę, by wreszcie nacisnąć porcelitowy guzik elektrycznego dzwonka, który w tamtych czasach, w prowincjonalnym mieście, musiał być znakiem nowoczesnej zamożności.

– Pan do kogo? – usłyszał przytłumiony głos dziewczyny przez szparę uchylonych drzwi. – Pani nie ma, nic nie kupujemy, proszę odejść!

– Jestem Hans Castorp – zdążył powiedzieć. – Korespondowałem z panią Wybe w sprawie pokoju na stancję! Przysłano tu mój bagaż! Ostatnie zdanie Castorp wypowiedział z konieczności podniesionym głosem, ponieważ zwracał się do zamkniętych drzwi. Uznając swoje zachowanie za całkowicie nienaganne, nacisnął porcelitowy dzwonek raz jeszcze, dłużej niż poprzednim razem. I również dłużej niż poprzednim razem czekał na służącą.

– Ja nic nie wiem – tym razem przyjrzała mu się dokładniej. – Pani nie zawsze mówi mi o wszystkich sprawach. Bagaż? Niczego, proszę pana, nie dowieźli, a może...

– Jak to? – wpadł jej w słowo. – Przecież dokładnie podałem adres. Kasztanowa 1, pierwsze piętro od frontu, wdowa po poruczniku cesarskich huzarów, pani Hildegarda Wybe. Zgadza się?

Służąca skinęła głową, ale nic z tego nie wynikało.

– Twoja pani zamierza wynająć umeblowany pokój, a ty nic o tym nie wiesz? Nie poleciła przygotować łóżka? Zetrzeć kurzów? Wstawić kwiaty do wazonu?

Mina dziewczyny zdradzała wprawdzie pewne zakłopotanie, lecz jej milczenie niczego nie rozwiązywało. Wreszcie zniecierpliwiony Castorp zapytał, o której niezawodnie zastanie panią Wybe, ponieważ niezależnie od zaistniałej sytuacji musi się z nią rozmówić.

– Niezawodnie? – służącą rozbawiło użyte przez młodego pana słowo i omal nie parsknęła śmiechem, kiedy je powtarzała. – A bo ja wiem, może za godzinę albo za dwie. Pani nie mówi, kiedy wraca z miasta. Obiad zawsze na trzecią.

Młody człowiek grzecznie skłonił głowę i wybijając palcami marszowy rytm na rzeźbionym fryzie poręczy, zbiegł po schodach do wyjścia. Tu jednak, ujrzawszy kątem oka stróża zamiatającego zeschłe liście, zatrzymał się na moment i pomyślał, że właściwie nie ma dokąd iść. Ulica Kasztanowa była ostatnią, jak się zdawało, zabudowaną częścią miasta. Za kamienicą rozciągały się bliżej nieokreślone składy, kilka fabrycznych szop, dalej ogrody i wreszcie pola, wśród których znikająca linia tramwajowa robiła szczególne, bo całkiem nierealne wrażenie. Castorp przypomniał sobie wprawdzie, że jadąc przez środek Wrzeszcza, zauważył – prócz kilku sklepów – markizę nad ogródkiem jakiejś jednej kawiarni, lecz chyba było to daleko, a na samą myśl o ponownej jeździe tutejszym tramwajem opanowało go zrozumiałe wzburzenie. Chcąc nie chcąc, ruszył po prostu przed siebie i po kilku minutach, przekroczywszy kładkę nad bystrym potokiem, znalazł się przed ceglanym murem koszar, w których niewątpliwie służyć musiał świętej pamięci porucznik Wybe. Idąc dalej, Castorp dotarł do rozległego błonia, gdzie właśnie odbywały się ćwiczenia, a raczej – przygotowanie do parady. Pułkowa orkiestra grała raźnie marsz *Preussen Gloria*, głosy puzonów, trąbek, werbli i czyneli niosły się w październikowym powietrzu daleko, a szwadron huzarskich rekrutów, odzianych w polowe, szare stroje, trenował jazdę pod muzykę, zmieniając nieustannie szyk. Nie szło to jak trzeba i Castorp, który zwolnił teraz nieco kroku, co chwila słyszał wrzaski feldfebla: „Jesteście bandą świń?!! Tłuste knury, skończycie w rzeźni, jeszcze raz linia, wróć!!". Po tej komendzie orkiestra urywała melodię w pół taktu, by zacząć ją znów, gdy oddział po przegrupowaniu ustawił się w pozycji. Kiedy po raz kolejny ruszyli stępa, koń pod jednym z jeźdźców poniósł i huzar wysadzony z siodła runął na ziemię. Gdy wstawał wolno, potłuczony, rozcierając obolałe kolano, przyskoczył do niego feldfebel.

– Habacht – ryknął – źle podwiązany popręg?!!

Stojący na baczność rekrut skinął w odpowiedzi głową, chciał jednak dodać coś od siebie, zapewne jako usprawiedliwienie, gdy wtem feldfebel, tknąwszy go szpicrutą prosto przez twarz, zaczął udzielać lekcji.

– Popręg – recytował głośno, wybijając rzemieniem każdą sylabę na twarzy nieszczęsnego – sprawdzamy przed upadkiem! A po upadku, zanim rozetrzesz dupę, najpierw masz schwytać konia! Powtórzyć!

Rekrut usiłował spełnić rozkaz, lecz wypowiadanie słów w wyprężonej na baczność postawie, kiedy po każdym otwarciu ust otrzymywał palące chłaśnięcie w twarz, okazało się przewyższać jego wytrzymałość. Odstąpił od oprawcy dwa kroki i zasłonił mocno już zakrwawioną głowę dłońmi, co jeszcze mocniej rozsierdziło feldfebla.

– Czy dałem spocznij?!! – przyskoczył do chłopaka. – Czy pozwoliłem ci odstąpić choćby na centymetr? Mówięc to, chłostał go gdzie popadnie, podczas gdy cały szwadron przyglądał się temu w milczeniu.

– Niezła szkoła – usłyszał Castorp tuż za swoimi plecami. – Nie dla takich paniczów służba, co?!

Krępy rudzielec, który wypowiedział te słowa pod adresem naszego bohatera, wyglądał na rozbawionego. Pojawiwszy się na chodniku nie wiadomo skąd, miał najwyraźniej zamiar rozwinąć konwersację, gdyż dodał zaraz: – W tym pułku nikt nie ma prawa spadać z siodła, uważasz pan? To tak, jakby frejlina przedstawiana u dworu puściła sążnistego bąka!

– W takim razie – odparł natychmiast Castorp – i ją zdzielimy prosto w twarz, nieprawdaż? Powiedziawszy to, odwrócił się od rudzielca i szybkim krokiem oddalił się od placu, na którym znów zagrały trąbki. Gardłowy śmiech nieznajomego był okropny. Castorpowi wydawało się, że słyszy go jeszcze przez dobre pięćdziesiąt metrów. Maszerując bez żadnego planu, nie mógł pozbyć się wrażenia, że już kiedyś spotkał tę nalaną, nikczemną fizjonomię. Czy było to podczas jednej z wizyt w hamburskich dokach? A może na wakacjach w Travemunde, gdzie podobne typy z niższego stanu mieszczańskiego zdarzało się napotkać, mijając tani zajazd? Nie wiedzieć czemu, nieznajomy sprawiał wrażenie cudzoziemca, choć żaden szczegół jego wysłużonej, z lekka już staroświeckiej garderoby ani tym bardziej akcent – nie uprawniały do takiego wniosku.

Za murem koszar, przy śluzie na potoku, Castorp zatrzymał się wreszcie, biorąc głębszy oddech. Miał przemożną ochotę na drugie śniadanie, przed którym należałoby umyć dłonie, odświeżyć twarz i szyję wilgotnym ręcznikiem, nie bez udziału wody kolońskiej, wreszcie poprawić krawat i mankiety. Gdzież jednak dotarł? Po

drugiej stronie rzeczki, wśród kilku marnych, partero-
wych domów, gromadka umorusanych dzieci toczyła me-
talową obręcz wokół błotnistej sadzawki. Do linii tramwajowej i kamienicy, gdzie nikt go nie oczekiwał, było
ze trzy kilometry, do hotelu Deutsches Haus pewnie z je-
denaście, a do Hamburga – o którym pomyślał niespodziewanie czule jak o własnym domu – znacznie dalej.
W żadnym wypadku nie stanowiło to położenia tragicz-
nego. Z epicką sumiennością moglibyśmy je określić jako
co najwyżej niedogodne dla naszego bohatera, lecz on
sam skłonny był widzieć w tym momencie swojego życia
jakiś wyjątkowo fatalny węzeł, którego rozcięcie przekra-
czało chwilowo możliwości wyczerpanego nerwowo organizmu. I dlatego właśnie Hans Castorp popadł w jedno
z tych swoich młodzieńczych odrętwień, o których doktor Heidekind mawiał, że jakkolwiek zrozumiałe i niezbyt
groźne, mogą się w przyszłości zamienić w melancholię.
Polegało to na całkowitym wyłączeniu uwagi refleksyj-
nej przy zachowaniu zdolności do rejestracji silniejszych
wrażeń zmysłowych. Mówiąc bardziej opisowo, gdyby
na przykład w tym momencie nad Górnym Wrzeszczem
przeszła gradowo-śnieżna burza, młody człowiek natychmiast poszukałby schronienia. Ponieważ jednak nic takiego nie groziło, Hans Castorp stał nieruchomo na cegla-
no-kamiennym występie śluzy i ze wzrokiem utkwionym
w zieloną taflę wody, znajdował się poza czasem. Rzecz
jasna, w subiektywnym rozumieniu tego zjawiska, ponieważ na zewnątrz jego świadomości, jeśli wolno nam
tak powiedzieć – poza czystą substancją *res cogitans* – panował wcale niezły ruch, a więc czas upływał faktycznie
i nieubłaganie.

Kiedy nad pobliskimi wzgórzami rozległ się wysoki
dźwięk dzwonu z wiejskiego kościoła, Castorp otrząsnął

się ze swojego letargu. Jak zawsze w takiej sytuacji nie wiedział dokładnie, ile pozostawał poza właściwym nurtem życia. Godzinę? Trzy kwadranse? Pół minuty? Jego wzrok, jeszcze przez moment skupiony na tafli wody, odnotował nitki babiego lata unoszone przez wiatr i mały okręt z kory, którego konstrukcja, wyposażona w maszt, papierowy żagiel oraz niezwykle przemyślny, miniaturowych rozmiarów samoster, wzbudziła w nim niekłamany podziw. Dopiero teraz spostrzegł, że po drugiej stronie śluzy, wsparty jak on o poręcz, przygląda mu się uważnie jasnowłosy chłopiec. Jego rozwichrzona czupryna, zbyt obszerna koszula, wypuszczona na drelichowe spodnie, i bose stopy obute w liche sandały, kazały się domyślać, że ma przed sobą dziecko tutejszego przedmieścia.

– To twój okręt? – zapytał Castorp.

Malec skinął głową. Mimo braku dwóch przednich zębów jego uśmiech był sympatyczny.

– Ochrzciłeś go? Więc jakie nosi imię?

Chłopiec milczał.

– „Gdańsk"? „Santa Maria"? Jeśli nie „Gdańsk" i nie „Santa Maria", to już zupełnie nie wiem – powiedział przyjaźnie Castorp. – A może dopiero szukasz nazwy?

– Wcale nie. Nazwałem go „Paul Beneke" – odparł spokojnie chłopiec. Po czym, patrząc Castorpowi prosto w twarz, wypowiedział długie, niezrozumiałe dlań zdanie i śmiejąc się głośno, czmychnął ścieżką wydeptaną wśród pokrzyw i ogromnych liści łopianu, niczym doświadczony myśliwy w puszczy.

Rzecz w tym, że rozpoznając szeleszczącą polską mowę, Castorp nie zrozumiał ani jednego wyrazu, tymczasem urwis, który spłatał mu niewinnego figla, zapewne władał oboma tymi językami. „Dziwne uczucie – pomyślał, ruszając w powrotną drogę do miasta – nie mieć dostępu do czegoś, co innym wydaje się oczywiste jak powietrze".

Przypadek chciał, że tuż zza rogu koszar, z bitej i zakurzonej drogi, która, nie wiedzieć czemu, nosiła dumną nazwę alei Zamku Huberta, wyjechała wolna dorożka. Bohater nasz, jakkolwiek nieco zaskoczony tym widokiem, zamachał dłonią i po chwili, rzuciwszy fiakrowi adres pani Hildegardy Wybe, wygodnie rozsiadł się w rozklekotanej dryndzie. Zupełnie już nie zwracał uwagi na otoczenie. Brzydota mijanych raz jeszcze militarnych budynków, rachityczne, dopiero co założone zieleńce, po których wałęsały się bezpańskie psy, czy szkielety wznoszonych kamienic – wszystko to zniknęło sprzed oczu Castorpa za sprawą wspomnień, jakie wywołała łódka z kory.

W dzieciństwie nie marzył wprawdzie o dalekich podróżach pod żaglami, zbyt gruntownie bowiem i realistycznie widział od najmłodszych swoich lat pracę w dokach i czeluściach ładowni, sam jednak fakt, że płowowłosy chłopiec objawił się przed chwilą jako budowniczy przemyślnie skonstruowanej zabawki, przypomniał mu jego własną dziecięcą namiętność: puszczanie łódek w sadzawce botanicznego ogrodu. Żadna z nich – musiał przyznać – nie była tak doskonale wykonana, ale przecież nie obecne porównanie stanowiło treść wspomnienia. Zazwyczaj, kiedy wracał z cmentarza świętej Katarzyny w towarzystwie dziadka, prosił go, aby na kilka chwil, zanim wsiądą do powozu, odwiedzili pobliski ogród botaniczny. Senator Tomasz, jakkolwiek spoglądając na zegarek – co było widomym znakiem przypomnienia, że nie powinni spóźniać się na podwieczorek – ulegał namowom wnuka. Wspierając się na hebanowej lasce, kroczył powoli alejką wśród egzotycznych agaw i eukaliptusów, a mały Hans wyprzedzając go o kilkanaście kroków, dobiegał pierwszy do sadzawki, która jak tajemnicze, zielone oko, tkwiła pośrodku ukrytego w bujnej gęstwinie placyku. Dziadek, kiedy już dotarł w to odludne miejsce, rozglądał się uważnie dookoła, zupełnie tak, jakby szukał nieśmiało jakiegoś specjalnego dla siebie schronienia. W istocie zawsze była to ta sama kamienna ława, tonąca w kaskadach bluszczu, ozdobiona płaskorzeźbą meduzy. Tutaj senator Tomasz wyjmował pozłacaną tabakierę i zażywszy brązowego proszku raz i drugi, pogrążał się w krótkotrwałej zadumie. Wnuczek tymczasem, puściwszy na wodę wystrugany w domu kadłub, popychał go za pomocą zerwanej witki między archipelagi nenufarów. Po kilkunastu latach, jadąc dorożką w obcym mieście, Hans Castorp przypominał sobie, jak te ogromne, płaskie liście, na których przysiadały ważki, nazywał dziwnymi imionami nieznanych nikomu kontynentów. Zabawa nie trwała nigdy długo. Senator Tomasz spoglądał na zegarek, wstawał z ławki i poprawiwszy poły surduta, bez słowa ruszał alejką, a wnuczek – który pod żadnym pozorem nie ośmieliłby się wystawiać cierpliwości dziadka na próbę – biegł za nim, często nie wyłowiwszy swojej łódki z oceanów.

Dorożka zatrzymała się przy bocznej bramie koszar. Szwadron, wracając z ćwiczeń, przecinał jezdnię luźnym szykiem, podczas gdy pani Hildegarda Wybe po drugiej stronie skrzyżowania i tramwajowej linii – właśnie wchodziła do bramy kamienicy przy Kasztanowej 1. Hans Castorp nie mógł oczywiście jej zobaczyć, dzięki czemu wspomnienie ogrodu botanicznego, sadzawki, łódek i dziadka Tomasza, który zastępował mu – niezbyt długo zresztą – tak wcześnie odumarłych rodziców – mogło trwać jeszcze chwilę. Dopiero teraz Castorp nabrał pewności, że zabawy nad sadzawką nie podobały się senatorowi. Zapewne gdyby wodne oczko położone było w miejscu bardziej uczęszczanym przez publiczność, nie byłby skłonny ulegać prośbom wnuka, tłumacząc, że nie wszystko wypada, kiedy jest się członkiem ich rodziny. Nigdy jednak do takiej ostateczności nie doszło i kiedy wsiadali już do powozu, senator Tomasz wyciągał batystową chusteczkę, mówiąc: „Znów pobrudziłeś sobie kolana", co było jedynym komentarzem do tamtej sytuacji. Gdy dorożka wjeżdżała właśnie w ulicę Kasztanową, Castorp przypomniał sobie gęsty zapach kaprifolium, jaki roztaczał się nad sadzawką hamburskiego ogrodu w upalne dni lata. Jakby specjalnie dla kontrastu, nad całą dzielnicą Wrzeszcza unosił się teraz gęsty dym z przyległych sadów i ogrodów, gdzie przed pierwszymi przymrozkami palono właśnie zeschnięte liście i badyle. Płacąc za kurs, bohater nasz pomyślał, że jesień, której po raz pierwszy w życiu nie spędzi na oświetlonej latarniami i pełnej ruchu Esplenadzie lub przy równie eleganckiej Harvestehuder Weg będzie na pewno melancholijna i smutna.

– Co za okropne nieporozumienie – usłyszał już na schodach nieco chrypliwy głos pani Hildegardy Wybe. – Oczywiście pański bagaż, panie Castorp, dotarł tu wcześnie rano, tylko ten tłuk kaszubski, moja dziewucha, nie skojarzyła tego z panem, już ją wybiłam, nie ma co gadać, no, ale widzę, że jest pan mimo wszystko wypoczęty, zadowolony z życia, tak, w pańskim młodym wieku, panie Castorp, nie ma co gadać, człowiek może się w pełni cieszyć życiem, udał się panu spacer? Nasze powietrze jest czyste, zdrowe, z dodatkiem jodu, no i bez taksy klimatycznej – zaśmiała się głośno. – Taksę płacą przyjezdni tylko w Sopot i tylko w sezonie, proszę, proszę bardzo – prowadziła go długim korytarzem wzdłuż kilku ciężkich szaf, pachnących naftaliną. – Oto jest pańskie gniazdko, nieprawdaż, że urocze? – przepuściła go przodem i weszła za nim do pokoju. – Miednica, dzbanek, ręcznik są tu, za parawanem, z łazienki może pan korzystać codziennie za dopłatą, a bez dopłaty co sobotę, waterklozet znajduje się na końcu korytarza obok służbówki, panie Castorp, pod łóżkiem ma pan także nocnik, przepraszam, to wszystko miała panu objaśnić ta dziewucha, no, ale ją wybiłam i teraz, żeby nie opóźniła się z obiadem, ja muszę ją zastąpić, w piecach palimy wraz z pierwszym chłodem, ale ta jesień bardzo jest ciepła, nieprawdaż, no więc na razie ten problem przynajmniej nie istnieje, co do pościeli, panie Castorp – nie ma co gadać, będzie zmieniana raz w miesiącu, a pranie raz w tygodniu proszę zostawić w wiklinowym koszu, specjalnie ten jeden jest dla pana, praczka bardzo solidna, chociaż Polka, no, ale tańsza od tej na rogu, Bottcherowej, bo niech pan sobie wyobrazi, ona po prostu pije...

Lecz Hans Castorp niczego na podstawie słów pani Hildegardy Wybe nie pragnął sobie wyobrażać, a już na pewno nie fizjonomii ciągle pijanej praczki z rogu ulic Kasztanowej i Brzozowej; od tego momentu dalsze słowa wdowy odbijały się już tylko od jego uszu, on sam zaś – potakując grzecznie głową, jak gdyby nigdy nic otworzył podróżny kufer i wydobywał z niego swoje rzeczy: najpierw kilka poważnych tomów, wśród których *Technika budowy okrętów* jaśniała płótnem w szaro-beżowym odcieniu, drewnianą kasztę, w której znajdował się spory zapas jego ulubionych cygar „Maria Mancini", toaletowy przybornik z japońskiej laki, gumową wanienkę do mycia twarzy, przydatną także podczas golenia, całą pryzmę podkoszulków, które panna Schalleen oznakowała przed jego wyjazdem pięknymi monogramami, następnie szedł pled podróżny, cztery pary obuwia, dwie pidżamy, szlafrok, bonżurka, dwanaście koszul wykrochmalonych i wyprasowanych na sztywno jak zbroje również przez pannę Schalleen, garnitury – letni i zimowy, dwie pary sportowych spodni, do których przynależały specjalne koszule tenisowe, potem osobno spakowane kołnierzyki, mankiety, spinki, krawaty, skarpetki, kalesony, chusteczki, a wreszcie przybory do pisania, wśród których znajdowało się jego ulubione wieczne pióro marki „Pelikan". Wszystko to Castorp układał następnie na niewielkiej etażerce, w szufladach orzechowej komody, na blacie biurka i w jednodrzwiowej szafie z wewnętrznym lustrem, prawie nie zauważając momentu, w którym pani Hildegarda Wybe skończyła swoją opowieść zdaniem: „Mój Boże, nie ma co gadać, zdaje się, że ja pana nudzę" – i wyszła z pokoju, obwieszczając, że obiad podany zostanie w jadalni za trzy kwadranse. Kiedy już wszystko było rozlokowane, Hans Castorp obmył starannie dłonie i twarz, zmienił koszulę i dopiero teraz rozejrzał się uważnie po pokoju.

Na wzorzystych tapetach w berlińskim guście zawieszonych było kilka grawiur i sztychów. Wszystkie bez wyjątku przedstawiały widoki starego Gdańska w dość ponurej tonacji. Żelazne łóżko mogłoby być ozdobą podrzędnego zajazdu, podobnie jak wyliniały, choć wyczyszczony dywan, na którym odcisnęły niezatarte piętno korki szampana, popiół z cygar i obcasy damskich bucików. Niewielkich rozmiarów okrągły stół wraz z szafą, komodą, kanapą, biurkiem, etażerką, nocnym stolikiem i krzesłami – należał do kompletu mebli zapewne miejscowego pochodzenia. Ich niewyszukana forma w połączeniu z półmatowymi fornirami, sprawiała przyjemne wrażenie. Podobnie jak żyrandol nad stołem i lampki do czytania – jedna na biurku, druga na nocnym stoliku. Wyposażone w silne żarówki, dawały solidne, nierozproszone światło, o czym Castorp przekonał się, zaciągnąwszy w oknie pluszową kotarę, następnie zaś wciskając ebonitowe przełączniki. Największą jednak i nieoczekiwaną przyjemność sprawił mu widok z okna. Pokój wychodził bowiem nie na ulicę Kasztanową, lecz sporym wykuszem wychylał się w stronę ogrodów i pól, których rozległa przestrzeń kończyła się na dalekim horyzoncie łagodną linią wzgórz. Ponieważ zaś kamienica stała pod pewnym kątem do Oliwskiego Traktu, ani jeden fragment ceglanych koszar nie szpecił tej prawie rustykalnej perspektywy, przeciętej – jak już powiedziano – trakcją elektrycznego tramwaju. Hans Castorp zapalił cygaro i wpatrzony w szaromiedziane cumulusy, przesuwające się gdzieś znad zatoki ku wzgórzom, pomyślał, że trafił całkiem nieźle, wyjąwszy postać gospodyni, która wzbudziła w nim – już od pierwszego zdania – to, co Anglicy nazywają w takich wypadkach abominacją. „Czy to możliwe – zastanawiał się – by żona oficera była aż tak prostolinijna? I używała zwrotów w rodzaju «co tu gadać»?". Jakkolwiek odległy przez całe dotychczasowe życie od zjawisk wojskowych, Castorp zdawał sobie sprawę, że w korpusie, gdzie każdy prawie oficer nosi „von" przed nazwiskiem, tego typu osobowość musiała być źle tolerowana. Na szczęście nie zamierzał ani też nie musiał zagłębiać się w sekrety już minionego życia porucznika Wybe i jedyne, co go w tej chwili frasowało, to perspektywa zbliżającego się obiadu w towarzystwie wdowy.

Rozdział IV

Pani Hildegarda przyjęła go w jadalnym zupełnie odmieniona. Po pierwsze, zrobił na Castorpie wrażenie jej strój: do obiadu włożyła czarną suknię z tafty, przewiązaną srebrzystą szarfą. Jej włosy, wcześniej upięte pod kapeluszem w pospolity kok, teraz opadały swobodnie na ramiona. Nie uszło uwadze Castorpa, że ich jasna cera kontrastowała mocno z ciemną plamą sukni. Po drugie – co wydawało się znacznie mniej prawdopodobne – wdowa po poruczniku cesarskich huzarów zmieniła w ciągu tych trzech kwadransów poprzedzających obiad swoje usposobienie, a przynajmniej widomy sposób bycia. Otóż, kiedy ujrzał ją w stołowym, jak skupiona i małomówna wydaje polecenia przede wszystkim z pomocą gestów, nie mógł uwierzyć, że to ta sama osoba, która dopiero co wyrzucała z siebie tyle zbędnych, w dodatku pretensjonalnych słów. Dziwny przy tym rodzaj napięcia panował podczas obiadu pomiędzy panią a służącą. Z powodów zupełnie dla Castorpa niepojętych to dziewczyna zdawała się górować nad panią Wybe, nie odwrotnie. Wyglądało to tak, jakby chlebodawczyni bała się urazić sługę czymkolwiek. Garnki przynoszone z kuchni dziewczyna stawiała na blacie pomocnika z potężnym trzaskiem, a sposób, w jaki nakładała na półmiski cielęcą pieczeń czy brukselkę, graniczył z jawnym wyzwaniem. W takich chwilach pani Hildegarda Wybe spuszczała wzrok na własny talerz, a kiedy mijał już krytyczny moment, podnosiła oczy wprost na Castorpa, jak gdyby usprawiedliwiała się z konfuzji lub szukała w nim cichego sojusznika. Jednakże spojrzenie młodego człowieka, pozbawione jakiegokolwiek zaangażowania w sytuację, pozostawało nieczułe na te zabiegi. Dopiero pod koniec drugiego dania tę – nienaturalną w końcu ciszę – przerwało powolne zdanie gospodyni.

– Widzi pan, w Berlinie wszystko było inaczej.

Castorp skinął tylko głową, nie podejmując na wszelki wypadek wątku, ponieważ w intonacji wdowy tyle było nieskrywanego żalu za przeszłością, uosobioną w tym jednym magicznym słowie „Berlin", że należało się spodziewać długiej opowieści o wspaniałym życiu w stolicy u boku porucznika. Nic takiego jednak nie nastąpiło. Po przełknięciu kolejnego kęsa i łyku wody pani Hildegarda Wybe zakomunikowała:

– Oczywiście, panie Castorp. Za pewną dopłatą może się pan tutaj stołować. Chyba smakuje, skoro dokłada pan sobie drugi raz pieczeni?

– Jak pisałem o tym w liście – odparł niewzruszenie młody człowiek – nie wiem, czy pozwoli mi na to rozkład zajęć. Jeśli przerwy w wykładach będą zbyt krótkie, nie starczy czasu, żebym dojechał tu z politechniki i wrócił na zajęcia zaraz po obiedzie. Pozwoli łaskawa pani, że decyzję w tej sprawie odłożymy do jutra? A jeśli chodzi o zapłatę za dzisiejszy obiad, ureguluję natychmiast. Oczywiście z dokładką, pieczeń rzeczywiście była wyborna.

– Teraz widzę, że naprawdę pochodzi pan z kupieckiej rodziny – przez twarz pani Wybe przebiegł grymas uśmiechu. – Ale po co się tak od razu spieszyć? Widzi pan, mnie idzie nie tylko o pieniądze.

– Chyba niezbyt dobrze panią rozumiem – odchrząknął Castorp, na próżno poszukując miseczki z wodą do opłukania palców. – W sprawie łazienki podjąłem już w każdym razie decyzję, otóż chciałbym korzystać z niej każdego dnia, proszę tylko określić, ile to wyniesie w miesiącu.

Pani Wybe najwyraźniej czekała na moment, w którym służąca, wynosząc brudne naczynia, opuści jadalnię. Kiedy to nastąpiło, przechyliła się nad blatem stołu ku rozmówcy i wyszeptała:

– Zależy mi na towarzystwie. Musi pan wiedzieć, że coraz mocniej obawiam się tej dziewczyny.

– W takim razie – odparł głośno Hans Castorp – dlaczego pani jej nie zwolni i nie poszuka nowej?

– Na miły Bóg – pani Wybe sprawiała wrażenie osoby rzeczywiście przerażonej – proszę ciszej! Pan nawet nie jest w stanie sobie wyobrazić, co by się stało, gdyby ona to usłyszała.

Młody człowiek skinął głową i odkładając serwetę, powiedział: – Pani Wybe, bardzo dziękuję, ale na mnie już czas. Dochodzi czwarta, mam więc tylko godzinę na dopełnienie formalności.

– To jeszcze nie był pan na politechnice? – zdziwiła się wdowa. – Zaraz podamy kawę i ciasto!

– Spacerowałem bez celu, ponieważ wszystkie potrzebne do wpisu dokumenty spoczywały w moim kufrze tutaj, podczas gdy służąca pani twierdziła, że o niczym nie wie. Proszę wybaczyć, jestem już niemal spóźniony.

Mówiąc to, Hans Castorp złożył gospodyni ukłon i wyszedł z jadalni zdecydowanym krokiem, omal nie potrącając w drzwiach dziewczyny, powracającej właśnie z kuchni. Ten krótki moment miał w sobie coś z elektrycznego spięcia. Nawet nie zapach bijący od włosów i fartucha – a tworzył on dziwną kombinację woni gotowanego mleka, cynamonu, zasmażki i pospolitego potu – oburzył Castorpa, co jej spojrzenie, którym nieomal go spoliczkowała. Gdy po kilku minutach stał już na przystanku tramwajowym, ów stan wzburzenia wcale nie przeminął, przeciwnie – zdawało mu się, że za chwilę osiągnie swoje apogeum i skończy się to wszystko długotrwałą migreną, na którą w żadnym wypadku nie powinien sobie teraz pozwolić. „Nie mam żadnych proszków – myślał chaotycznie. – Trzeba wstąpić do apteki; tak, cóż to za ludzie, naprawdę niesłychane, pomieszkam tutaj miesiąc i przez ten czas wynajdę lepszą kwaterę, koniecznie muszę czegoś szukać".

Do tramwaju wsiadał pokrzepiony nieco tą ideą, ale gdy tylko spojrzał na konduktora, omal nie jęknął z utrapienia, był to bowiem ten sam niesympatyczny drab, który rano potraktował go tak skandalicznie. „Cóż u licha! – pomyślał Castorp. – Widocznie nie znają tu pojęcia drugiej zmiany; ciekawe, czy motorniczowie jeżdżą po tym mieście tak samo od świtu do nocy? Nie ma co, bardzo rozsądnie", przy czym powiedział stanowczym głosem: – Politechnika raz!

Konduktor uśmiechnął się bardzo uprzejmie i podał pasażerowi przedziurkowany bilet, a na dodatek wydał resztę. Ponieważ Castorp dał odliczoną co do feniga sumę, zachodziło prawdopodobieństwo omyłki, którą natychmiast trzeba było sprostować.

– Przejazd ulgowy mi nie przysługuje – wyjaśnił rzeczowo. – Ściśle rzecz biorąc, studentem będę od jutra, to jest od dnia immatrykulacji!

– Formalność to nie to samo, co faktyczność – odpowiedział konduktor. – Jedź pan spokojnie i nie zawracaj sobie głowy!

Jak za poprzednim razem wzrok kilkorga pasażerów spoczął uważnie na Castorpie. Tylko dla uniknięcia dalszych komplikacji dał więc za wygraną i zajął wolne miejsce, lecz wcale nie był tym uspokojony, ponieważ wszystko, co spotykało go od rana – nie wyłączając obecnej sytuacji – miało charakter dziwacznej nieprawidłowości, jakiegoś tępego wykoślawienia zasad, które było tym bardziej niepokojące, że dotyczyło spraw pozornie błahych, jak gdyby nieistotnych. I chyba nie musimy w tym miejscu dodawać, że całe dotychczasowe wychowanie naszego bohatera polegało na gruntownie wpojonym przekonaniu, że właśnie z rzetelności w sprawach drobnych bierze początek właściwa miara życia. Tramwaj minął już dawno rynek z wieżą zegara i wylot ulicy Do Wzgórza Jana Sobótki, ponad której dachami górowała wieża kościoła wzniesionego w pretensjonalnym, neogotyckim stylu. Castorp nie zwracał jednak uwagi na te szczegóły. Do wszystkich irytujących wydarzeń, które sumowały się tego dnia niczym czarne paciorki na niewidzialnej nitce czasu, doszło coś jeszcze. Dopiero teraz, śledząc bezwiednie przez szybę tramwajowego wozu mijane kamienice, uświadomił sobie istotę drobnego spostrzeżenia z jadalni pani Wybe. Podczas posiłku wzrok jego kilkukrotnie podnosząc się znad talerzy, omiatał zdawkowo portret porucznika. Szamerowana kurtka, futrzana czapa ze znakiem trupiej czaszki, akselbanty i epolety wyczerpały inwencję malarza do tego stopnia, że już jej nie starczyło na twarz portretowanego. Pozbawiona indywidualności, praktycznie nie do zapamiętania, zdawała się jedynie wypełniać pusty owal w blasku huzarskich akce-

soriów. A jednak, w spojrzeniu porucznika Wybe tkwi-
ło coś, co Castorpa zaniepokoiło. Możliwe, że była to jedynie kwestia światła padającego na płótno, lecz teraz,
w rozpędzonym tramwaju, który na sporej pochyłości ulicy osiągnął maksymalną prędkość, Castorp poczuł nieprzyjemny dreszcz, nabrawszy intuicyjnej pewności, że
twarz porucznika Wybe przypominała w jakimś fragmen-
cie do złudzenia twarz owego nikczemnego typa z placu
pod koszarami. Jak to zagadnął ów rudzielec? „Nie dla
takiego panicza służba" – usiłował przypomnieć sobie
nieprzyjemny, chrapliwy, a równocześnie szyderczy ton
głosu tamtego. Im dłużej zaś o tym myślał, tym mocniej-
szego nabrał przekonania, że pomiędzy rudzielcem a porucznikiem Wybe istnieć musiał jakiś związek, kto wie,
czy nawet nie bliskiego pokrewieństwa. Z drugiej strony,
cóż byłoby dziwnego, gdyby nieboszczyk porucznik miał
w tym samym mieście stryjecznego lub nawet rodzonego
brata i jakie to mogło mieć znaczenie? Castorp nie wierzył
w znaki, przepowiednie, wróżby, a jego racjonalny umysł
z góry wykluczał tajemniczość nawet tam, gdzie zachodził choćby i niezwykły przypadek. Dlaczegóż miałby się
nad tym zastanawiać? Na moment przed opuszczeniem
wagonu dokonał więc podsumowania, z którego wynikało, iż nie powinien wgłębiać się w tę sprawę, lecz przyjąć jako pewnik, że przy ćwiczebnym placu obok koszar
spotkał po prostu krewnego porucznika Wybe.

Było już trzy kwadranse na piątą i musiał się spieszyć.
Ulica wiodąca do głównego gmachu politechniki, położo-
nego na niewielkim wzgórzu, w przyszłości zapewne miała być pięknie ocienionym traktem. Teraz jednak widać
było jedynie jego zamysł, jak gdyby ułożony z maleńkich
drzewek szkielet, przylegający lewym bokiem do cmentarza, prawym zaś do kolonii ceglanych, jednopiętrowych

domków. Uwadze Castorpa – choć szedł teraz bardzo szybko – nie uszedł fakt tej symetrii. I cmentarz, i kolonia domków były najświeższej daty, w obu więc tych wypadkach powiedzieć można było, że do kwater przy alei Gosslera wciąż sprowadzają się nowi lokatorzy. Rozbawiony tym porównaniem, nieco zdyszany, pięć minut przed siedemnastą wkroczył do kancelarii Wydziału Budownictwa Okrętów, kładąc na urzędniczym stole komplet wymaganych papierów – prócz tych, rzecz jasna, które był wcześniej zobowiązany wysłać pocztą. Wszystko odbyło się niemal w zupełnej ciszy: wysoki kancelista o zasuszonej twarzy spojrzał wymownie na ścienny zegar, po czym odnalazł na liście słuchaczy pierwszego semestru nazwisko Castorpa. Sprawdzenie, czy wszystko jest w porządku zajęło mu nie więcej niż pięć minut.

– Czy będzie pan korzystał z bursy? – zapytał już na koniec z wyraźnie ukrywanym, ale wyczuwalnym jednak polskim akcentem.

– Na razie mam kwaterę – odparł Castorp.

– Gdzie, jeśli można wiedzieć?

– Langfuhr, ulica Kasztanowa.

– To prawie Oliwa! – zdziwił się urzędnik. – Nie znalazł pan niczego bliżej? Tutaj jest wiele pokoi do wynajęcia. W przerwach mógłby pan sobie nawet uciąć drzemkę. A dojazdy? Kosztują; przecież nie będzie jeździł pan bicyklem!

– Wspaniała myśl – uśmiechnął się Castorp. – Doprawdy, czemu nie wpadłem na to sam? W takim razie proszę polecić mi jakiś sklep z bicyklami.

Kancelista zsunął druciane okulary na czubek nosa, aby uważniej przyjrzeć się rozmówcy. – Żarty pan sobie stroi – powiedział bez gniewu. – Chociaż jesteśmy nad morzem, podobnie jak w Hamburgu, z którego pan przybywa, śnieg potrafi u nas leżeć od pierwszych dni listopada aż do połowy marca. Bo to jest Wschód, o czym zresztą niejeden raz zdąży się pan przekonać. Do bicykla radziłbym kupić narty i parę łyżew, szczególnie te ostatnie będą przydatne, gdy po roztopach chwyci mróz i nasze trotuary zamienią się w ślizgawki. Czytał pan Gogola? W przekładzie, ma się rozumieć.

Rozbawiony potoczystą wymową kancelisty, Castorp prawdziwie zdziwił się tym pytaniem.

– Gogola? – powtórzył. – Nie, nigdy. Ale cóż Gogol może mieć wspólnego z bicyklami? Ma pan na myśli rosyjski mróz? Niepogodę?

– Na myśli mam stan chodników w naszym mieście, a zwłaszcza w dzielnicy, którą pan obecnie zamieszkuje. Czy wie pan, ile osób trafia rokrocznie do chirurgów z powodu niewłaściwych nawierzchni naszych trotuarów? Z powodu złego oświetlenia? Zaniedbań w odśnieżaniu? Remontach? O, proszę – sięgnął do szuflady i podał Castorpowi cienką broszurę oprawioną w karton. – Tutaj to wszystko opisałem. Statystycznie najwięcej złamań kończyn ma miejsce właśnie w Langfuhr, potem idzie Orunia, Dolne Miasto, Osiek i Stare Przedmieście. A wie pan dlaczego?

Podczas gdy Castorp przeglądał starannie naszkicowane mapki poszczególnych dzielnic, słupki wykresów i długie rzędy cyfr, kancelista kontynuował swój wykład.

– Otóż dlatego, proszę pana, że ojcowie naszego miasta prawie nigdy do dzielnic tych nie zaglądają. A jeśli już nawet, to widzą je wyłącznie z okien powozu czy automobilu. Szkoda, że na posiedzenia municypalne nie udają się aeroplanem, nieprawdaż? Wówczas już nigdzie nie czulibyśmy się bezpiecznie. Proszę – zabrał swoją broszurę z rąk Castorpa, by znaleźć odpowiednią stronę i postukać w nią palcem. – Proszę, oto ile traci na tym rocznie ubezpieczalnia, a tyle zwykły obywatel. A tu – znowu odwrócił stronę – wyliczyłem metodą rachunku prawdopodobieństwa związek pomiędzy wypadkowością a wychodzeniem z domu. Rozumie pan? Rzecz wcale nie polega na tym, jak długo przebywamy poza domem – kwadrans czy dziesięć godzin, to bez znaczenia. Problem sprowadza się do tego, ile razy w ciągu jednostki obliczeniowej – za tę przyjmuję osiem godzin ponieważ jest to jedna trzecia doby – ile więc razy zatem w ciągu jednostki obliczeniowej wychodzi pan z domu i do niego wraca.

Niestety, Hans Castorp nie miał doświadczenia w postępowaniu z tego rodzaju osobnikami. Dlatego wysłuchał grzecznie, choć okropnie znudzony, historii pracy kancelisty w magistracie, skąd usunięto go w wyniku spisku i niegodnych intryg. Było już dwadzieścia minut po siedemnastej i nic nie zapowiadało końca monologu, który rozwinął się teraz wokół tematu miejskich zieleńców i zanieczyszczeń pozostawianych tam przez psy.

– Gdyby te wszystkie kupska – dowodził kancelista – zbierać do odpowiednich pojemników i wywozić na miejską plantację róż, roczna produkcja tych pięknych kwiatów mogłaby wzrosnąć nawet o siedemnaście procent! O tym też napisałem pracę, niech pan poczeka, zaraz znajdę egzemplarz.

Gdy urzędnik zaczął szperać w biurku, Castorp zdobył się wreszcie na odwagę i powiedział: – No tak, ale ja muszę już iść, bardzo panu dziękuję, te sprawy są naturalnie bardzo ważne – po czym, nie mówiąc nawet – „żegnam", w popłochu opuścił kancelarię.

Wysokie sklepienia obszernego korytarza odbijały echem jego kroki. Drzwi do większości sal wykładowych pozostawały otwarte, dzięki czemu co chwila ukazywały mu się puste audytoria. Ich milczenie, jakkolwiek oczywiste, wydawało się dziwnie przygnębiające. „Zupełnie jakbym opuszczał to miejsce – pomyślał Castorp. – Tymczasem mam tu spędzić aż cztery semestry!".

Prawdę mówiąc, jeszcze bardziej przygnębiający był dlań fakt, że nie miał już na dzisiaj żadnych planów. W październikowym zmierzchu nie zawierały się żadne obietnice, a wracać do mieszkania przy Kasztanowej i nie zasnąć tam natychmiast stanowiło perspektywę najgorszą z możliwych. Idąc wzdłuż cmentarza do tramwajowej wysepki, uśmiechnął się na wspomnienie Kiekierniksa. Przelotna myśl, aby odwiedzić towarzysza podróży i zaprosić go do hotelowej restauracji na szparagi i porter – choć niezwykle ożywcza – zderzyła się natychmiast z rzeczową ripostą. Przygodna znajomość nie uprawniała do swobodnej improwizacji towarzyskiej, a gdyby nawet zdecydował się złamać konwenanse, nie bez problemu jawił się czynnik finansowy.

Ostatecznie odrzucił więc ten pomysł i postanowił jechać do Śródmieścia. Oczekiwanie na tramwaj skracał sobie rozważaniami na temat czasu: z Holendrem pożegnał się mniej niż dwanaście godzin temu, a jednak miał wrażenie, że od śniadania w hotelu Deutsches Haus upłynęło co najmniej kilka dni. Jeszcze odleglej jawił się teraz Castorpowi widok Starego Miasta, który ujrzał z pokładu maleńkiego „Wodnika". Szczegóły pejzażu zapadły w jego pamięć tak głęboko, iż niepodobna było sądzić, by zostały tam zapisane ledwie dzisiejszego poranka, niecałe dwie godziny po wschodzie słońca nad zatoką. I chociaż tak właśnie było, Castorp, wypatrując numeru nadjeżdżającego tramwaju, doszedł do zabawnego wniosku: gdyby założyć rzecz niemożliwą z punktu widzenia praw fizyki, a mianowicie znacznie szybszy – powiedzmy do kwadratu – upływ czasu w Gdańsku, w stosunku do tego, który odmierzał stary zegar w mieszkaniu wuja Tienappela, po czterech semestrach studiów wróciłby do Hamburga nie o dwa, lecz o cztery lata starszy. Czy ktoś jednak zwróciłby na to uwagę? Zapewne, aby wywrzeć odpowiedni efekt, choćby na pannie Schalleen, należałoby ową ilość czasu podnieść nie do potęgi drugiej, lecz co najmniej do czwartej. Czwartej, bo wówczas, nawet czcigodny konsul musiałby go spytać po powrocie: Mój drogi, co się z tobą dzieje, wyglądasz jakoś tak dziwnie, czyś nie zanadto przemęczony tymi studiami na Wschodzie? Mówiłem, że nic dobrego spotkać cię tam nie może! Spójrz w lustro, czy to podobna, abyś miał pierwsze siwe włosy?

Z wozu, który zatrzymał się na przystanku z okropnym zgrzytem hamulców, wysypywały się jedna za drugą grupki studentów. Nawoływaniom towarzyszył tłok i zamieszanie: ktoś krzyczał, że trzeba jechać jeden przystanek dalej, ktoś inny, że to kiepski żart i żeby się pospieszyć, bo w Café Hochschule wszystkie stoliki zajmą ci, co zdążyli na poprzedni tramwaj. Castorp, który w ostatniej chwili przed odjazdem dopchał się do drzwi tylnego pomostu, nagle postanowił dać szansę przypadkowi: zawrócił i wmieszał się w tłum młodych ludzi, jakby przyjechał tu razem z nimi.

– Byczo – zwrócił się do Castorpa rosły, krótko ostrzyżony blondyn. – Słyszałeś, że w tej knajpie dzisiaj i jutro mamy dwadzieścia procent zniżki? Co piąty kufel darmo, to rozumiem!

– Słyszałem – odpowiedział Castorp. – Ciekawy jestem tylko, czy ta zniżka dotyczy także jedzenia.

Blondyn wybuchnął śmiechem. Klepnął Castorpa z całych sił w plecy i ryknął na całe gardło: – Byczy z ciebie facet! Ja jestem Mikołaj von Kotwitz, a ty?

– Jestem Hans Castorp – podał mu dłoń – z Hamburga.

Wraz z całą grupą, której przewodził student w korporacyjnej czapce, przeszli na drugą stronę Wielkiej Alei.

– A ja z Królewca – zachichotał Mikołaj von Kotwitz – skąd mnie wylali po semestrze prawa! Myślisz, że żałowałem? Nigdy! Tępymi łbami tamtejszych profesorów należałoby brukować ulice. Im się wydaje, że każdy z nich jest Kantem! Chciałem wstąpić do wojska, ale mój stary, chociaż zakuty junkier, powiada: „Studiuj i basta, inaczej koniec z forsą"! A ty?

– Ja? – Castorp nie bardzo wiedział, co odpowiedzieć. – Widzisz, zamierzam budować okręty, naprawdę mnie to zajmuje, co do pieniędzy zaś, cóż, jakby to określić... – zawahał się, spoglądając na rumianą twarz młodego barona.

Ale na szczęście nikt, nawet pytający, nie oczekiwał od Castorpa odpowiedzi. Gromada studentów wlewała się do Café Hochschule jak młode wino do starej beczki. Rej wodzili korporacjoniści. Tak nonszalancko odsuwali krzesła, tak gromko pokrzykiwali na kelnerów, tak pewnie ciskali na wieszak swoje czapki, tak szybko wypijali pierwsze kufle piwa, że Castorp – nieśmiały z natury – poczuł się w tej pulsującej, żywej i nieforemnej masie zupełnie zagubiony. Gdy w chwilę później w zadymionej sali rozbrzmiała pierwsza strofa pieśni: „Hej, jakże miło z wami do dziesiątego kufla pić!" i gdy owalna twarz von Kotwitza – którą miał naprzeciw siebie – poczerwieniała od wokalnego wysiłku, Castorp, upiwszy solidny łyk piwa, przymknął oczy. Zdawało mu się, że jest teraz w gorącej siłowni „Merkurego", gdzie każdy ruch maszyny przenosi drgania na kadłub i konstrukcję grodzi, a gęsty zapach smarów powoduje trudności w oddychaniu. Dziesiątki kufli waliły rytmicznie w blaty. Rozkołysane „holaj la li, holaj la lo" podrywało stłoczone wokół stolików ciała na dwie-trzy sekundy, po czym fala opadała na krzesła, aż do następnego przyboju.

– Źle pan się czuje? – usłyszał tuż nad uchem. – Chce pan wyjść na świeże powietrze?

Nie był to von Kotwitz, który przed chwilą, popuszczając niezbyt dyskretnie pasek, ruszył do ubikacji.

– Świeże powietrze – powtórzył Castorp – niekoniecznie. Ale kim pan jest? Ja nazywam się Hans Castorp i przyjechałem tu...

– Na studia – przerwał mu nieznajomy z wyrozumiałym uśmieszkiem. – To chciał pan powiedzieć, nieprawdaż? No cóż, wszyscy oczywiście przyjechaliśmy tu w tym samym celu. Ale nie wszyscy podzielamy to samo barbarzyństwo!

Ponieważ mina Castorpa zdradzała pewne zaskoczenie, nieznajomy natychmiast przeszedł do wyjaśnień.

– Cechą każdej akademickiej korporacji jest to, że doświadczenie wspólnoty zamienia w chlew! Te ryki! Ten nieustanny wrzask! Panu się to podoba? Nasza niemiecka pieśń nie ma, nie chce i nie będzie miała z tym nic wspólnego. Jestem przewodniczącym tutejszego koła Vogelwander, bardzo mi miło, panie Castorp, jestem Wilhelm Stockhausen, dla pana lepiej po prostu Willy.

Castorp podał mu dłoń, dokładnie w tym samym momencie, gdy do stolika powrócił Mikołaj von Kotwitz.

– No tak – powiedział bardzo głośno, przekrzykując powszechny rozgardiasz. – Widzę, że polowanie na dusze już się zaczyna! Tylko uważaj – pogroził żartobliwie

Castorpowi palcem – bo skończysz w połatanej kapocie, z kijem w dłoni, na gościńcu.

– Byle nie z piórkiem w...! – dorzucił ktoś w pobliżu. – Z piórkiem w spodniach – dokończył inny głos.

Ta ostatnia uwaga wywołała prawdziwy huragan. Dziesiątki gardeł ryknęły zdrowym śmiechem, kufle załomotały o blaty. W przeciwległym kącie sali zaintonowano kolejną pieśń, której tematem było wspólne picie. Willy Stockhausen, skinąwszy ledwie głową, co mogło oznaczać – ale nie musiało – pożegnanie rzucone Castorpowi, ruszył w kierunku wyjścia, omijając rozbieganych kelnerów. Ich trudna misja osiągała teraz apogeum: ze wzniesionymi ramionami, trzymali na każdej dłoni tacę, z której wyrastała misterna piramida napełnionych kufli. Podobni w tym byli do cyrkowców, jeden z nich przy tym – zapewne okręgowy mistrz dorocznych zawodów w roznoszeniu piwa – niósł tacę trzecią, ustawioną na głowie. To właśnie za nim przez kilka sekund wodził wzrokiem Castorp, by ujrzeć nagle, po drugiej stronie szarej od dymu sali, tuż przy wyjściu, Willy'ego Stockhausena. Miał na głowie śmieszny, zielony kapelusik, z wetkniętym w rondo piórkiem. Już w drzwiach odwrócił się na pięcie i posłał – tym razem najwidoczniej specjalnie Castorpowi – pożegnanie dłonią.

– Cóż to za meduza – skrzywił się von Kotwitz, pokiwawszy głową nad kuflem. – Uważasz? Kręci się wśród nas, właściwie nie wiadomo po co!

Na szczęście znów śpiewano i Castorp mógł – ledwie podejmując kupletowy refren – spokojnie dopijać swoje piwo. Następnego już nie zamówił. Pod pozorem udania się do wychodka, nie żegnając się z von Kotwitzem, opuścił miejsce przy stoliku. Udało mu się, wbrew panującym tu zwyczajom, zapłacić przy kontuarze i opuścić

Café Hochschule, nie będąc nagabywanym przez nikogo. Jeśli oczywiście nie liczyć marsowego spojrzenia następcy tronu księcia Fryderyka Wilhelma, który, odziany w mundur miejscowego regimentu huzarów śmierci, spoglądał z oleodruku na zjednoczoną przyszłość swojego wielkiego narodu.

Aby zaspokoić naturalną w tym miejscu ciekawość czytelnika, wyznajmy jednak, co ominęło naszego bohatera w dalszej części wieczoru. Otóż najpierw jeszcze około tuzina pieśni zwanych burszowskimi. Ich tradycja, niemal tak stara, jak stare są nasze szacowne uniwersytety, do miasta nad Motławą wniosła tego roku niewątpliwie jakiś świeży, ożywczy powab, zważywszy fakt, że Królewska Wyższa Szkoła Techniczna, do której zapisał się właśnie Hans Castorp, ledwie co przecież uroczyście przez cesarza Wilhelma erygowana, była – formalnie rzecz biorąc – pierwszą wyższą uczelnią tego zacnego miasta od jego założenia, a więc od ponad dziewięciuset lat. Zatem: prócz ożywczego ducha pieśni burszowskich Castorpa ominęła także porcja co najmniej dziesięciu kufli miejscowego piwa, które – trzeba zaznaczyć to bezwzględnie – miało się raczej słabo w porównaniu z hamburskimi odmianami pilsnera. Cóż jeszcze? Bohater nasz nie słyszał przemówienia przewodniczącego Korporacji „Germania", jak również przewodniczącego Korporacji „Prussia", który wartościom braterstwa oddał hołd, wypijając jednym duszkiem litrowy kufel piwa. Pospieszne zawieranie znajomości, przepijanie od stolika do stolika, głośno opowiadane dowcipy, poklepywanie się po plecach i ramionach na znak właśnie osiągniętego braterstwa – także i to ominęło Hansa Castorpa, który opuściwszy Café Hochschule, szedł wolno, spacerowym krokiem wzdłuż wiekowych lip Wielkiej Alei.

Było już ciemno. Wilgotne powietrze przyniosło ze sobą mgłę. W jesienny, ciepły jeszcze zapach liści wmieszał się przenikliwy chłód. Dopiero po kilku minutach tej wędrówki bez celu Castorp zdał sobie sprawę, że maszeruje wzdłuż cmentarnego ogrodzenia. Gazowe lampy, tylko z rzadka tu ustawione, rzucały blade, słabe światło. Był głodny, lecz dalsza wyprawa o tej porze w poszukiwaniu restauracji wydała mu się impulsem jeszcze gorszym niż ten, który pchnął go do Café Hochschule w gronie studentów. „Trzeba będzie zjeść suchary – pomyślał. – Całe szczęście, że panna Schalleen dołożyła jeszcze i coś takiego do bagażu; zaraz, jak ona to nazwała? «Żelazna porcja na trudne sytuacje»" – przypomniał sobie jej saksoński akcent i wiecznie zmartwioną minę. Zapewne, gdyby mogła go teraz spotkać, wykrzyknęłaby z radością: „a nie mówiłam?!", choć prawdę mówiąc, w suchary i torebki ziół zaopatrzyła go na wypadek niestrawności, a nie zwykłego głodu.

Bardziej usłyszał, niż dostrzegł zwalniający tramwaj. Przyspieszył kroku i przeciął pustą jezdnię. Już na wysepce – mimo iż jego uwaga skupiona była na odczytaniu numeru linii – zorientował się, że ktoś za nim idzie. Wyglądało to tak, jak gdyby nieznajomy mężczyzna dosłownie wypłynął z cmentarnego ogrodzenia, a następnie przebiegł jezdnię tylko po to, by wskoczyć za Castorpem do wagonu jedynki. Nie tego jednak mógł się przestraszyć przyszły budowniczy okrętów. Mgła, pusta o tej porze aleja czy cmentarz – nie były przecież niczym nadzwyczajnym. Uczucie niepokoju opanowało go dopiero wówczas, gdy otrzymawszy od zaspanego konduktora bilet, spojrzał w kierunku ławki, którą zajął tamten. Czy mogło to być złudzenie? Jakaś jesienna fatamorgana, wywołana pomieszaniem ciemności, żółtawego światła wewnątrz elektrycznego wozu i mgłą? Chyba jednak jego oczy nie mogły się mylić. Był to ten sam krępy rudzielec, którego spotkał dziś rano przy placu koszarowym. Nikczemna pod każdym względem fizjonomia. Lecz jeśli się pomylił i oba te typy nie miały ze sobą nic wspólnego? Mogło być i tak właśnie, dlaczego jednak odczuł przedziwny, głęboki, nieznany mu do tej pory rodzaj niepokoju?

Takie były, mniej więcej, rozważania Castorpa w czasie pierwszej jego nocnej jazdy tramwajem przez Wrzeszcz. Nie mógł też uwolnić się od skojarzeń – zdążyliśmy je poznać – związanych z podobizną nieżyjącego porucznika Wybe. I chociaż przez cały czas towarzyszyło tym dziwnym myślom niejako równoległe, podświadome stwierdzenie: „To przecież nie ma najmniejszego sensu, bo mieć nie może wpływu, tak, najmniejszego wpływu na moje życie, na postępowanie..." – mimo więc nawet takiej asekuracji, wytworzonej niemal automatycznie przez umysł Castorpa jako przeciwwaga dla niepokojąco chaotycznych wątków, czuł się zagubiony – nie tyle w obcym, prowincjonalnym, źle oświetlonym mieście, ile we własnych myślach. Co gorsza nawet, nie uchwycił momentu, a ściśle mówiąc: przystanku, na którym tamten wysiadł. Oprócz motorniczego i konduktora nie było już w wagonie nikogo. Na koniec, gdy dotarł wreszcie, opuściwszy tramwaj, do kamienicy przy Kasztanowej, zdał sobie sprawę, że nie otrzymał od pani Wybe kluczy. Szczęśliwie brama była otwarta, lecz kiedy stanął przed drzwiami jej mieszkania, odczuł narastającą irytację.

Zapukał lekko, raz i drugi. Bez rezultatu. Nacisnął więc porcelitowy guzik, krótko i nieśmiało, jak gdyby był intruzem. Dopiero przy powtórnym dzwonku wewnątrz mieszkania dały się słyszeć kroki. Otwierając drzwi, dziewczyna mamrotała pod nosem nieprzychylne uwagi o charakterze ogólnym, które, rzecz jasna, odnosiły się do niego. Castorp zamierzał powiedzieć jedno tylko, wymowne w tej sytuacji zdanie: „Cóż, skoro nie otrzymałem kluczy...", lecz spojrzawszy z bliska na służącą, zaniemówił. Dziewczyna miała na sobie jedwabny, wzorzysty w chińskie smoki szlafrok, zarzucony pospiesznie na przezroczystą halkę, spod której przezierały obfite, jędrne piersi. Jej rozpuszczone, zupełnie mokre włosy pachniały solą kąpielową.

– Łazienka jest zajęta – powiedziała, przepuszczając lokatora w głąb korytarza. – A pani jeszcze prosi, żeby cygara to fajczyć przy otwartym oknie!

Zapewne tym stwierdzeniem, które Castorp uznał za niesłychane, można by skończyć dość szczegółowy opis jego pierwszego dnia w obcym, dalekim mieście. Zważywszy jednak, że spędzi tutaj aż cztery semestry studiów i zazna zupełnie nieoczekiwanych spraw, które głębokim śladem naznaczą jego osobowość, pozostańmy z nim jeszcze w pokoju przy Kasztanowej przez parę chwil. Wzburzenie, jakiego doznał, minęło dość prędko podczas toalety. Myjąc twarz, szyję i ramiona w miednicy, dokonał krótkiej analizy sytuacji. Wszystko ułożyłoby się dzisiaj inaczej, poprawnie, gdyby trzymał się ściśle zaplanowanych ram. Odrzuciwszy zaproszenie Kiekierniksa, przyjechałby na Kasztanową, zastając panią Wybe. Nie musiałby wędrować po przedmieściach, bez celu, jak sztubak na wagarach. Wpis na wydział, zapewne dokonany przed czternastą, poprzedziłby wyprawę do Śródmieścia i w zakamarki Starego Miasta, gdzie – jak planował – zjadłby obfity obiad w restauracji polecanej przez Brockhausa. Samotny, długi spacer nad Motławą, wreszcie powrót tramwajem przy dziennym świetle, na koniec odnalezienie jakiejś miłej kawiarni tu, we Wrzeszczu, gdzie oddałby się lekturze gazet przy kawie i cygarze – tak mogło, tak miało to wyglądać. Kładąc się na spoczynek, powziął solenne postanowienie. Odtąd, cokolwiek miałoby się zdarzyć, będzie się trzymał ściśle, nie pomijając najdrobniejszego szczegółu, własnych planów. Na przykład jutro, po immatrykulacji, sprawdzi katalog uczelnianej biblioteki, dowie się o kantynę, odwiedzi Bank Zbożowy, a potem uda się na zwiedzanie Starego Miasta. Czyż można było postępować prościej?

Nie zasnął jednak od razu. Okruch suchara, przeżuwanego już w łóżku, utkwił mu między zębami. Musiał wstać, odszukać pudełko wykałaczek, oczyścić szparę i wypłukać usta resztką wody, która została w dzbanku. Kiedy położył się ponownie, ze wzrokiem utkwionym w sufit, cisza, w jakiej pogrążał się już od pewnego czasu dom przy Kasztanowej, przerwana została dźwiękami fortepianu. Ktoś – chyba na parterze – grał impromptu Schuberta. Łagodne, melancholijne dźwięki, które Castorp pamiętał z wczesnego dzieciństwa, teraz wydały mu się szczególnie piękną kompozycją. Niespodziewaną przyjemność na zakończenie dnia popsuła wszakże nowa okoliczność. Ze znacznie bliższej odległości, bo mianowicie z łazienki pani Wybe, zaczęły dobiegać jego uszu dziwne odgłosy. Przypominały głośne klaśnięcia – raz pojedyncze, raz następujące po sobie jedno po drugim, w niezwykle krótkich odstępach. Towarzyszył temu – jak gdyby z podziemi się dobywający – głęboki jęk, który – jeśli był ludzkim głosem – wyrażać mógł tak samo dobrze radość, co cierpienie. W chwilę potem impromptu urwało się w pół taktu, akurat w tym momencie, gdy utwór z lirycznej i pełnej niewysłowionego czaru ekspozycji, przechodzi w dramatyczny ton. Z łazienki, a może już z korytarza dobiegał tumult ściszonych głosów, klaskały – tym razem po podłodze – bose stopy. Tak się przynajmniej Castorpowi wydawało. Przewrócił się na bok, naciągnął kołdrę prawie po same uszy i wreszcie zasnął.

Rozdział V

Po pięciu deszczowych, mglistych i bardzo chłodnych dniach październik wkroczył w przepiękny okres babiego lata. Wyjęte z szaf jesionki, kalosze, szaliki, ba! nawet rękawiczki powędrowały z powrotem na wieszaki i do przepastnych komód. Było tak ciepło, że kobiety pojawiały się na ulicach w letnich kapeluszach, mężczyźni zaś – zwłaszcza niższego stanu – pozwalali sobie paradować po trotuarach bez marynarek, w kamizelkach, niejednokrotnie podwinąwszy też rękawy koszul. Castorp, który owe pierwsze, deszczowe dni przepędził w dość ponurym nastroju, z czego ratował go jedynie natłok nowych obowiązków, teraz cieszył się każdą chwilą. Rześkie, świetliste poranki czekały na niego już za progiem domu, kiedy z teczką pełną skryptów i tekturowym tubusem na rysunki szedł parę kroków do rogu Kasztanowej, a potem na przystanek. Powietrze było tak czyste, że każdy szczegół, na który padał wzrok, wydawał się w konturach ostrzejszy niż zazwyczaj. Gzyms kamienicy, opadający liść klonu czy pałąk nadjeżdżającego wozu sprawiały Castorpowi tę samą radość bezinteresownej obserwacji. Wielka Aleja, w którą wpadał rozpędzony z górki tramwaj, płonęła rudo złotym blaskiem, a olbrzymi gmach Wyższej Szkoły Technicznej – wszyscy i tak nazywali ją politechniką – wydawał się na swoim wzgórzu niemal tak lekki i niepoważny jak jeden z zamków szalonego króla Ludwika. Castorp, skupiony na wykładach z geometrii wykreślnej, podstaw budowy maszyn, matematyki stosowanej czy ćwiczeniach z rysunku technicznego, lubił czasami uwolnić swoją uwagę od toku zajęć i spojrzeć z podbródkiem opartym na pięści w jedno z wielkich okien, za którymi na czystym błękicie, wolno i majestatycznie sunęły olśniewająco białe cumulusy.

Ten marzycielski gest dostrzegł któregoś razu profesor matematyki Hanow, pytając głośno: – A jakiż to pierwiastek może szanowny pan wyciągnąć z tych obłoków?

– Przepraszam – odparł speszony student – lecz jeśli nawiązać mam do ostatnich słów pana profesora, a mianowicie o ciągu liczb pierwszych wynikającym z równania Fermata, myślałbym o... nieskończoności.

Przez audytorium przemknęła fala śmiechu, lecz Hanow z poważną miną skinął głową i rzekł: – Istotnie, ten problem rozważa czysta matematyka, tymczasem wróćmy do naszych, praktycznych zastosowań i zagadnień!

Zaczerwieniony na twarzy Castorp pochylił się nad notatkami, nie mogąc oczywiście przewidywać, że ten drobny incydent przyniesie mu w gronie pierwszego roku, oprócz chwilowego rozgłosu, trwały przydomek. Odtąd koledzy zwali go Praktyczny Castorp, a krócej i po prostu – Praktyk.

Tak zatem Praktyk nasz prowadził życie doskonale uporządkowane, w którym nic nie zdawało się na przypadek. Wstawał codziennie o wpół do siódmej. Wykonawszy przy otwartym oknie kilka zaledwie skłonów gimnastycznych (o tym, że ich większa liczba mogłaby go niebezpiecznie wyczerpać, był zdecydowanie przekonany), odbywał staranną toaletę za parawanem. Ubrany już wyjściowo wkraczał do kuchni, gdzie Kaszibke – tak bowiem nazwał na swój użytek służącą pani Wybe – podawała mu gorące kakao i dwie bułki. Jedną z nich zjadał z apetytem, drugą zawijała mu Kaszibke w papier śniadaniowy. Te szybkie, kuchenne śniadania wypełnione były obustronnym milczeniem, wyjąwszy krótkie „dzień dobry", „proszę", „dziękuję", „do widzenia". Wykłady zaczynały się o ósmej, tramwaj Castorpa zajeżdżał na przystanek przed Wyższą Szkołą Techniczną o siódmej czterdzieści dwie. Miał osiemnaście minut na przebycie dwustumetrowej, wspinającej się łagodnie w górę alei Gosslera, której charakter już opisaliśmy. Szedł więc wolno, czasami spostrzegając, że od poprzedniego poranka przybyła na cmentarzu jakaś mogiła. W ogromnym, nieco pompatycznym holu sprawdzał tablicę urzędowych ogłoszeń i ruszał do sali wykładowej, by dokładnie za trzy ósma zająć swoje miejsce. – „Swoje", ponieważ zawsze siadał w piątym rzędzie jak najbliżej środka.

Obiady jadł w kantynie szkoły, a chociaż ich menu pozostawiało wiele do życzenia, przyjął to rozwiązanie jako najprostsze i najtańsze. Jeśli do popołudniowych zajęć zostawało mu więcej czasu, schodził do Wielkiej Alei, gdzie spacerem docierał do nieco bardziej oddalonej Café Halbe Allee lub Café Stoeckmann. Pierwsza, bliżej Śródmieścia, miała duży ogródek i nieco popularną klientelę. Druga, położona na skraju Wrzeszcza, oferowała pluszowe kanapy i posrebrzane łyżeczki. W obu dawano wyśmienitą kawę i gazety. Tu czy tam, paląc ulubione cygaro, Castorp czuł się znakomicie zjednoczony ze swoją mieszczańską formą. Obie też kawiarnie oferowały widok na Aleję, po której ciągnęły o tej porze konne powozy, dorożki, tramwaje, automobile, spacerujące pary. Kiedy zaś przerwa między zajęciami była krótsza, po obiedzie Castorp udawał się na skwer przed głównym gmachem i tu, na parkowej ławce, wyciągnąwszy wygodnie nogi, z niewiele mniejszą niż w kawiarni przyjemnością zapalał „Marię Mancini". Wieczory spędzał wyłącznie przy Kasztanowej. Kaszibke podawała mu kolację do pokoju, za zgodą pani Wybe.

Ten w najwyższym stopniu regularny tryb życia zadowalał Castorpa z kilku powodów. Po pierwsze, mieszkając na uboczu, nie musiał zawierać pochopnych znajomości. Owszem, z kilkoma kolegami – o których będzie jeszcze mowa – lubił rozmawiać w czasie przerw, w kantynie, w małej czytelni czy na skwerze, były to jednak sytuacje na tyle ulotne, że nie wymagały od Castorpa niczego poza powierzchowną otwartością, a taki właśnie dystans wobec świata odpowiadał mu najbardziej. Po drugie, zdał sobie prędko sprawę, że jeśli nie chce na pierwszych kolokwiach i egzaminach otrzymać not zawstydzających, musi pracować znacznie więcej, niż mógł to przewidywać jeszcze w Hamburgu. Po kolacji otwierał więc notatki i każde trudne zagadnienie rozkładał na czynniki pierwsze tak gruntownie i długo, aż pojął istotę rzeczy. Zdarzało mu się zasnąć z głową opartą na podręczniku geometrii wykreślnej, lecz nigdy po takim przebudzeniu nie żałował, że nie jest teraz z kolegami przy dzbanie piwa lub że nie włóczy się w ich wesołej kompanii gdzieś po mieście. Po trzecie, dzięki tak przyjętym zasadom i postępowaniu czuł się znacznie swobodniejszy, niż gdyby wir związków i relacji wciągał go nieustannie w orbity spraw, którym wypadałoby wprawdzie poświęcić czas, ale nie serce. Szczęśliwie udało się więc Castorpowi nie zostać członkiem Północnoniemieckiego Towarzystwa

Wioślarzy, Gdańskiego Związku Śpiewaczego, Studenckiej Kasy Zapomogowo-Pożyczkowej, Stowarzyszenia Młodych Luteran Przebywających poza Rodzinnym Domem, Towarzystwa Krzewienia Niemieckości na Kresach, Związku Abstynentów, Stowarzyszenia Miłośników Antyku „Omphalos", Akademickiej Ligi Postępu Moralnego, Pangermańskiego Towarzystwa Wikingów oraz jednej z dwu wspomnianych już korporacji – „Germanii" albo „Prussii". Jednej z dwu, ponieważ w przeciwieństwie do wszystkich innych towarzystw i zgromadzeń te elitarne korporacje wymagały od swoich członków i od siebie nawzajem arcylojalnej zasady wyłączności.

Kontakty z panią Wybe, ograniczone do niezbędnego minimum, również nie nastręczały mu trudności. Dopłaciwszy niezbyt wygórowaną sumę, korzystał z łazienki w poniedziałki, środy i soboty. Kaszibke rozpalała wówczas ogień pod żeliwną kolumienką i Castorp zażywał kąpieli tak długo, jak tego pragnął, leżąc w ciepłej wodzie ze wzrokiem utkwionym w kolorowe szyby witrażowego okna. Jedyne, czego pani Hildegarda Wybe „nie mogła mu wybaczyć" (że użyjemy tutaj jej własnego określenia), to nieobecności przy niedzielnym stole i to tym bardziej, że aby skłonić „nieludzkiego samotnika do towarzystwa" (to znów jej wyrażenie), proponowała Castorpowi odświętny posiłek z kawą i deserami za pół ceny.

Ale on miał własne zdanie na ten temat. Przede wszystkim w niedzielę spał dłużej, a przynajmniej wylegiwał się w łóżku do dziewiątej. Po śniadaniu, na które Kaszibke podawała mu jajka na miękko, bułki z szynką, drożdżowe ciasto i kawę, Castorp powracał do swojego pokoju, by jeszcze przez dwa–trzy kwadranse oddać się słodkiemu próżnowaniu. Z filiżanką niedopitej kawy i zapalonym cygarem spoglądał przez otwarte okno na odległe wzgórza, łąki, ogrody i linię tramwajową. Widok ten, pełen rozległej przestrzeni, sprawiał mu przyjemność, wywołując nastrój pogodnej melancholii. Godzinę potem Castorp wysiadał już z tramwaju przy Zielonej Bramie i rozpoczynał wędrówkę ulicami starego Gdańska. Niespiesznie, ale systematycznie zwiedzał historyczne budowle, których charakter, bliski jego rodzinnemu miastu i hanzeatyckim tradycjom, posiadał jakąś nieuchwytną, odmienność. W czas posiłku wybierał pierwszą skromną restaurację, gdzie racząc się na początek kieliszkiem miejscowego machandla i doskonale przyrządzonym śledziem, zamawiał suty obiad, kończony jak zwykle kawą, gazetą i ulubionym cygarem. Potem długo spacerował nabrzeżami Motławy, spoglądając na nieruchome dźwigi, wolny farwater i statki cumujące do kei. Ta senna, niedzielna atmosfera starego portu przywodziła mu na myśl odpoczywającą maszynę; w istocie wystarczył krótki moment rozruchu, by zagwizdały holowniki, ruszyły dźwigi, zgrzytnęły na zwrotnicach kolejowych wagony i cały ten skomplikowany system znów podjął swoją pracę, jak serce tłoczące krew w aorty.

Zanim przez Stare Miasto ruszył do tramwaju, zachodził do portowego szynku Pod Jeleniem. Stłoczeni w nim mężczyźni przekrzykiwali się wszystkimi chyba językami świata, ale dla Castorpa, pijącego tu ze smakiem szklanicę porteru, nawet nie owa marynarska egzotyka czyniła to miejsce interesującym, lecz kelner, którego uważnie śledził. Z niewielką małpką na ramieniu krążył w ogromnym ścisku i za każdym razem, kiedy zwierzę przyjmowało w otwartą łapę pieniądze należne jego panu, wokół rozlegały się gwizdy i oklaski. Podobny był do Fietego. Zarówno jego pomarszczona twarz, jak niektóre gesty przypominały starego służącego z domu dziadka przy

Esplenadzie. Największe jednak wrażenie na Castorpie wywarły dwa niezwiązane bezpośrednio z fizys kelnera elementy: mężczyzna z małpką nosił pod marynarką klasyczny, staroświecki halsztuk, a jego prawe ucho zdobił szeroki kolczyk, przypominający obrączkę. Zabawne było dla Castorpa wyobrazić sobie teraz dziadka w wielkiej jadalni, jak zagaduje Fietego w narzeczu platt, podczas gdy ubrana w marynarską, pasiastą koszulkę małpa zwędza właśnie z półmiska porcję smakowitego sera. I dziadek, i Fiete od dawna już nie żyli, dom przy Esplenadzie, sprzedany obcym ludziom, przebudowany został nie do poznania, tymczasem wspomnienie obu tych osób – dziadka i jego sługi – wróciło do niego właśnie tutaj, w szynku Pod Jeleniem, do którego zapewne nikt z rodziny Castorpów nie zajrzałby z własnej woli. Kładąc do małpiej łapy zapłatę za porter, młody człowiek odczuwał silne poruszenie serca, choć dotyk stwardniałych, czarnych w dodatku opuszków zwierzęcia nie należał do przyjemnych.

W ten sposób Castorp spędził dwie niedziele z rzędu. Zdawał sobie oczywiście sprawę, że w końcu nie będzie na Starym Mieście miejsca, którego nie odwiedzi, jednak na planie Gdańska, gdzie systematycznie zaznaczał obiekty już poznane, pozostawało nadal wiele niezakreślonych punktów. Obiecująco zapowiadał się spacer od Starej Zbrojowni przez wieniec fortów, które pamiętały oblężenie króla Leszczyńskiego. Nie widział też jeszcze kościoła menonitów, Wielkiej Synagogi, wnętrza Dworu Artusa, holenderskich mistrzów w Miejskim Muzeum ani słynnej biblioteki markiza Bonifacio. Z rzeczy mniejszych pozostawał na przykład Zaułek Świętego Bartłomieja czy szachulcowe domy za holenderską śluzą. Osobną wyprawę należało zrobić do Twierdzy Wisłoujście, która witała go, gdy wpływał „Wodnikiem" do miasta.

Słoneczna, niezwykle ciepła jak na październik pogoda utrzymywała się nadal. Nawet w miejscowym „Danziger Anzeiger", którego szpalty przerzucał pewnego razu w Café Stoeckmann, zamieszczono artykuł o zmianach klimatycznych. Autor dowodził, że za sto lat, około roku 2005, bałtycki klimat przypominać będzie śródziemnomorskie temperatury, co spowoduje niebywały rozwój kurortów i kąpielisk. Z naukowego punktu widzenia była to dość bezczelna brednia, jednakże Castorp uśmiechnął się nad płachtą gazety: wizja szumiących palm na Długim Pobrzeżu zdawała się doprawdy sympatyczna. Wyobraził sobie zasuszonego kancelistę, piszącego memoriał w sprawie budowy co najmniej pięćdziesięciu nowych fontann w mieście. Tymczasem on sam miał znacznie bliższą perspektywę – następnej niedzieli, której nie zamierzał spędzać odmiennie niż dotychczas. To, że stało się inaczej, było wynikiem zupełnego przypadku.

Już w czwartek, kiedy wychodząc rano z domu, pragnął włożyć do specjalnego etui dwa ulubione bremeńskie cygara, okazało się, że drewniana szkatułka z napisem „Maria Mancini" jest pusta. Poprzednią, tydzień temu opróżnioną, sprzątnęła Kaszibke z parapetu, ale powinien mieć jeszcze jedną – przypomniał sobie prędko – na dnie podróżnego kufra. Nie znalazł jej tam, ani też nigdzie indziej, podczas skrupulatnej kontroli wszystkich szuflad komody i szafy. Z okropnym uczuciem niewyjaśnionej straty spóźnił się na swój tramwaj, a w rezultacie na pierwszy tego dnia wykład, z fizyki, u profesora Hannowera.

Zbędne jest chyba wyjaśnienie, jak fatalnie czuł się Hans Castorp, naciskając mosiężną klamkę drzwi audytorium numer siedem, w którym już od dziesięciu minut profesor omawiał falową teorię Huygensa. Nie lepiej było popołudniem. Nasz Praktyk opuścił wykład z materiałoznawstwa, by zdążyć z kupnem cygar przed zamknięciem sklepów. Ale nigdzie nie mieli „Marii Mancini". Ani w eleganckiej trafice przy Wrzeszczańskim Rynku, która mieściła się tuż przy kawiarni Antonia, ani w tytoniowym sklepiku pani Lewińskiej tuż za wiaduktem kolejowym, ani też w żadnym z innych kolonialnych sklepów dzielnicy. Następnego dnia Hans Castorp nie zaszedł do kantyny, wykorzystując przerwę obiadową na poszukiwanie ulubionego gatunku w Śródmieściu i zakamarkach Starego Miasta. Czyż mamy w tym miejscu dopowiadać, że wysiadając po tej eskapadzie na przystanku pod politechniką, znów był spóźniony i znów bez ulubionych, bremeńskich cygar? Oferowano mu wprawdzie „Okassę Zarotto", „Virginię", „Pensylwanię", a nawet przemycaną z Rosji, podobno oryginalną kubańską „Havanę", lecz nigdzie, nawet w składzie Kummera w Zielonej Bramie, nie mieli „Marii Mancini". Zupełnie tak, jakby do Gdańska nie zawijały żadne statki z Bremy. „Widocznie zapomnieli – pomyślał rozgoryczony Castorp podczas wykładu z budowy maszyn – że pierwsza kolonia naszych kupców w tym żywiole, sześćset lat temu, pochodziła z Bremy". Uwaga ta, jakkolwiek słuszna w ujęciu historycznym, w niczym nie pomagała mu rozwiązać problemu. Na dodatek, miał tego dnia wieczorem krótką utarczkę z panią Wybe. Wdowa po poruczniku nie mogła pojąć, dlaczego młody człowiek nie składa swej bielizny w przygotowanym wiklinowym koszu. A kiedy jej wyjaśnił, że tylko panna Schalleen w jego rodzinnym mieście, jest godną zaufania osobą, której powierzyć można pranie, cerowanie, przegląd oraz prasowanie i koszul, i bielizny, słowem: kiedy oświadczył wdowie wprost, bez żadnych ceregieli, że wysłał był już paczkę do Hamburga i owszem, niezadługo oczekuje przybycia czystych rzeczy, pani Hildegarda Wybe nie posiadała się z oburzenia.

– To nie żal panu tych pieniędzy – powiedziała – na porto i w ogóle, a na niedzielny obiad to panu szkoda?!

Paląc egipskie papierosy, kupione w akcie rezygnacji u Kummera, spoglądał przez okno swojego pokoju na ostatni tramwaj, którego reflektor rozcinał mrok sadów i ogrodów. Elektryczny wóz wyglądał w tej przestrzeni jak rozświetlony żuk, posuwający się do przodu po omacku.

W sobotę rano spotkał w alei Gosslera kolegę Mikołaja von Kotwitza. Rozmowa ich, jakkolwiek zdawkowa, naprowadziła naszego bohatera na zupełnie nowy trop.

– Cygara? – zachichotał młody baron. – Byczo, kto by pomyślał, ależ ty masz problemy! „Maria Mancini”? Nie znam takiego świństwa! Ale jest sklep, gdzie możesz dostać wszystko. Udasz się do Sopotu i uważaj: od dworca w dół ulicą Morską, a potem w prawo na Wilhelma. Jeśli w delikatesach Kalinowskiego nie mają takich cygar, oddaję ci mój sygnet, majątek i nazwisko!

Hans Castorp nie miał takiego apetytu. Ale zapytał, uśmiechając się nieznacznie: – No a herb? Co w takim razie z herbem?! Też mi go oddasz?

Teraz dopiero Mikołaj von Kotwitz rozwinął pełną gamę swoich możliwości wokalnych. Stojąc na trotuarze, po prostu ryczał ze śmiechu, co chwila wykrzykując: – Ależ to byczo, chłopie, po prostu byczo!!!

Castorp rozważnie nie przystanął i tylko dlatego wielkie jak łopaty dłonie kolegi nie wygrzmociły go po plecach. A kiedy byli już na schodach, nagle przypomniał sobie ogłoszenie z „Anzeigera", które co kilka dni zamieszczało

Towarzystwo Żeglugi Przybrzeżnej: „Za sprawą pięknej pogody kursowe rejsy utrzymuje się do odwołania, ceny biletów bez zmian".

Najbardziej zdziwiła go łatwość, z jaką przedstawił sam sobie ów stan wyższej konieczności, podejmując szybką decyzję. Ostatecznie, gdyby delikatesy, podobnie jak trafiki, otwarte były w niedziele, przynajmniej do południa, mógłby pojechać do Sopotu właśnie następnego dnia. Ale ponieważ tak nie było, minął salę wykładową, do której wlewała się fala pierwszego roku, po czym opuścił szybko gmach politechniki.

O godzinie dziewiątej piętnaście z Długiego Pobrzeża odchodziła do Sopotu „Panna Wodna". Castorp – zaopatrzywszy się w bilet w drewnianej budce – bez najmniejszego pośpiechu zajął miejsce na odkrytym pokładzie statku. Wszystko cieszyło go w dwójnasób: piękna, niemal bezwietrzna pogoda, mewy pokrzykujące nad pokładem, równomierny takt parowej machiny, mijane w porcie statki, a nawet wstążki na kapeluszach trzech młodych kobiet, które, wsparte o reling, szczebiotały radośnie i bez ustanku. „Panna Wodna" zawijała po drodze na Westerplatte, do Brzeźna i Jelitkowa, gdzie w krótkich postojach przybywało pasażerów. Ku zdumieniu Castorpa, większość z nich stanowili kuracjusze i chociaż tłumaczyła to pogoda, jego ustalony pogląd, jaki wyniósł z dzieciństwa – o krótkości bałtyckiego sezonu zasadniczo nie uległ zmianie podczas tego rejsu. Z dyskretną też ciekawością przyglądał się dwóm rosyjskim kupcom: nienagannie ubrani w jasne, letnie garnitury zdążyli do Sopotu wytrąbić pięć szampanów, dając pokładowemu kelnerowi obfite napiwki. Może dlatego hultaj ów, choć Castorp dawał mu wyraźne znaki, nie przyniósł w końcu naszemu bohaterowi drugiego porteru? Ale i jeden, wypity ze smakiem pomiędzy Brzeźnem a Jelitkowem, wprawił go w doskonały humor. Idąc po promenadzie mola, gdzie przygrywała skocznie dęta orkiestra odziana w marynarskie stroje, potem szukając ulicy Wilhelma, wreszcie kupując w sklepie Kalinowskiego dziesięć skrzyneczek „Marii Mancini" – (rzecz jasna, dziewięć z nich obstalowanych zostało wraz z dostawą na ulicę Kasztanową), Castorp czuł, jak narasta w nim jakiś rodzaj łagodnej, acz porywającej euforii, która zabiera go i unosi ze sobą w jasne, ciepłe, bezchmurne popołudnie kuracyjnego nieba. Schodząc do kurhausu, potem zajmując miejsce na tarasie przy kawiarnianym stoliku, był szczęśliwy ową krótką, beztroską chwilą niewinności, jaka przydarza nam się czasem, kiedy zasłuchani w szum morza albo zwyczajny zgiełk ulicy nagle odkrywamy ze zdumieniem, że znajdujemy się gdzie indziej, trudno powiedzieć zresztą gdzie, ale na pewno nie w miejscu, w którym fizycznie i aktualnie tkwi nasze ciało.

Rozdział VI

Gdy zajął miejsce w samym rogu tarasu i zamówił porter, sąsiedni stolik był jeszcze pusty. Po pierwszym, drobnym łyku, z przypaloną przez kelnera „Marią Mancini", której siwy dymek rozpraszała szybko południowa bryza, z półprzymkniętymi oczami Castorp zapadł w stan miłego odrętwienia. Nieustanny szum morza niczym muzyczne tło przenosił do jego świadomości poszczególne dźwięki: syrenę spacerowego statku, okrzyki dziecięcych zabaw, nawoływania kelnerów, brzęk monety wirującej na kamiennym blacie, wreszcie melodię jednego z popularnych walców Straussa, którą zaczął grać smyczkowy *ensemble* na kawiarnianym podium. Właśnie wtedy usłyszał zdanie wypowiedziane po francusku z nieco dziwnym, dotąd nieznanym mu akcentem.

– Jak długo mam cierpieć?

Po chwili drugi głos, tym razem męski, odpowiedział również po francusku:

– Teraz nie wystąpię o dymisję.

Zajmowali sąsiedni stolik. Mężczyzna miał około trzydziestu pięciu lat. Ubrany w garnitur angielskiego kroju, sprawiał wrażenie nieco krępego, może za sprawą zbyt rozległej w rondzie panamy, która pomniejszała całą jego sylwetkę. W chwili, gdy Castorp skierował wzrok w ich stronę, mężczyzna przechylił się ku swojej towarzyszce i ujmując ją za przegub, dodał:

– Sytuacja jest poważna. To polityka.

Dopiero teraz, gdy wysuwając stanowczym ruchem swoją dłoń z jego uścisku, kobieta uniosła odruchowo głowę, Castorp ujrzał jej twarz. Połączenie czegoś, co w błysku intuicji określił natychmiast jako słowiański typ urody, konkurowało w niej z dalekim, delikatnym, a przecież wyczuwalnym tchnieniem Wschodu.

– Nienawidzę polityki – powiedziała. – Wiesz, jak bardzo. Nawet w listach nie mogę ci o tym powiedzieć.

Do ich stolika podszedł kelner. Niemiecki, jakim posłużył się mężczyzna, składając zamówienie, miał miękki, śpiewny akcent, jednakże zasadniczo różnił się od tego, co uchodziło, przynajmniej tutaj, za polską specyfikę. Czekając na czekoladę i pilznera, para nie odzywała się do siebie, jak gdyby przyszli tutaj tylko po to, by z tarasu kurhausu spoglądać na morzc. Lccz kiedy na stoliku pojawiły się wreszcie napoje, konwersacja nie przybrała na sile. Wyglądało to tak, jakby kłótnie, groźby rozstania, powtórne przyrzeczenia, wreszcie radość z odzyskanego uczucia mieli już za sobą, i nawet mało doświadczony w tych sprawach Castorp czuł, że teraz potwierdzają jedynie to, co przeżyli już w hotelowym apartamencie lub podczas spaceru brzegiem morza. Odstawiając nadpity kufel, mężczyzna powiedział:

– Przepraszam. Rano niepotrzebnie się uniosłem.

Na co ona odparła:

– Przecież niczego ci nie wyrzucam.

– Za to ja wyrzucam sobie wszystko. Wszystko. Nawet to, kim jestem, budzi we mnie odrazę. Czasami zbyt często. Rozumiesz?

Szczerość, z jaką mężczyzna zaczął analizować teraz stan swojej duszy, wywołała w Castorpie poczucie głębokiego niesmaku. Fakt, że mówił po francusku, zakładając pewnie, iż nikogo wokół nie może to obchodzić, nie stanowił tu najmniejszego usprawiedliwienia. Być świadkiem tego rodzaju wynurzeń stanowiło dla młodego człowieka o wrażliwości Castorpa doświadczenie o wiele bardziej zawstydzające, niż gdyby ujrzał tych dwoje w cieniu alei, wymieniających ukradkowe pocałunki. Nie mogąc doczekać się kelnera, położył na stoliku odliczoną zapłatę za porter i ruszył w kierunku promenady. Odchodząc, zobaczył jeszcze jej dłoń: okryta jedwabną rękawiczką najpierw poprawiła panamę na głowie rozgadanego mężczyzny, by zaraz potem łagodnym ruchem musnąć na jego karku równo przystrzyżone, ciemne włosy, czemu towarzyszyło wypowiedziane z westchnieniem, równie szczere wyznanie: – Kocham te wszystkie twoje głupstwa, nawet nie wiesz jak bardzo!

Wzburzenie przeszło nie od razu. Postanowił iść brzegiem morza długim spacerem aż do Brzeźna, skąd kursował do jego dzielnicy bezpośredni tramwaj. Wprawdzie lekkie, płócienne pantofle zupełnie nie nadawały się do plażowej eskapady, ale czyż jadąc rano na politechnikę, mógł przewidywać taki obrót spraw? Maszerować samotnie, wsłuchując się tylko w regularny łoskot fal i okrzyki mew, iść tak przed siebie, czując pod stopą zgrzyt rozgniatanej muszli, skrzypienie piasku, łagodną miękkość plaży, wędrować skrawkiem lądu zanurzonego w choćby pozorną tylko nieskończoność – wydawało mu się teraz rzeczą najwłaściwszą i jedyną spośród wszystkich możliwych spraw tego popołudnia. Przy pierwszych krokach poczuł niefrasobliwą lekkość, zupełnie tak, jakby powietrze nad samym brzegiem zatoki stawiało nieco mniejszy opór niż w mieście. Rzecz jasna, z punktu widzenia fizyki klasycznej – a innej przecież nie znał – taka właściwość była po prostu niemożliwa, lecz z drugiej strony – zastanawiał się, przeskakując nad galaretowatą plamą meduzy – z drugiej strony, czyż dałoby się wykluczyć ponad wszelką wątpliwość, że takie osobliwe miejsca nigdzie nie istnieją? Nigdzie – to znaczy dokładnie nie tylko tu, na ziemi, ale w całym przeogromnym kosmosie? Przypomniał sobie, że na ostatnim wykładzie profesora Hannowera jedna z dygresji dotyczyła *à rebours* podobnego problemu; termin „osobliwość" powtórzył się kilkukrotnie przy nazwisku angielskiego astronoma. Ponad sto lat temu opracował teorię gwiazdy, z której nie wydobywa się światło. Na zdrowy rozum było to niemożliwe, śmieszne, sprzeczne z rozsądkiem, takie czarne słońce nie dawało się nawet pomyśleć, a cóż dopiero zaobserwować, lecz argumenty Johna Michella okazywały się przytłaczająco logiczne. Któryś z poetów – Castorp na próżno usiłował teraz ustalić jego nazwisko – powiedział o „pucharze ciemnego światła". Była w tym sformułowaniu głęboka intuicja, przez astronoma wyrażona rzędem cyfr i równań, co dowodziło pewnej wspólnoty poezji i matematyki. Wracając zaś do zagadek natury: skoro określona „osobliwość" możliwa była gdzieś tam, w niewyobrażalnie rozległych przestrzeniach kosmosu, to inna co do charakteru – lecz także „osobliwość" – mogła wystąpić tutaj, nad brzegiem chłodnego morza, gdzie szedł zdumiewająco lekkim krokiem, wdychając zapach wodorostów i wilgotnego piachu.

Zdawał sobie sprawę, że rozważania te, chociaż oparte na solidnych przesłankach, są chaotyczne i nie prowadzą do poprawnych wniosków, ale przecież nie o to mu chodziło: zarówno czarna gwiazda, jak fenomen morskiego powietrza służyły jednemu – aby nie myśleć o tamtych dwojgu, pozostawionych na tarasie kurhausu. W połowie drogi do Brzeźna, na wysokości rybackiej wioski, sytuacja uległa jednak zmianie. Castorp zatrzymał się, aby spod buta wydostać bursztyn rozmiarów włoskiego orzecha. Znalezisko oczarowało go: we wnętrzu bryłki spoczywał owad podobny do szerszenia. Gdy podniósł bursztyn w dwóch palcach, przyglądając mu się pod słońce, usłyszał wyraźną, chociaż stłumioną przez szum fal melodię. Śpiewana przez młodą dziewczynę, mimo pozornej skoczności miała w sobie coś tkliwie rozlewnego, jak widok jesiennych pól poprzecinanych siwym dymem ognisk, przesuwający się za oknem pociągu. Dziewczyna, odebrawszy znad burty łodzi od mężczyzny kosz pełen ryb, niosła go przez szeroką plażę w głąb lądu, wspierając ciężar ładunku na prawym ramieniu. Jej bose stopy zapadały się z wizgiem w piasek przy każdym kroku, lniana spódnica krępowała ruchy, a chusta, zawiązana widać niezbyt ciasno na włosach, opadała na czoło, przeszkadzając oczom. Mimo to, a może właśnie dlatego, dziewczyna śpiewała z jakimś radosnym zapamiętaniem, jak gdyby cały ten mozół istnienia zupełnie jej nie dotyczył.

Piosenka, której słów nie rozumiał, nakazała mu zwolnić kroku i natychmiast przeniosła jego myśli na taras kurhausu. Poczuł, że tamto zdanie, wypowiedziane lekko drżącym, niemal schrypniętym głosem, owo „jak długo mam cierpieć?" odnosi się przecież wyłącznie do niego, trafia gdzieś w głąb tajemniczej studni, na której dnie przechowywane przez pamięć obrazy, zmącone, niejasne, ożywają na krótki ułamek czasu, by znów zapaść w utajone i niepewne istnienie. W pokoju matki pachniało kamforą i chorobą, doktor Heidekind zamknął za sobą delikatnie drzwi, a ojciec, który po chwili wyszedł stamtąd, bez słowa zasiadł do fortepianu i zagrał pierwszy akord najsmutniejszej pieśni, jaką kiedykolwiek pod słońcem napisano. – „Jak możesz właśnie teraz, gdy ona…" – skarcił go dziadek Tomasz – „to absolutnie nie licuje"… Takiego właśnie senator Tomasz użył określenia: „nie licuje", ale ojciec zupełnie się tym nie przejął, grając następne takty z jakimś strasznym, mechanicznym zapamiętaniem, aż do momentu gdy z pokoju matki wyszedł doktor Heidekind i powiedział: *„embolia cerebris*, niestety…", a wtedy w mieszkaniu zapanowała głucha cisza, przerywana jedynie taktem miśnieńskiego zegara i turkotem dorożki, dobiegającym zza uchylonego okna. Ojciec już nigdy nie zasiadł do fortepianu, spędzając całe dni w zamknięciu swojego gabinetu, a stosy korespondencji odsyłane z kantoru, gdzie w ogóle przestał bywać, piętrzyły się na jego biurku jak biała piramida. Któregoś razu – było to przed świętami Bożego Narodzenia – Hans Castorp ujrzał go przed kominkiem: stojąc w szlafroku narzuconym niedbale na pidżamę, ciskał do ognia nierozcięte koperty, a kiedy dostrzegł spoczywające na nim, uważne spojrzenie syna, wyrzekł cicho: „Obyś ty nigdy nie musiał tak jak ja, pamiętaj…", co brzmiało jak usprawiedliwienie, z którego jednak nic – prócz żałosnej skargi – nie wynikało.

Dopiero w tramwaju Castorp uwolnił się od wspomnień. Ich miejsce zajęła czysta muzyka. Nigdy jeszcze nie przeżył czegoś tak dziwnego: zarówno melodia grana przez ojca na fortepianie, jak piosenka dziewczyny-rybaczki brzmiały w jego wnętrzu równocześnie, czysto i bezbłędnie, nie powodując przy tym pomieszania, zupełnie tak, jakby Schubert – będąc autorem tej pierwszej, znał doskonale także tę drugą, a może nawet – cóż za absurd – komponował swoją pieśń o trzech słońcach-widmach nie tyle pod wpływem tej miejscowej śpiewki, ile raczej jako jej odbicie, jednak nie zwierciadlane, symetryczne – słowem: znieruchomiałe, lecz uchwycone w lustrze wody, a więc odbicie żywe i nieustannie pulsujące. Rzetelnie analityczna skłonność umysłowa Castorpa pozwoliła mu uwewnętrznić obie te melodie na kształt matematycznych funkcji, które biegnąc w zupełnej pustce – niczym w obszarze absolutnej ciszy – odbiegały od siebie gwałtownie, by po ściśle określonym czasie przeciąć się w z góry upatrzonym punkcie i znów natychmiast szukać każda własnej drogi. A ponieważ okno, przy którym siedział, szybko zaparowało (nie bez udziału jego zupełnie mokrych butów i nogawek), Castorp wykreślił na białawej powierzchni obie te linie i przyglądał się im z podobnym uczuciem, z jakim śledził jeszcze nie tak dawno temu zmąconą przez śrubę „Merkurego" otchłań morza.

Ten muzyczny nastrój, który towarzyszył mu aż do ulicy Kasztanowej, dokąd szedł piechotą od przystanku Brunshofer, prysnął już na progu mieszkania pani Wybe.

– Tak wcześnie? – ofuknęła go wdowa. – W soboty nie przychodzi pan przecież nigdy przed osiemnastą! Biegał pan po kałużach? Szkoda gadać, deszcz dzisiaj nie padał!

Odziana w jedwabny, wzorzysty w chińskie smoki szlafrok, pani Hildegarda Wybe właśnie udawała się do kąpieli, którą w łazience kończyła szykować Kaszibke, przekrzykując łoskot wpuszczanej do wanny wody.

– Już nie taka goronca, tera bendzie dobra!

Z butami w dłoniach, pozostawiając po każdym kroku mokre plamy, Castorp począłał do swojego pokoju. Dziewięć równo ustawionych na biurku skrzyneczek

z „Marią Mancini" świadczyło o niezwykłej operatywno-
ści sopockiej firmy Kalinowski: podczas gdy on wędrował
brzegiem morza, czekał na tramwaj, wreszcie jechał nim
z Brzeźna przez pola i ogrody, dostawa została zrealizo-
wana, mimo iż spodziewał się jej dopiero w poniedziałek.
Skarpetki przewiesił przez poręcz krzesła, nogawki spodni wyżął do miednicy i właśnie w tym momencie, gdy stał
na środku pokoju w samych tylko kalesonach i opadają-
cej koszuli, rozglądając się za ręcznikiem, otworzyły się
drzwi i do wnętrza – bez pukania! – wtargnęła Kaszibke
z dzbankiem parującej wody.

– Tera to się pan nie wykompie – wlewała wodę do
miednicy – bo przyszedł wcześniej, a pani bierze in-
halacje. Niech czeka. Pani kazała dać tu ciepłej wody,
żeby się nie przeziębił. No, co? – dopiero teraz spojrza-
ła ukradkiem na Castorpa. – Niech bierze krzesło, niech
siada i grzeje, co przemoczył. – A te cygara – wskazała
na skrzyneczki „Marii Mancini" – to powiedzieli, że są
już wypłacone.

Wychodząc, trzasnęła drzwiami.

Mimo że dobrotliwe intencje pani Wybe spełnione
w ten właśnie sposób wzbudziły w Castorpie kompletne pomieszanie, z zadowoleniem przypalił nowe cygaro,
przysunął krzesło i zamoczył zmarznięte stopy w miednicy z ciepłą wodą. Z łazienki dochodziły okrzyki i rozkazy.
Kaszibke co chwilę pędziła do sypialni pani, by przynieść
stamtąd sole czy utensylia, których co rusz żądała wdowa.
Trwało to na tyle długo, że Castorp, osuszywszy wreszcie rozgrzane stopy, założył cienkie, jedwabne skarpetki
i odziany w szlafrok położył się na łóżku i zasnął. A kiedy po kilku godzinach obudził się z bólem głowy i ssa-
niem w żołądku, światła w mieszkaniu pani Wybe były
już wygaszone. Że musi coś zjeść – to była jego pierwsza

myśl, i jeszcze: jak mógł tak lekkomyślnie pozbawić się obiadu i kolacji? Po drugie, miał przecież przyjąć kąpiel, tylko czy w środku nocy wypadało hałasować?

Wszystko jednak poszło niespodziewanie łatwo. Z zapaloną w lichtarzu świecą najpierw udał się do kuchni, gdzie połknął – na stojąco – dwie bułki z serem i wypił trochę mleka. W łazience żar pod kolumienką jeszcze nie wygasł i dzięki temu miał spory zapas ciepłej wody. Gdy wykąpany wracał do pokoju, usłyszał zza drzwi sypialni pani Wybe donośne chrapanie, któremu towarzyszył co jakiś czas cichy, przerywany, jak gdyby nerwowy szloch. Cichutko zamknął za sobą drzwi swojego pokoju, zdmuchnął świecę i wśliznął się do pościeli. Ale sen nie chciał przyjść. Castorp przewracał się długo z boku na bok i różne myśli przychodziły mu do głowy. Przypomniał sobie rozmowę z wujem Tienappelem, spacerujące przy Esplenadzie pary, łopatkowiec „Hanza", którym pływał po hamburskim porcie jeszcze z ojcem, i grymas panny Schalleen, z jakim żegnała go przy wyjeździe. Żadna z tych rzeczy nie była ważna – pojawiały się i znikały jedna po drugiej, zupełnie przypadkowo. Pierwszy, jeszcze nawet niepełny sen przyniósł odmianę. Najpierw huczało morze, jakby dom przy Kasztanowej leżał na samej plaży. Potem Hans Castorp znalazł się niespodziewanie w swoim dziecięcym pokoju i otwierał skrzydła kukiełkowego teatru. Na scenie stali: król obok królowej, dalej paź, błazen, rycerz i astrolog.

– Lubisz, gdy dobrze mówią wyuczone role? – usłyszał ten sam drżący, lekko schrypnięty głos. – A może oni wolą spacerować po ogrodach?

Dopiero teraz, patrząc jej prosto w oczy, zrozumiał, dlaczego tak mocno oczarowała go w kurhausie. Jej delikatnie wypukłe kości policzkowe w połączeniu ze szczególnym, lekko kapryśnym wyrazem ust, nadawały tej twarzy egzotycznego powabu, jakiejś dwuznacznej, pociągającej obcości. Podszedł do niej w milczeniu, a kiedy położyła mu na karku swoją dłoń, poczuł, jak każdy z jej palców promieniuje na jego skórze ciepłem rozgrzanych wydm i gorącym podmuchem nadmorskiego wiatru. Zmysłowość tego wrażenia była tak silna, że jeszcze parę chwil po rannym przebudzeniu Castorp odczuwał jego dojmującą obecność.

Przy śniadaniu i kawie starał się dociec – chyba po raz pierwszy w swoim życiu – zdumiewającej logiki snu. Fakt, że ujrzał w nim nieznajomą z sopockiego kurhausu, nie był tu niczym nadzwyczajnym. Ale dlaczego pojawiła się w jego dziecięcym pokoju akurat wówczas, gdy pochylał się nad swoją ulubioną zabawką? Na dodatek znalazł się tam nie jako dziecko, lecz – jeżeli można tak powiedzieć – obecnie uformowany Hans Castorp. Ostatecznie, wszystko to mogło mniej lub bardziej zawierać się w teorii odbicia dawnych czy też najnowszych przeżyć oraz ich swobodnego przemieszania. Skąd jednak pochodziło owo dziwne pytanie o dobrze wyuczone role i spacery po ogrodach? Na pewno nie z ostatnich dni, tygodni czy miesięcy. Dawniej też go nie słyszał i nie przeczytał w żadnej książce, a zatem, skoro nie pochodziło wprost czy pośrednio z doświadczenia – skąd pochodziło?

Już na przystanku tramwajowym, wsiadając do jedynki, Castorp zauważył, że nie wziął ze sobą – jak każdej niedzieli – mapy miasta. Niedopatrzenie, jakkolwiek drobne i niegroźne, bardzo go jednak poirytowało.

„Czy z powodu jednego snu – pomyślał – już zapominam o drobiazgach?"

Jednakże w kwadrans potem, gdy elektryczny wóz opuścił już Wielką Aleję i zbliżył się do kolejowego dworca, wydarzyło się coś znacznie dziwniejszego. Zwiedzanie Starego Miasta, obiad, spacer nad Motławą, a wreszcie porter w szynku Pod Jeleniem – wszystko, czemu z takim upodobaniem oddawał się co tydzień, nagle objawiło Castorpowi jakieś szare i nudne oblicze. Zapragnął odmiany. Tak gruntownie, że bez żadnego planu wyskoczył z tramwaju przy dworcu, wykupił bilet drugiej klasy i wsiadł w najbliższy pociąg osobowy do Sopotu.

„Przecież to nic nadzwyczajnego – rozmyślał. – Któż robiłby sobie wyrzuty z powodu tego, że spędzi niedzielę nie tam, gdzie z początku zamierzał, nieco inaczej, niż zwykł to czynić zawsze?".

W przedziale usiadł naprzeciw jegomościa w ciemnym meloniku, zatopionego w lekturze „Anzeigera". Tylko chwilę Hans Castorp spoglądał przez okno na umykający coraz szybciej peron, potem mignęły mu stoczniowe dźwigi, przesłonięte pospiesznym składem do Królewca, aż wreszcie jego wzrok skierował się ku płachcie gazety. Na tytułowej stronie pod winietą ujrzał nagłówek: „Zwykły policjant wykrywa straszną zbrodnię", a niżej podtytuł: „Złotniczy czeladnik zabił i poćwiartował swego pryncypała!". Cały ten liczący ze dwadzieścia prostych zdań artykuł nie zająłby mu więcej niż minutę, lecz w sytuacji ukradkowego czytelnika, który czuje się trochę jak pasażer bez biletu (a więc nieuprawniony do korzystania z tego, czego nie opłacił), lektura nie była ani prosta, ani nie dostarczała przyjemności. Mimo to nie mógł oderwać się od linijek tekstu, czyniąc co i rusz rozmaite, maskujące gesty. Dwukrotnie poprawił doskonale zawiązane sznurowadła, odwracał twarz ku oknu, za którym przesuwały się ogrody, zagajniki i jakieś małe domki, wyjmował chusteczkę i wycierał zupełnie suchy nos, wracając pomiędzy tymi czynnościami – szybko i łapczywie – do lektury artykułu. Młody czeladnik nazywał się Pudrowski. Tuż przed zamknięciem sklepu zabił jego właściciela, Ernsta Hoffmanna, i następnie – jak wynikało z relacji – zawlókł ciało nieszczęśnika na zaplecze, by tam, w małym warsztacie poćwiartować je na części. Potem – z pomocą swojej narzeczonej, której nazwisko pominięto – upakował zwłoki do drewnianego wózka, przykrył je plandeką i wyruszył z ulicy Złotników przez Śródmieście w stronę Wrzeszcza, ciągnąc ów potworny ładunek w zapadającym zmierzchu. Policjant Globke wracał tego dnia do domu piechotą. Bolała go głowa, dlatego postanowił zażyć spaceru. Fakt, że o tej porze dwoje młodych ludzi ciągnie wózek skrajem Wielkiej Alei, nie wzbudziłby zasadniczo żadnych podejrzeń, gdyby nie to, że wbrew najnowszym przepisom o ruchu kołowym i pieszym tył wózka nie był oświetlony. Dlatego Globke zatrzymał ich w celu pouczenia, a kiedy kończył mówić, ujrzał, jak spod plandeki wysuwa się dłoń w białym mankiecie i opada na jezdnię. Zatrzymani nie stawiali oporu. W zeznaniu złożonym na komisariacie czeladnik Pudrowski całą winę wziął na siebie, lecz nie chciał wyjawić swych motywów. Zbrodnicza para nie zabrała ze sklepu żadnych kosztowności, chcąc to zapewne uczynić później, po ukryciu zwłok. Artykuł kończyła informacja, że policjant Globke zostanie przedstawiony do odznaczenia za czujność po godzinach służby. – Po tym ostatnim zdaniu, które przeczytał z dodatkową trudnością, ponieważ wagon zadygotał na zwrotnicach, Hans Castorp odchylił głowę na oparcie i skierował wzrok na okno.

– Jest pan zdumiony? – usłyszał niski, ciepły głos współpasażera. – A może przy tym trochę lęku?

Mężczyzna w meloniku opuścił płachtę „Anzeigera". Spojrzenie jego szarych oczu świdrowało Castorpa z nieznośną zaczepnością.

– Znałem starego Hoffmanna – pstryknął palcami w nagłówek gazety. – I zawsze mu mówiłem: nie zatrudniaj Polaków! Ale on miał swoje poglądy. Liberalne – nieznajomy wydął gniewnie wargi. – No i odpowiednio skończył. A może pan, za przeproszeniem, jest także liberałem? Nic mnie to nie obchodzi, szanowny panie, dla mnie może być pan nawet osłem, chcę tylko przestrzec, że w tym mieście jesteśmy w nieco innej sytuacji. Dajesz palec, a oni skaczą ci do gardła!

Ostatnie zdanie mężczyzna wypowiedział już zza płachty gazety, którą uniósł na powrót do czytania. Zdumiony Hans Castorp miał teraz przed sobą rubrykę kroniki towarzyskiej, z której wynikało, że krymski książę Temir Bułat Gudzunati odwiedzi wraz z małżonką Almirą Gdańsk, zatrzymując się w hotelu Deutsches Haus. Przypomniał sobie Kiekierniksa. Gdyby Holender był tutaj obok niego w przedziale drugiej klasy, na pewno ta zaczepka – bezczelna i pozbawiona wszelkich reguł dobrego wychowania – nie pozostałaby bez echa. Sam wolał milczeć, nie dlatego jednak, by cokolwiek w tej sprawie miał lub nie miał do powiedzenia, lecz z tej prostej przyczyny, że czuł się winny. Ostatecznie, gdyby nie czytał cudzej gazety, okropny typ nie miałby nic do powiedzenia. Szczęśliwie pociąg dojeżdżał już do Sopotu i Castorp z poczuciem ulgi, nie mówiąc nawet zdawkowego „do widzenia", wysiadł na peron.

Przed dworcem stało kilka powozów z rozweselonym towarzystwem. Przymocowana do słupka tablica informowała, że jest to niedzielny kurs wycieczkowy do leśnej gospody Wielka Gwiazda, gdzie żywiczne powietrze, piękne widoki, źródlana woda i znakomita kuchnia czekają na gości do wczesnych godzin popołudniowych. Przez moment Castorp wahał się, czy nie wsiąść do jednego z tych pojazdów, skoro bowiem zdał się na przypadek od samego rana, czyż nie należało brnąć dalej? Ale natychmiast uświadomił sobie obłudę autosugestii. O żadnym przypadku nie mogło być mowy. Chciał spacerować nadmorską promenadą i wypić porter na tarasie kurhausu tylko dlatego, że liczył na spotkanie tamtej pary. Pragnienie to, jakkolwiek wcale nie jasne ani oczywiste, należało zatem spełnić, a przynajmniej przybliżyć możliwość jego spełnienia, skoro poddał mu się już i tak na tyle, że zmienił porządek niedzielnych zajęć. „Dziwne – pomyślał – dlaczego robię sobie wyrzuty z powodu tak błahej sprawy?". Konne powozy ruszyły wolno w kierunku leśnych wzgórz, a on – spoglądając na rozbawione towarzystwo kupców i urzędników, wśród których rej wodziło kilku starszych panów odzianych w nieco staroświeckie pudermantle i cylindry – skierował swoje kroki przez rynek na opadającą łagodnie w stronę morza ulicę Morską. O ile jednak dzień poprzedni – w którym wybrał się do Sopotu po cygara – pełen był miłych, niewinnych niespodzianek, o tyle teraz, z każdym upływającym kwadransem Hans Castorp czuł, że jego niejasne oczekiwanie wadzi mu coraz bardziej.

Dobrą godzinę spędził na molo. Potem wypił porter przy tym samym co wczoraj stoliku. Następnie udał się parkiem do Łazienek Północnych, które – choć zamknięte już o tej porze roku dla morskich kąpieli – odwiedzano na niedzielnych spacerach licznie i chętnie. Brzegiem morza wrócił do kurhausu gdzie na werandzie restauracji spożył obiad. Nie smakowała mu ani zupa jarzynowa – zbyt gęsta od zasmażki – ani cielęca pieczeń w beszamelu,

sucha i łykowata. W dodatku, kiedy – przy kawie i cygarze – zażądał „Anzeigera", okazało się, że mają tutaj jedynie „Danziger Zeitung", w którym wiadomość o zbrodni
czeladnika wydrukowano na stronie trzeciej, nie podając
zresztą szczegółu o dłoni wypadającej z wózka na jezdnię.
Jeszcze przez jakiś czas przechadzał się w pijalni mineral-
nych wód, skąd widział plac i nowe, jasne mury Zakładu
Kąpieli Gorących, z których nie zdjęto jeszcze wszystkich
rusztowań. Mimo że wszędzie było nie tak znów mało
ludzi, melancholijny koniec sezonu objawiał się na każdym kroku: w ospałych ruchach kelnerów, opadających
liściach, zamkniętych kioskach, spłowiałych flagach i hotelowych dorożkach, bezczynnie oczekujących na postoju. Cóż miał tu jeszcze do roboty? Na rogu ulicy Wiktorii
zatrzymał się przy witrynie fotograficznego atelier. „Elsa
Luedecke z Berlina" – informował o tym skromny pod-
pis pod zżółkłym od słońca portretem – która wygra-
ła konkurs na herb kąpieliska, uśmiechała się do niego
bez przekonania i jakby z przymusem. „Po co tu przyjechałem – pomyślał z niepokojem Castorp. – Przecież to
nie ma najmniejszego sensu!". I właśnie wówczas, odwracając się od witryny z mocnym postanowieniem, że od
dzisiejszego popołudnia rozpocznie systematyczne studia nad równaniami Weierstrassa, tak aby w matematycz-
nym świecie czystych pojęć otworzyć sobie szeroki, pewny trakt – zobaczył tamtych dwoje.

Szli ulicą Morską, która w tym miejscu rozszerzała się
nieznacznie. Mężczyzna trzymał w prawej dłoni niewielki pakunek, być może była to zawinięta książka lub większych rozmiarów notes. Kobieta miała przy sobie parasolkę, której pokrowiec – w jaskrawym kolorze – zupełnie
nie pasował do jej ciemnego kostiumu i narzuconej na ramiona, szarej pelerynki. Rozmawiali ze sobą w ożywiony

sposób, co chwila zatrzymując się na chodniku. On przekładał pakunek z dłoni do dłoni, ona zaś kręciła rączką
parasolki, której szpic wwiercał się w trotuar. Castorp ruszył w ich kierunku, wolno, aby nie wzbudzić najmniejszego podejrzenia. Ku jego zadowoleniu, gdy przeciął
jezdnię i znalazł się po tamtej stronie ulicy, jakieś dwadzieścia metrów za nimi, z bramy pobliskiego domu wy-
sypała się czeredka dzieci. Mógł teraz, nie zwracając na
siebie uwagi, przystanąć przed wystawą drogerii, wyjąć
cygaro i bardzo długo krzesać ogień, choć prawdę mówiąc, nigdy – wyjąwszy ogródki kawiarni czy parkową
ławkę – nie miał zwyczaju palić na wolnym powietrzu.
Ostatecznie z rozżarzoną „Marią Mancini" szedł wolno
za parą aż do hotelu Werminghoff. Tutaj – przy wejściu
do budynku – musiał podjąć natychmiastową decyzję:
czy ma iść dalej do kurhausu, pozostawiając ich za plecami, czy też – co było bardziej ryzykowne – wejść do hotelu. W obu wypadkach musiał ich minąć, ponieważ – jak
gdyby mieli się pożegnać – stali na chodniku dokładnie
przy wejściu do Werminghoffu, rozmawiając po francusku. Znów usłyszał ten sam, miękki, rosyjski akcent.

– Moja kuzynka – śmiała się ona – uznaje tylko Biarritz.

– Już lepiej byłoby w Ostendzie – odparł on. – Nie
uważasz?

– To zbyt daleko – spoważniała – bardzo daleko.

Z miną stałego rezydenta, pewnym krokiem, Hans Castorp wszedł do pustego holu. Recepcjonista, który nie
rozpoznał w nim jednak gościa, zapytał szybko i dość
stanowczym tonem: – Czym mogę panu szanownemu
służyć?

– Chciałbym otrzymać spis połączeń do Berlina – powiedział równie szybko Castorp. – Interesują mnie
sleepingi.

– Jest tylko jeden, proszę pana, dwudziesta pierwsza trzydzieści.

– Ach tak – Castorp strzepnął popiół z cygara do stojącej przy kontuarze popielniczki. – A w takim razie do Wrocławia?

– Do Wrocławia – powtórzył jak echo recepcjonista – nie ma sleepingu bezpośredniego. Tylko latem, trzy razy w tygodniu.

– Skoro tak – Castorp dojrzał kątem oka, że nieznajoma wchodzi do holu sama, bez mężczyzny – poproszę cały rozkład jazdy, jeśli to możliwe.

Recepcjonista bez słowa podał mu grubą książkę oprawną w tani marmurek, na którym tłoczony, cesarsko--królewski orzeł pociągnięty srebrzanką nie wyglądał zbyt dostojnie. W momencie gdy Castorp otworzył rozkład jazdy pociągów całej niemieckiej Rzeszy na stronie dotyczącej Drezna, kobieta podeszła do recepcji. Niewielki pakunek spoczął na kontuarze. Recepcjonista bez słowa podał jej klucz z numerem siódmym, Castorp zaś, pochylony nad spisem połączeń, który zupełnie go nie interesował, poczuł zapach jej perfum. Były fiołkowe z dodatkiem piżma. Oddał rozkład jazdy i wyszedł na ulicę. Dopiero po paru krokach zdał sobie sprawę, że uczynił coś okropnego, coś, czego żaden mężczyzna noszący jego nazwisko nie powinien był uczynić bez narażania się na utratę honoru i czci; słowem: zawstydził się niepomiernie, ale też i zdumiał tym, że w ogóle zdolny był do tak nieprzyzwoitego czynu. Otóż, gdy recepcjonista odwrócił się ku odchodzącej do numeru damie, składając pełen uszanowania ukłon na jej krótkie oświadczenie: Wyjeżdżam jutro rano – Castorp ściągnął z kontuaru pozostawiony tam przez nią pakunek, i ukrywszy go pod pachą niczym drobny złodziejaszek, opuścił hotel Werminghoff.

Co gorsza, jakby znajdował się w jakimś transie, niemal natychmiast ruszył za nieznajomym, który skręciwszy z Morskiej w Południową, szedł teraz wolno – okrężną, jak się zdawało, drogą – aż do pensjonatu Sedan. Odkrycie, że tych dwoje nie mieszka razem, choćby w przylegających numerach tego samego hotelu, wydało mu się – nie wiedzieć czemu – przygnębiające. Stojąc tak przez chwilę przed pensjonatem, ujrzał wreszcie nieznajomego na werandzie: mężczyzna zasiadł w wiklinowym fotelu i w wąskiej strudze elektrycznego światła pochylił się nad rozłożoną płachtą „Anzeigera". Pierwsze od kilkunastu słonecznych dni deszczowe chmury sunęły na miasto od strony zatoki. Zimny podmuch pędził nad ulicą Sedan obłok, w którym prócz ziaren morskiego piasku, wirowały źdźbła zeschniętej trawy i opadłe liście.

– Czyżby wuj Tiennapel miał rację? – pomyślał Castorp. – A jeśli tak, czy powinienem się tym niepokoić?

Ruszył w kierunku dworca z mocnym postanowieniem, że zapomni o całej sprawie i nigdy już nie będzie do niej wracać. W domu przy Kasztanowej dopadł go jednak jeszcze i ten problem: co zrobić ma z pakunkiem? Że jest to książka – nie miał wątpliwości, wodząc palcami po welinowym papierze, przewiązanym księgarskim sznureczkiem, lecz cóż miał z nią uczynić? Ostatecznie powstrzymał ciekawość i nie zajrzał do środka, składając pakunek do szuflady. Pomyślał, że któregoś dnia wyśle przesyłkę na adres hotelu Werminghoff, z dopiskiem: – „Zostawiono w numerze siódmym dnia takiego a takiego...", nie przypuszczając nawet, jak bardzo pomysł ten okaże się brzemienny w skutki.

Rozdział VII

Na pozór funkcjonował doskonale. Gdy Hermann Berendt, kolega z wydziału i na dodatek tak jak on hamburczyk, zagadnął go któregoś razu w kantynie o senatora Tomasza Castorpa, chętnie wdał się w pogawędkę o swoim dziadku, rzucając nawet garść anegdot i niewinnych powiedzonek w narzeczu platt, które wzbudziły powszechną wesołość. Kiedy wraz z docentem Hossfeldem udali się całą trzydziestoosobową grupą studentów okrętownictwa do Cesarskiej Stoczni, by w ramach pokazu praktycznego obejrzeć kadłub i wodoszczelne grodzie U-Boota, z prawdziwym zainteresowaniem podziwiał nowe rozwiązania, nie wahał się zadawać pytań, był szczerze ożywiony. Nawet w Café Hochschule, gdzie spotkał któregoś razu von Kotwitza w towarzystwie Edgara Mazkeita i Waldemara Rosenbauma, nie przywitał kolegów zdawkowo, by jak zawsze oddalić się po chwili do osobnego stolika z gazetami, tylko przysiadł się do nich, zamówił porter i cieszył się rozmową, w której Rosenbaum i Mazkeit – jako przybysze z Rosji – opowiadali o Kozakach, hrabim Tołstoju i nihilistach podkładających bomby.

Wszystko to jednak były sprawy powierzchniowe, anga-
żujące niewielką jego cząstkę. Coraz częściej, na skutek
zamyślenia, w jakie popadał – a zdarzało mu się to w samym środku rozmowy, podczas wykładu, jazdy tramwajem, spaceru, śniadania, kąpieli w wannie, lektury „Anzeigera" – stawał się zupełnie nieobecny lub mówiąc
ściślej: obecny tylko ciałem, podczas gdy jego świadomość wędrowała sobie tylko znanymi szlakami. Czasami dawało to nawet sposobność do koleżeńskich żartów:
kiedy widziano go w ten sposób zamyślonego, ktoś bardzo głośno wołał: „I co ty o tym wszystkim sądzisz, Castorp?". Powodowało to komiczny efekt: wracający do
rzeczywistości marzyciel miał na ogół tak zdziwioną minę,
że wszyscy wokół wybuchali śmiechem. Poważne kłopoty zaczęły się jednak dopiero z początkiem listopada, od
pewnych – z pozoru bez znaczenia – politechnicznych zajęć oraz związanych z nimi przemyśleń Castorpa.

Któregoś poniedziałku asystent Wilhelm Becker objaś-
niał w hali maszyn zasadę działania trójcylindrycznej siłowni parowej z turbiną. Castorp bardzo uważnie łowił
każde jego słowo: najistotniejsza była moc, z jaką zgęsz-
czona para wpadała do pierwszego cylindra. Z piętnastu
atmosfer rozprężała się w nim do trzynastu i ta uwolniona siła pchała potężny tłok, dając napęd. W drugim cylindrze z trzynastu atmosfer para schodziła do dziesięciu,
by tłok następny mógł przenieść tę – już nieco mniejszą –
siłę na wał korbowy odpowiednio skoordynowanym ruchem. W trzecim ciśnienie na zaworze wyjścia miało już
tylko osiem atmosfer i z taką siłą para, pchnąwszy ostatni tłok, wpadała następnie do turbiny. Czyż nie podobnie było z czasem?

Już na przystanku tramwajowym, bezpośrednio po
ostatnich zajęciach, Hans Castorp doszedł do takiego

wniosku. W zależności od tego, w jaką czas wpadał szczelinę, płynąć mógł szybciej albo wolniej, zgęszczając lub rozrzedzając swoją konsystencję. Rzecz jasna, szczeliną był jego własny, ludzki umysł, poza którym – to wiedział z filozofii – czas nie istniał, przynajmniej w takim sensie, by można było go oddzielić, wydestylować w stanie czystym. Trzymając się tego porównania, choć zdawał sobie sprawę, że analogia taka nie jest perfekcyjna – mógł domniemywać, że zdarzenia, niczym strumień pary w cylindrze, przepływały przez jego świadomość, raz z większym, to znów z mniejszym ciśnieniem. Tak więc, jeżeli życie napędzane było właśnie czasem – wsiadł do jedynki, podał konduktorowi miesięczną kartę i zajął wolne miejsce na przednim pomoście – zależność taką dałoby się ująć za pomocą funkcji biegnącej od punktu narodzin aż do nieskończoności. Gdzie jednak w takim razie byłby moment śmierci? Tutaj Hans Castorp popadał w błędne koło własnego założenia, bo skoro funkcja nie miała mieć końca, nie powinna mieć też raczej określonego początku, słowem przebiegałaby od minus do plus nieskończoności. Jednakże w takim razie istota życia wymykała się tego rodzaju przybliżeniom, ponieważ miało ono swój początek i zawsze dobiegało kresu – przynajmniej na gruncie oczywistych faktów. A jeśli czas był tylko złudzeniem lub może bardziej konstruktem stworzonym dla praktycznych potrzeb, podobnie jak matematyczne wzory? Za ich pomocą można było zbudować kadłub statku, most, automobil, lecz same w sobie nie znaczyły przecież nic.

Tramwaj dawno już minął przystanek przy Kasztanowej, a on znalazł się we własnym, osobnym czasie, na stoku ośnieżonej góry. Zza gęstej mgły można się było tylko domyślać pobliskich szczytów, ale nie to przykuło teraz jego uwagę. Słyszał dziwny, głuchy hurkot, jak gdyby nieopodal spuszczano po lodowym torze puste beczułki albo skrzynie. Po chwili mgła nieznacznie opadła i rzeczywiście ujrzał w śniegu wąski, prawdopodobnie saneczkowy tor, po którym raz za razem, w regularnych odstępach sunęły dziwne, wąskie, chyba szpitalne łóżka. W istocie były to bobsleje, których Hans Castorp nigdy wcześniej nie widział, lecz jego pierwsze, medyczne skojarzenie okazało się nie całkiem błędne, bo gdy tylko zbliżył się do toru, spostrzegł, że w owych pojazdach, opatuleni wielbłądzimi kocami po samą szyję, lodową drogą w dół pędzą umarli. Rozpoznał to po płatkach śniegu: nie roztapiały się na skórze, tworząc na twarzach podróżnych raz gęsty kożuch, to znów przejrzysty welon. Pod takim właśnie delikatnym okryciem ujrzał oblicze swojego dziadka, senatora Tomasza Castorpa. Potem, wśród bardzo wielu innych, przemknęła przed nim jego matka, na koniec zaś dziwnego korowodu ujrzał twarz kancelisty z politechniki, który zanudził go absurdalnymi teoriami. Gdy tylko opadł za nim śnieżny pył, Castorp ujrzał przed sobą odsłoniętą panoramę gór. Słońce odbijało się od ośnieżonych szczytów z taką mocą, że musiał zmrużyć oczy. Daleko, w dolinie, rozciągał się u jego stóp Gdańsk. Widział wieże kościołów, wstęgę Motławy ze spichrzami i cały labirynt uliczek Starego Miasta.

– Czy jesteś gotów? – usłyszał kobiecy głos. – Starczy ci odwagi?

Stała tuż obok niego. W męskim kostiumie, z przypiętymi deskami i w czapeczce podobnej do tych, jakie nosili lotnicy, nie przypominała damy z hotelu Werminghoff czy sopockiego kurhausu, lecz oczywiście poznał ją natychmiast.

– To pani mówi po niemiecku? – ucieszył się. – I na co mam być gotów?

Zaśmiała się głośno i zamiast odpowiedzieć wskazała narciarskim kijem miasto w dole, po czym ruszyła ostrym, gwałtownym szusem, wzbijając za sobą obłok białego puchu.

– A jakże ja mam gadać – to był już całkiem inny głos. – Tutaj mówimy tylko po niemiecku!

Nad ławką Castorpa pochylał się konduktor. Ten sam niesympatyczny typ, który pierwszego dnia potraktował go tak arogancko.

– Że sobie ktoś wypije, co mnie do tego? Byle trochę. Można też drzemać, to nie jest zakazane. Ale zapłacić trzeba. Pana karta jest tylko do Klonowej, tymczasem dojeżdżamy do Oliwy. Jeżeli mamy wracać, należy się za dwa przejazdy – tam i z powrotem, wielmożny panie student!

W listopadowej szarówce, nieopodal muru opactwa, tam gdzie tramwaj linii numer 1 miał swój końcowy przystanek, rozgałęziony w długie Y, tak aby dwa wozy – ten przyjeżdżający i ten odjeżdżający – mogły stać przez chwilę obok siebie, Hans Castorp zapalił cygaro i spacerował nieco nerwowym krokiem. Irytujące było bowiem wcale nie to, że tak głęboko się zamyślił i zanurzony we własnym czasie minął odpowiedni przystanek, ale fakt, że obok elektrycznego wozu, którym przyjechał, nie stał na oliwskim ryneczku już drugi, gotowy do powrotnej drogi; słowem, że będzie musiał wracać do Wrzeszcza z tym samym konduktorem, który budził w nim nie od dzisiaj jak najgorsze uczucia.

W parku, za starym murem opactwa, każdy centymetr powietrza wypełniał już gęsty mrok, jednakże po tej stronie, na głównej ulicy przedmieścia, światło gazowych latarń, którymi otoczony był końcowy przystanek, i witryny kilku sklepów rozpraszały tę przyczajoną ciemność na tyle, by można było oczekiwać na dzwonek tramwaju z umiarkowaną wiarą w postęp oraz sens cywilizacji. Mimo to Hans Castorp czuł narastający, irracjonalny niepokój, jakby znajdował się po tamtej stronie muru, pośród struchlałych w ciemności alei, ławek, klombów i mrocznych luster wody.

W drodze powrotnej, bacznie obserwowany przez konduktora, usiłował ustalić proporcję barw jej oczu. „Niebieskoszare – myślał – a może jednak bardziej szaroniebieskie?". Było to dziwne, zważywszy, że nieznajomą widział z bliska tylko dwukrotnie i ani razu – czy na tarasie kurhausu, czy w hotelu Werminghoff – ich spojrzenia nie skrzyżowały się ze sobą. Skąd zatem miał tę pewność? Gdyby wierzył w reinkarnację, wędrówkę dusz i tym podobne rzeczy, mógłby pomyśleć, że spotkali się już kiedyś, gdzieś, w innej rzeczywistości. Ale takich naciąganych idei, dobrych dla histerycznych panien i gazetowych nowinkarzy, Hans Castorp wystrzegał się skutecznie, chociaż ostatnio stawały się tak modne. Kwestii tej nie rozstrzygnął; więcej – odrzucił jałowe rozważania, bo coraz widoczniej prowadziły go donikąd.

Już w domu, kiedy Kaszibke przyniosła mu do pokoju kolację, a on pochylał się nad podręcznikiem geometrii, pomyślał, że wszystko to wynika – jakby powiedział doktor Heidekind – z pewnego osłabienia nerwów, a to z kolei ma przyczynę w przepracowaniu, złej pogodzie oraz zbyt małej ilości snu. Zamknął więc książkę i postanowił odpoczywać, co oznaczało, że położy się do łóżka i zaśnie w ciągu kilku minut. Przeszkodziła mu w tym jednak pani Hildegarda Wybe, osobiście pukając do jego drzwi.

– Szkoda gadać – miała na sobie wieczorową suknię – niech pan mi nie odmawia, panie Castorp, dziś jest rocznica śmierci mego męża, którą tu same obchodzimy, więc pomyślałam, żeby pan usiadł chociaż chwilę z nami, mamy ciasteczka, wino, bardzo proszę.

– Przykro mi, pani Wybe, nie czuję się najlepiej i chyba jutro – zdziwił się własną stanowczością i prędkim kłamstwem – udam się do lekarza.

– Okropna szkoda – wdowa takiego właśnie użyła określenia. – I na co tyle tych ciasteczek?

Okropne było jednak co innego: muzyczne święto pani Hildegardy Wybe. Już w chwilę potem z salonu dobiegł go dźwięk pianina. Gospodyni usiłowała wykonać na niezbyt dobrze nastrojonym instrumencie *Rondo alla Turca*. Skoczny i żwawy marsz urywał się kilkukrotnie na czwartym takcie, w którym pianistka popełniała zawsze ten sam błąd. Świadoma fałszu, wracała do początku, by znów, w tym samym miejscu uderzyć w niewłaściwy klawisz. Sprawiało to wrażenie pozytywki – wciąż i od nowa nakręcana, nie mogła dobrnąć do końca melodii, ponieważ zepsuty mechanizm zacinał się w wiadomym momencie. Wreszcie, gdy po wielu próbach gospodyni po prostu pominęła ów trudny fragment, grając melodię dalej, i kiedy zdawało się, że teraz dobrnie już do końca bez większych trudności, znów sfałszowała i znowu wróciła do początku, aby raz jeszcze popełnić błąd w tym samym, czwartym takcie. Potem w salonie panowała cisza, lecz jak się wkrótce okazało, była to tylko przerwa. Castorp nie mógł uwierzyć własnym uszom, gdy nagle usłyszał *Odgłosy wiosny*, grane na cztery ręce. Co chwila, po każdym błędzie, muzyka się urywała i silny głos pani Wybe grzmiał na Kaszibke: „Co ty wyprawiasz, kocmołuchu, przecież nie tak cię uczyłam!”. Albo: „Nie gap się na paluchy, tylko na nuty!”. Utwór, który siedemnaście lat wcześniej Strauss powierzył orkiestrze i cudownemu sopranowi Bianki Bianchi, w mieszkaniu przy Kasztanowej brzmiał nędznie i smutno, niczym zaprzeczenie wiedeńskiej lekkości, z której się zrodził.

Czy gdyby żył porucznik, pani Wybe grałaby ze swoją sługą tak jak dzisiaj? Pytanie to wprawiło Castorpa w dobry humor, gdyż wyobraził sobie, jak opowiada całą tę scenę Joachimowi. Twarz kuzyna, który w przyszłości na pewno zostanie porucznikiem, zdradzałaby kompletne osłupienie, po którym przyszłaby rzeczowość. „A czy słyszałeś wcześniej – zapewne zwróciłby się do Castorpa – jak daje tej dziewczynie lekcje? Przecież w kaszubskiej wiosce nie uczą gry na fortepianie. Miły Boże, to przeczy porządkowi!". O takich lekcjach Hans Castorp nie wiedział wprawdzie do tej pory nic, ale zapewne zgodziłby się z Joachimem, że nawet w mieszczańskich domach, gdzie tak jak u nich panowały republikańskie przekonania minionych lat świetności, takie traktowanie służby byłoby zupełnie niemożliwe. Surowe wymagania razem z uprzejmą grzecznością tworzyły konieczny dystans, co nie przeszkadzało komuś takiemu jak senator Tomasz Castorp dopuszczać do pewnej familiarnej bliskości starego Fietego. Było jednak zupełnie nie do pomyślenia, by któregoś dnia ujrzeć dziadka grającego ze sługą, dajmy na to, w karty lub domino. Co zatem działo się w salonie pani Hildegardy Wybe? Tego Hans Castorp nie widział, ale odczuwał, że pod portretem pana porucznika panuje tego wieczoru bardzo swobodna atmosfera, czy jednak był to rodzaj hołdu, czy może raczej demonstracji – tego już nie potrafił dociec. Po *Odgłosach wiosny* brzęknęło szkło, słyszał ściszoną konwersację, potem wyraźny śmiech obu kobiet. Nie mógł usnąć i zapragnął cygara, a kiedy sięgnął do szuflady po skrzyneczkę „Marii Mancini", jego palce trafiły na pakunek w welinowym papierze. I chociaż wcale tego nie zamierzał, choć jakiś wewnętrzny głos podpowiadał mu: „Ależ nie, zostaw to jednak tym Rosjanom" – poruszył cienki supeł, sznurek ustąpił, papier rozsunął się i oto Hans Castorp trzymał w dłoni egzemplarz książki, który nie był dla niego przeznaczony.

Bardzo się zdziwił. Gdzieś, podświadomie, podnosząc książkę do kręgu nocnej lampki, liczył bowiem, że będzie to coś egzotycznego, co najmniej z cyrylicą na okładce, jak tajemnicza i niedostępna księga z magicznego Wschodu, tymczasem trzymał w dłoniach wydaną po niemiecku *Effi Briest* Theodora Fontane, powieść, z którą zawarł już swego czasu powierzchowną i niezbyt miłą znajomość. Było to w ostatniej, maturalnej klasie, gdy zaziębiony musiał spędzić kilka dni w łóżku. Szukając czegoś do czytania w bibliotece wuja Tienappela trafił na egzemplarz tej właśnie historii. Nudził go opis dworu w Hohen--Cremmen i ekspozycja bohaterów, z którymi nie czuł nic wspólnego. Jego własne życie, wzrastające w cieniu portowych dźwigów i oceanicznych statków, giełdy, światowych interesów i kolonialnych towarów, nagle wydało mu się pełne blasku w porównaniu z koleinami piaszczystej drogi na Pomorzu czy niedzielnym kazaniem wiejskiego pastora. Odłożył wówczas powieść dokładnie na opisie weselnego przyjęcia u państwa von Briest i nie wrócił do niej więcej, pewien, że niewiele stracił. Jednakże teraz sprawy przedstawiały się inaczej. Zapach fiołkowych perfum z dodatkiem piżma nagle wypełnił jego pokój, jak gdyby nieznajoma była tu przed chwilą i bez słowa zostawiła mu tę właśnie książkę, zamiast listu. Nie ulegało wątpliwości, że w gąszczu powieściowych zdarzeń, dialogów i opisów skrywa się informacja także o niej, niedoszłej czytelniczce, którą – teraz nie wahał się już tego przyznać przed samym sobą – kochał od pierwszego spotkania na tarasie sopockiego kurhausu. Kochał mocno, porywczo, z całą naiwnością i prostotą swojej młodzieńczej duszy.

A ponieważ w komodzie przechowywał – na okoliczność przeziębienia oraz inne nadzwyczajne okazje – kilka butelek burgunda, otworzył jedną z nich swoim podróżnym korkociągiem, nalał wino do szklanki, ustawił wygodnie fotel i zaczął czytać powieść Theodora Fontane, która zaczyna się od południowej ciszy, w jakiej spoczywał okazały dwór w Hohen-Cremmen. Nie dałoby się tego samego powiedzieć o mieszkaniu pani Hildegardy Wybe. Mniej więcej w czasie, gdy Hans Castorp jechał z nowożeńcami Effi i Geertem koleją do Kessin, w salonie uruchomiono patefon. Walczyki i polki galopki wybrzmiewały piskliwie przez tubę, czemu towarzyszyło co pewien czas wyraźne przytupywanie, śmiechy, zawołania. Dźwięki, które w normalnej sytuacji wyprowadziłyby o tej porze Castorpa z równowagi, teraz ledwie do niego docierały. Dopiero gdy Effi przemierzała konno obok majora Crampasa bezdroża piaszczystych wydm, Castorp uniósł wzrok znad książki i przez chwilę przysłuchiwał się odgłosom dobiegającym z korytarza. Wdowa po poruczniku musiała zahaczyć obcasem pantofelka o chodnik, ponieważ przewróciła się – tuż obok drzwi Castorpa – na podłogę i nie mogąc wstać, zapewne z powodu skręconej nogi, głośno obwiniała o to wszystko Kaszibke. Sługa podała swojej pani dłoń, uniosła ją i podparła, po czym, wspierając się o ścianę, pokuśtykały obie do sypialni pani, skąd po chwili rozległ się potworny rumor przewracanej szafki. Potem zaległa cisza.

Castorp otworzył drugiego burgunda i przeniósł się do łóżka, stawiając szkło i popielniczkę na nocnym stoliku. Nigdy jeszcze nie czytał żadnej książki w taki sposób, poddając się niemal hipnotycznie sugestii pisarza. Obrazy, dźwięki, zapachy i słowa docierały do niego z krystaliczną wyrazistością, żłobiąc w jego pamięci głęboki ślad, ale nie nakładały się na siebie i nie tworzyły sieci chaotycznego labiryntu, jak to się zdarza przy tego rodzaju rozgorączkowanej lekturze. Przeciwnie – kolejne piętra zdarzeń, ich konsekwencje, wewnętrzne połączenia – wszystko to widział jasno, jak na schemacie konstrukcyjnym, gdzie każda linia podporządkowana jest całości, a całość wyraża się prostotą logicznej kompozycji. Skandal z listami, pojedynek, śmierć majora Crampasa, wreszcie samotne i pozbawione już radości życie Effi – wszystko to wynikało ze stwierdzenia, rzuconego znacznie wcześniej i niejako mimochodem, że poczciwy Geert „był dobry, miły, ale nie był kochankiem". Kiedy Hans Castorp zamykał książkę po przeczytaniu ostatniego zdania, pierwszy tramwaj zazgrzytał hamulcami na przystanku przy wylocie Kasztanowej. Podszedł do okna i uchylił je szeroko, by wywietrzyć ciężką zawiesinę po wielu wypalonych „Mariach Mancini". Białe płachty szronu jak wielkie prześcieradła okrywały dachy ogrodowych szop, ścieżki i trawniki. Ledwie świtało. Daleko, z portu, w mroźnym powietrzu niósł się przenikliwy jęk syreny. W koszarach krótko zagrała trąbka. Kładąc się do łóżka, postanowił nie wstawać na zajęcia, tylko odespać – jak długo się da – noc spędzoną z Theodorem Fontane. Zaciągnął story, pozostawiając lekko uchylone okno. „Przecież to oczywiste, że są kochankami – pomyślał już z głową na poduszce. – On wygląda na oficera, nie ma co gadać. A ona? To jasne, że się kamuflują, on w pensjonacie, ona w hotelu, ale czy jest mężatką? I dlaczego przez cały czas mówią do siebie po francusku? Rosjanie nie są tu prześladowani, chyba że...".

Tutaj Hans Castorp przerwał swój monolog. O czym pomyślał przed zaśnięciem? Było to niejasne, bardzo mgliste marzenie, a może bardziej życzenie, aby tych dwoje zajechało w przyszłym sezonie lub tak jak teraz – po sezonie – do Sopotu. Musiał przecież istnieć sposób, aby ustalić, kiedy przyjadą i gdzie się zatrzymają. Aby dowiedzieć się, kim są. On i ona, których przynajmniej na razie nie połączyła Effi Briest.

Rozdział VIII

Doktor Peter Ankewitz po studiach we Francji i Wiedniu przybył do Gdańska w tym samym czasie co Hans Castorp – w pierwszych dniach października. Nie mieliśmy żadnej potrzeby zajmować się jego postacią ani kłopotami z otwarciem gabinetu. Nastąpiło to podczas owych słonecznych dni, przypominających bardziej lato niż jesień, w czasie których bohater nasz cieszył się doskonałym samopoczuciem i odbył dwie wycieczki do Sopotu. Ich niespodziewane konsekwencje, opisane w poprzednim rozdziale, zmuszają nas jednak do chwilowego poszerzenia perspektywy, tak aby pojawienie się Castorpa w gabinecie doktora nie przyniosło naszej relacji uszczerbku, a przeciwnie – wzbogaciło ją pewnymi szczegółami.

Otóż Gdańsk stanowił dla doktora miejsce wygnania. Wcześniej był obywatelem Rosji, ale ponieważ w sposób lekkomyślny i typowy dla lat młodości spędzanych z dala od rodzinnego domu wdał się w jeden z owych emigracyjnych, politycznych spisków, które Polacy podejmowali z właściwą sobie lekkomyślnością, jego powrót w granice państwa Romanowów był niemożliwy, o ile nie miał skończyć się Syberią. Dlatego z Paryża udał się do Wiednia, gdzie na tamtejszym Wydziale Medycznym obronił doktorat w swojej specjalności: „Leczenie histerii według teorii i praktyki profesora Charcota". Na otwarcie gabinetu nie miał jednak we Wiedniu co liczyć, dlatego – przyjąwszy obywatelstwo niemieckie – osiadł w Gdańsku. Niezwykle trudną biurokratycznie operację zmiany paszportu ułatwiła mu rodzina z Poznańskiego. Polscy ziemianie bowiem, rozsiani pomiędzy trzy monarchie, o ile nie stracili swych majątków w wyniku powstań lub – częściej – hazardu i skłonności do kieliszka, posiadali pewne, nieraz zaskakująco wysokie wpływy na cesarskich dworach. Tak też się sprawy potoczyły w tym wypadku i doktor (zaopatrzony w sporą sumę rodzinnego kredytu) po krótkich, acz gorzkich niepowodzeniach w Śródmieściu ostatecznie wynajął duże, przestronne mieszkanie wraz z gabinetem przy ulicy Klonowej we Wrzeszczu, dokładnie na samym jej rogu z ulicą Główną, przy tramwajowym przystanku.

Z trójkątnego wykusza nowej kamienicy, na pierwszym piętrze, gdzie znajdował się właśnie gabinet, doktor spoglądał na przechodniów i oczekujących na tramwaj. Trzeba podkreślić, że zajęcie to stanowiło – początkowo z braku pacjentów – codzienny i ulubiony rytuał, w którym doktor pozwalał sobie na spekulacje i teoretyczne ćwiczenia. Jak dla prawnika spoglądającego przez okno istnieją jedynie podmioty i przedmioty prawa, tak dla Ankewitza obserwowani dzielili się na ludzi obecnie zdrowych oraz tych, którzy mają lub niezawodnie mieć będą problemy ze swoją *psyche*. Lata praktyki u profesora Charcota upewniły go w tym przekonaniu: każde mianowicie schorzenie znajdowało tak czy inaczej swój wyraz w cielesności. Drobny gest, grymas twarzy, wzrok,

sposób stawiania kroków, wymach ręki – wszystko to stanowiło przedmiot obserwacji i analizy, a ponieważ – jak
powiedziano – doktor prawie wcale nie miał w tym okresie pacjentów, co najmniej kilkanaście osób z tej dzielnicy zostało zdiagnozowanych. Wśród nich cała nasza trójka z Kasztanowej.

Niezbyt groźnie miały się sprawy z panią Hildegardą
Wybe. Pewien jej tik na twarzy oraz charakterystyczne
przebieranie palcami obu dłoni, gdy oczekiwała na tramwaj, pozwalały domyślać się niegroźnej manii, mogącej
mieć jednak tendencje rozwojowe. Kaszibke za to znaj-
dowała się na pograniczu histerii. Wracając z zakupów,
sprawdzała wielokrotnie zawartość koszyka. Często, bez
konkretnej przyczyny, oglądała się za siebie, a kiedy mijała mężczyznę w mundurze – o co w pobliżu koszar
nie było trudno – chowała głowę w ramionach, byle nie
spoglądać żołnierzowi w oczy. Hans Castorp natomiast –
którego doktor bez trudu rozpoznał jako studenta politechniki – przedstawiał sobą typ doskonale zharmoni-
zowany, w którym przyrodzona równowaga żywiołów
(z pewną przewagą flegmy) mogłaby służyć studentom
medycyny jako przykład osobowości w pełni zdrowej, sil-
nej i odpornej na przeciwności losu. Ilekroć doktor Ankewitz widział go na przystanku, myślał o nim z sympa-
tią. Może dlatego, że w jakiś sposób ten młody człowiek
przypominał mu jego własne, pierwsze studenckie miesiące, gdy z tubusem zawierającym anatomiczne plansze
oczekiwał w porannej mgle na paryski omnibus.

Zbyteczne wydaje się więc teraz opisywanie czytelni-
kowi zdumienia doktora, gdy pewnego marcowego popołudnia do poczekalni przy Klonowej wkroczył Hans
Castorp. Ankewitz, który nie zatrudniał pielęgniarki, ujrzał go przez uchylone drzwi gabinetu. Student z tram-

wajowego przystanku obejrzał uważnie fotografię z podobizną profesora Charcota, następnie kopię niemieckiej
nostryfikacji francuskiego dyplomu polskiego lekarza,
wreszcie usiadł na ceratowej kanapie, by dopiero po chwili dostrzec znajdujący się na okrągłym stoliczku ręczny
dzwonek i tabliczkę z napisem „wezwanie". Delikatne,
cienkie „dzyń, dzyń" zbiegło się akurat z elektrycznym
dzwonkiem tramwaju. Wóz hamował tuż za wysepką, by
nie rozjechać psa, który wtargnął na torowisko.

Doktor, skinąwszy tylko głową na powitanie, wprowadził pacjenta do gabinetu, lecz zamiast usadzić go w fotelu lub ułożyć na szezlongu ujął go delikatnie pod ramię
i podprowadził do wykusza. Tramwaj ruszył, a bezdom-
ny pies schwytany w pętlę hycla właśnie wędrował do
przewoźnej budy.

– Zna pan tych ludzi? – zagadnął doktor. – Na przykład tego pana z bródką albo tego, o, w czerwonym szaliku lub tę kobietę w futrzanej czapce?

– Ten w czerwonym szaliku – Hans Castorp przybli-
żył twarz do szyby – to mój sąsiad. W pewnym sensie
sąsiad. Eduard Krieger, Kasztanowa 10. Jest wyższym
specjalistą w wojennej stoczni. Ma z nami ćwiczenia. Innych nie znam.

– No tak – doktor Ankewitz był trochę speszony. – Nie
o to mi chodziło, szanowny panie...

– Castorp, Hans Castorp.

– Nie o to mi chodziło, szanowny panie Castorp, proszę bardzo spocząć, otóż chciałem pana tylko przekona-
nać, że każdy z tych przechodniów, każdy z ludzi, jakich codziennie tylu spotykamy, słowem: każdy z nas nie
jest wolny od różnych problemów duchowych, psychicz-
nych, psychologicznych. To norma, by tak rzec – zwy-
czajność. Nienormalne jest problemy te omijać, skrywać,

zasypywać, z tego właśnie rodzą się psychozy, neurozy, stany krytyczne, wojny, rewolucje i tak dalej.

Mówiąc „i tak dalej", doktor Ankewitz zakreślił w powietrzu prawą dłonią kilka kół, omal nie wyszedł z tego regularny młynek.

– Rozumiem. Chce mnie pan przekonać – Hans Castorp usiadł w fotelu – że nic, co ludzkie, nie jest nam obce. A szczególnie w takim miejscu. Tak. Ja przychodzę z bardzo prostą sprawą.

– Oczywiście – doktor zajął miejsce za biurkiem – słucham. Coś panu dolega przecież... Z pewnego punktu widzenia wszystkie sprawy są proste.

– Mam kłopoty ze snem.

– Proszę je scharakteryzować.

– Nie mogę spać.

– Naturalnie. Chodzi mi jednak o szczegóły. Ma pan kłopoty z zasypianiem? Czy może budzą pana jakieś koszmary i wówczas nie może pan już spać dalej?

– Właśnie tak, ale bez koszmarów. Po prostu budzę się po godzinie, najdalej dwóch i do rana nie mogę już zmrużyć oka. Czasami jest tak kilka nocy z rzędu. Za to na wykładzie czy w tramwaju głowa sama mi opada. Dawniej mogłem czytać dwie, trzy, cztery godziny. I robić notatki. Teraz po kilku stronach zdarza mi się zapomnieć, co było na pierwszej. Kiedy wychodzę z domu, trzy razy sprawdzam, czy zabrałem klucze. A w ogóle – Castorp zawahał się przez moment – staram się wychodzić z domu jak najmniej. To znaczy, najchętniej nie opuszczam swojego pokoju.

– Co pan wówczas robi, jeżeli mogę spytać. O czym pan myśli?

– Bardzo trudno mi to określić. Czy można myśleć o niczym? Leżę w łóżku i patrzę w okno. Albo w sufit.

Czasami przerzucę starą gazetę, bo dawniej kupowałem gazetę codziennie, teraz już nawet tego mi się nie chce. Wszystko mnie irytuje. Męczy. Widzi pan, doktorze, ja tutaj nie zawarłem żadnych znajomości, żadnych istotnych znajomości. Ale dawniej sprawiało mi przyjemność piwo wypite z kolegami w Café Hochschule i zwykła pogawędka. Teraz nawet na to nie mam ochoty. Gdybym mógł spać normalnie. Więc o to chciałem pana prosić, jakiś łagodny środek...

– Nasenny – dokończył doktor Ankewitz. – Łagodny środek nasenny, o to panu chodzi, czy nie tak?

– Właśnie po to i tylko po to przyszedłem – Hans Castorp wyprostował się w fotelu, jakby wizyta dobiegała końca. – Proszek czy krople, wszystko jedno.

– Naturalnie, wypiszę receptę. Ale pojmuje pan doskonale – doktor wstał i podszedł do wykusza, spoglądając na ulicę – że każdy stan odbiegający od pożądanej normy wymaga likwidacji przyczyn. Pan chce natomiast zlikwidować skutek. Na krótszą metę jest to możliwe. Oczywiście. Nie jest pan przecież w jakimś szczególnie trudnym położeniu. Nie jest pan chory. To tylko dolegliwość. Kryzys. O ile słusznie oceniam pańskie przyzwyczajenia, dieta, alkohol, tytoń, kawa – wszystko to pozostaje w rozsądnej normie. Słowem: przyczyny leżą zupełnie gdzie indziej. Lecz pan nie chce ich zlikwidować. Nawet nie chce o nich pan pomyśleć, a cóż dopiero mówić z kimś obcym, kto nie zasługuje na zaufanie.

– Nie rozumiem, do czego pan zmierza, doktorze.

– Rozumie pan doskonale. Sam pan przed chwilą używał słów „dawniej" i „teraz". Coś pomiędzy tymi przedziałami musiało się wydarzyć. Faktycznie albo w wyobraźni. Może w pamięci. Dręczy to pana, prześladuje, więc żąda pan kropli. Pomogą, oczywiście. Ale na krótko.

– Sugeruje pan, że powinienem odsłonić tu przed panem duszę? Czy, jak to nazywacie, dokonać analizy? Proszę mi wierzyć, zaliczam się do gatunku, który do takich nowoczesnych rzeczy czuje wstręt.

– Kiszki! Flaki! Osocze! Bebechy! Krew! Kał! Mocz! Ślina! Sperma! To pana nie napawa wstrętem? Gdyby miał pan biegunkę, musiałby pan powiedzieć przynajmniej tyle: jaki jest pański stolec. A ja – za przeproszeniem – sugeruję, żeby po prostu powiedział pan, co się zdarzyło, zanim zaczął pan źle sypiać. To wszystko, panie Castorp. Kto panu naopowiadał takich bzdur? Odsłona duszy? Analiza? Cóż mnie to może obchodzić? Lekarza interesują fakty. Chcę panu pomóc, ale sam tego nie dokonam. Dobrze więc, woli pan krople czy proszki?

Mówiąc to, doktor Ankewitz usiadł z powrotem przy biurku i przygotował blankiet recepty. Kiedy sięgał po pióro w bursztynowej oprawce, Hans Castorp wydostał z kieszeni marynarki etui, a z niego „Marię Mancini".

– Mogę zapalić? – zapytał. – Nie widzę tu popielniczki.

Nigdy jeszcze w życiu nie wypowiedział tylu po sobie następujących zdań. Peszyło go niebywale, że jest w centrum tej historii jako jej sprawca, wykonawca, a wreszcie interpretator, bo chociaż instynktownie unikał ocen, od czasu do czasu trafiało mu się stwierdzenie w rodzaju „uznałem, że tak jest dobrze" lub „chyba było to niewłaściwe". Początek jednak przyszedł łatwo, ponieważ, przypalając cygaro, zaczął opowiadanie od poszukiwań „Marii Mancini". Pewną trudność sprawił mu pamiętny sen o nieznajomej, dotykającej jego karku w dziecięcym pokoju, oraz wizja (takiego użył słowa) ośnieżonych szczytów górskich tuż obok miasta nad zatoką. Ponieważ wszystkie te rzeczy czytelnik poznał za sprawą naszej relacji, ograniczymy się tutaj do stwierdzenia, że Castorp – jakkolwiek pełen wewnętrznego oporu – wyszedł z tej ciężkiej próby bohatersko, nie omijając nawet wspomnień o swoim nieszczęśliwym ojcu czy rozważań o muzyce.

Gdy dobrnął do owej nocy, podczas której czytał *Effi Briest*, doktor Ankewitz bez słowa wydostał z szafeczki na medykamenty butelkę przedniego koniaku francuskiego, rozlał do dwóch pękatych kieliszków po słusznej, ożywczej dawce, wręczył Castorpowi jego naczynie, trącił się z nim lekko, a wreszcie przerwał mu delikatnie, korzystając z tego, że Castorp łykał trunek.

– A zatem wtedy, po tej właśnie nocy, zaczęły się pańskie kłopoty ze snem?

Pacjent zaprzeczył, choć sam przyznał równocześnie, że pewien proces niekorzystnych zmian mógł się rozpocząć właśnie wówczas.

– *Effi Briest* czytałem mniej więcej w połowie listopada, a pierwszy kryzys, to jest, chciałem powiedzieć: pierwsza bezsenność zaczęła się w grudniu, zaraz po pogrzebie kancelisty.

– Kancelista? – doktor Ankewitz zdziwił się trochę nowym wątkiem. – Czy to ktoś panu bliski?

Wymagało to skomplikowanych wyjaśnień: kiedy na tablicy ujrzał klepsydrę informującą o „tragicznej śmierci oddanego wspólnocie akademickiej pracownika", w holu krążyła plotka, że to niejaki Paul Kotzki, który zajął miejsce kancelisty, przyczynił się do jego samobójczej śmierci. Starego znaleziono na strychu jego małego, ceglanego domku, jak dyndał na sznurze od bielizny, podobno z niewielką własnoręcznie napisaną i przypiętą do rękawa dwujęzyczną karteczką: – „Dłużej już tego nie zniosę!". Chodziło jakoby o intrygi – Kotzki, choć miał polskie nazwisko, nie był Polakiem, a kanceliście Neugebauerowi tak utrudniał życie za jego polski akcent, że ten wreszcie nie wytrzymał i targnął się na swoje życie. Kościół uznał tę śmierć za „nieszczęśliwy wypadek", a Castorp, którego te sprawy niewiele obchodziły, udał się na pogrzeb z poczucia obowiązku. Kancelista był bowiem pierwszą osobą, jaką spotkał na swojej uczelni zaraz po przyjeździe. Jakież było jego zdziwienie, gdy na podmiejskim cmentarzu oprócz Hugona Wissmanna, pomocniczego biuralisty, który niósł za trumną skromną wiązankę z biletem Cesarsko-Królewskiej Wyższej Szkoły Technicznej, nie zauważył nikogo z uczelni. Za to w rodzinie kancelisty, która stanęła w dwóch oddzielnych kręgach nad odkrytą mogiłą, Castorp wyczuł jakieś ogromne napięcie.

Gdy ksiądz zaintonował po łacinie pieśń, gdy trumna zjechała w dół, a żałobnicy – ci stojący w lewym półkolu – zaczęli rzucać za nią grudki ziemi i kwiaty, z tego drugiego kręgu, milczącego i nieruchomego, wystąpił niewysoki chłopiec. Castorp poznał go natychmiast. Był to właściciel modelu „Paula Beneke", ten sam, który nad stawem nieopodal koszar rzucił mu jakieś niezrozumiałe zdanie i czmychnął w gąszcze łopianu. Teraz, ubrany nawet przyzwoicie, rzucił grudkę ziemi za trumną dziadka i wrócił do szeregu, lecz natychmiast za ten gest został skarcony przez matkę albo ciotkę siarczyście wyciętym policzkiem, na co rozszlochał się i krzyczał, powtarzając po niemiecku: „Dlaczego? Dlaczego?".

Był to widok okropny.

Wracając z Brętowa dorożką, Hans Castorp popadł w zupełne odrętwienie. Słowa pomocniczego biuralisty Wissmanna nie docierały do niego nawet w strzępach. Myślał tylko o chłopcu i jego pięknej, zapewne przez dziadka wykonanej fregacie z przemyślnym samosterem, rozcinającej zielone lustro wody. Właśnie to lustro, a biorąc rzecz dokładniej – wspomnienie wodnej tafli, jaką widział ze trzy miesiące wcześniej, podczas przypadkowego spaceru, podziałało na jego wyobraźnię jak jakiś magiczny przedmiot, z pomocą którego hipnotyzer wprowadza swoją ofiarę w trans.

– Rzecz jasna, doktorze, nie było żadnego hipnotyzera, tylko ten widok, miałem go nieustannie przed oczami. Czy może to sobie pan wyobrazić? Ciemne, zielone lustro wody rozsuwa się, a pod nim widzimy następne i następne. Przez kilka dni leżałem w moim pokoju właściwie bez zajęcia, patrząc w sufit. I za każdym razem, prędzej czy później, z tych nałożonych na siebie wodnych obrazów wyłaniał się jej portret, spojrzenie szaroniebieskich lub może raczej – niebieskoszarych oczu.

Ponieważ doktor poprosił o kilka szczegółów, Hans Castorp opisał najpierw wielkie, deszczowe kałuże przy Harvestehuder Weg, rozciągające się – zwłaszcza jesienią – pomiędzy trawnikiem domu Tienappelów a miejską plantacją róż. Potem przedstawił sadzawkę w Ogrodzie Botanicznym, gdzie tak bardzo lubił przychodzić z dziadkiem, po odwiedzinach cmentarza Świętej Katarzyny: tam spoczywali ojciec i matka. Było też alpejskie jezioro, w którym Hans Castorp obmył twarz podczas wycieczki w góry z kuzynem Joachimem; studnia w Eschenbach, z pamiętnym cytatem z *Parsifala*, a wreszcie ów staw nieopodal koszar we Wrzeszczu, przy którym spotkał wnuczka kancelisty.

– Jednak najgorsze dopiero nadciągało – Castorp odstawił pusty kieliszek – i gdybym wówczas mógł to jakoś przewidzieć, może pojechałbym do domu, do Hamburga.

Pośród deszczu ze śniegiem grudniowe dni zaczynały się od szarych, ołowianych świtów, trwały tak nierozjaśnione kilka godzin, po czym znów zapadała ciemność. Z najwyższym trudem zmuszał się do wykonywania paru prostych czynności, które w normalnym porządku życia przechodzą ledwie zauważone, teraz jednak sprawiały mu niewymowną trudność. Poranna toaleta, przyodziewek, śniadanie, jazda tramwajem – we wszystko to musiał wkładać coraz więcej wysiłku. Zbliżały się święta, lecz na samą myśl o podróży, koniecznych zakupach, rozkładach jazdy, biletach, pakowaniu bagaży – opanowało go tak kolosalne znużenie, że napisał krótki, rzeczowy list do domu, w którym bez wyjaśnień oznajmił: – „Świąteczną przerwę spędzam w Gdańsku".

Pewną trudność sprawiła mu gospodyni: gdy tylko dowiedziała się, że nigdzie nie wyjeżdża, wszelkimi sposobami usiłowała „biednemu, samotnemu studentowi" umilić życie. Jakoś przełknął jej świąteczny placek, wścibskie pytania i składanie życzeń. Nocami, gdy nie mógł zasnąć, myślał o nieznajomej, ale – choć bardzo tego pragnął – już nigdy więcej mu się nie przyśniła. Być może właśnie ten fakt powodował chwilowe poprawy nastroju. Tłumaczył sobie racjonalnie, raz za razem, że wszystko to jest tylko grą wyobraźni, że nigdy jej nie spotkał, ale pozostawała przecież książka, do której sięgał teraz na wyrywki i znów pogrążał się w marzeniach. Tak jak niegdyś, podczas samotnych zabaw z dziecięcym teatrzykiem, potrafił sobie wyobrazić, że jest postacią, którą przesuwa właśnie dłonią po oświetlonej scenie, tak teraz bywał majorem cwałującym konno przez diuny na spotkanie z ukochaną. Czasami prowadził z nią rozmowy i to nie w myślach, ale półgłosem, po francusku, chodząc po pokoju z założonymi do tyłu rękoma.

– Czy myśli pan, doktorze – Hans Castorp przerwał opowieść, widząc, jak Ankewitz notuje coś skrzętnie w swoim notesie – że zwariowałem?

– Drogi panie – doktor odłożył pióro i spojrzał na Castorpa z uśmiechem – zapewniam, że do tego jest znacznie dalej niż do Alp, w których był pan na wycieczce ze swoim kuzynem. Ale skoro sam pan przerwał, czy mogę zapytać o studnię w Eschenbach? Mówił pan o jakimś napisie z *Parsifala*, to ciekawe. Pamięta pan?

Mówiąc to, doktor wstał od biurka, dolał Castorpowi koniaku i sam zapalił cygaro. Była to zwykła „Virginia", tania odmiana z kontrabandy, przyznać trzeba – gatunek znacznie gorszy od „Marii Mancini".

– W Eschenbach byliśmy z Joachimem u jego ciotki Esmeraldy, w drodze powrotnej do Hamburga – Castorp spojrzał w sufit jak uczeń przypominający sobie lekcję. – A studnia? Jest na niej wizerunek poety, właśnie Wolframa z Eschenbach. To on napisał *Parsifala*. Cytat pochodzi z tego poematu. Brzmi jakoś tak: – „Z wody powstały przecież drzewa i wszystko żywe"... Nie, nie pamiętam aż tak dobrze. Na koniec jest na pewno o duszy, która lśni mocniej od anioła.

Castorp zamyślił się na moment i dodał po chwili: Jednak to zabawne, pamiętam co innego. Że studnię ufundował Maksymilian II, gdzieś w okolicach 1861 roku. Bawarski król. Teraz Bawaria nie jest już królestwem – tu urwał i spojrzał na doktora – jak pański kraj.

Ponieważ Ankewitz nic na to nie odpowiedział, Hans Castorp dodał natychmiast: – Przepraszam, chyba nie uraziłem pana?

– Przeciwnie – doktor wypuścił kilka misternie uformowanych kółek dymu. – Lecz to jest bez znaczenia. Więc dobrze – zmienił temat. – Zostawmy studnię królom i poetom. Powiedział pan: „jednak najgorsze dopiero nadciągało"... Czy były to właśnie owe wyobrażenia, w których widział pan siebie i tę nieznajomą Rosjankę jako postacie uformowane czy też – powiedzmy lepiej – wyobrażone na kształt bohaterów książki Fontanego?

– Panie doktorze – Castorp ściszył nieznacznie głos – to, o czym powiedziałem do tej pory, było zaledwie uwerturą.

– Ach tak – Ankewitz dyskretnie zsunął obsadkę z pióra i przysunął bliżej siebie notes. – Oczywiście, proszę spokojnie opowiadać dalej.

W noc sylwestrową, kiedy z pobliskiego kasyna oficerów dochodziły dźwięki orkiestry, rozszalała się śnieżna burza. Niespodziewanie przyniosło mu to radość: obraz zamieci za oknem, w czasie gdy w pokoju buzował w piecu ogień, a na stole oddychała świeżo otwarta butelka burgunda, miał w sobie coś pokrzepiającego. Na pół godziny przed północą, jakby wstąpiła w niego zupełnie nowa energia, postanowił udać się na spacer, właśnie w sam środek zawieruchy. Zatrzymany przez panią Hildegardę Wybe, musiał – już niemal w palcie – wypić z nią kieliszek musującego wina, które Kaszibke – ubrana w czarny fartuszek z białym kołnierzykiem i koronkowy czepeczek – podała im na srebrzonej tacy. A potem wstąpił w biały, wirujący całun i był szczęśliwy. Śnieg padał tak gęsty, rzucane wiatrem tumany były tak nieprzejrzyste, że wędrował ulicami Wrzeszcza bez żadnej orientacji, dosłownie na wyczucie. Minął dwóch podochoconych huzarów: podtrzymując się nawzajem, śpiewali na całe gardło, bezskutecznie przekrzykując wichurę, *Chcę być Prusakiem*. Potem spotkał jegomościa w futrze i ciężkiej, rosyjskiej czapie, który zapytał go: „A nie widział pan tutaj gdzieś mojej żony?". Nieliczne oświetlone okna były jak morskie latarnie: krążył od jednej do drugiej, nie czując mrozu ani przenikliwego wiatru. Można powiedzieć – doktor Ankewitz zanotował to skrzętnie – że humor Castorpa znalazł się podczas tej zimowej wędrówki w stanie odwrotnie proporcjonalnym do pogody: im gęściej sypał śnieg, im porywiściej jęczał wiatr, tym lepszy nastrój opanowywał naszego Praktyka, do tego stopnia, że do bramy numer jeden przy ulicy Kasztanowej wkroczył, jak gdyby wracał ze studenckiego balu – wesoły, rześki, skłonny do żartów i zabawy. Jakże ogromne musiało być zdumienie Hildegardy Wybe, gdy usłyszała jego cichutkie pogwizdywanie na korytarzu, a zaraz potem ujrzała jego uśmiechniętą twarz w otwartych drzwiach salonu. „To pani jeszcze nie śpi?" – zapytał i bez ogródek, bez słowa zaproszenia zasiadł do fortepianu, ucinając skocznego poloneza. „Pozwoli pani?" – zagrał następnie przeróbkę Czajkowskiego. „I wszystkie pary tańczą" – wykrzyknął, widząc Kaszibke wchodzącą do salonu.

– Proszę mi wierzyć, doktorze, to była rzeczywiście zwariowana scena, którą wyczarowała niezwykłość tamtej nocy – Castorp przypalił wygasłą „Marię Mancini". – Zapewne niedorzeczna, karnawałowa. Sługa dygnęła przed swoją panią i zaraz wirowały obie w takt walczyka, więc grałem dalej, a one podchwyciły żart, niczym dwie panny z pensji, aż zakończyłem na *Rondo Russe* Saviera Mercandante. Wstałem, złożyłem paniom ukłon i powiedziałem: „Wszystkiego dobrego w Nowym Roku!", na co podochocona moja gospodyni rzekła: „Nie ma co gadać, panie Castorp, z pana to niezłe ziółko!" – po czym ucałowała mnie w oba policzki, siarczyście, mocno, pozostawiając gruby ślad swojej karminowej szminki...

– Czy właśnie to było tym „najgorszym", co miało nadejść? – zapytał łagodnie Ankewitz.

– Nie, panie doktorze, pocałunek pani Wybe, to jest – chciałem powiedzieć – cały ten wieczór zmylił jedynie moją czujność. Spałem nadzwyczaj dobrze, długo, a kiedy następnego dnia ujrzałem miasto przebudzone w głębokich zaspach śniegu, skąpane w słońcu, byłem już niemal pewien, że żadne ciemne myśli więcej nie zmącą mi spokoju; słowem – Castorp spojrzał uważnie na doktora, jak gdyby obawiając się, czy jego sformułowanie nie wzbudzi uśmieszku politowania – że zaczynam nowe życie... Coś jak motyl z poczwarki – dodał po chwili – nowa forma z białego kokonu.

Także i to sformułowanie dyskretnie zapisał doktor Ankewitz. A potem, spoglądając to w okno, to znów na swojego pacjenta, uważnie słuchał dalej.

Drugiego stycznia Hans Castorp udał się na spacer Wielką Aleją, która wyglądała jak dekoracja do *Królowej Śniegu*. Potem zaszedł do Café Hochschule, gdzie w prawie pustej sali panowała senna atmosfera. Świeży „Anzeiger" na pierwszej stronie donosił o morskiej katastrofie w Zatoce Puckiej. W czasie wichury zatonęła łódź z osiemnastoma rybakami; piętnastu z nich straciło życie. Gdyby nie ciemności i straszny mróz, który niespodziewanie zamieniał wodę w bryłki lodowej kaszy dosłownie z minuty na minutę, być może – mimo sporej fali – udałoby się uratować więcej ludzi. Tak przynajmniej sądził autor artykułu, wyliczając, że wśród piętnastu topielców siedmiu było kawalerami, ośmiu zaś żonatych, przy czym tych ośmiu osierociło łącznie dwadzieścioro dwoje dzieci.

Właśnie gdy zastanawiał się nad bezrozumną racją gazetowej statystyki, wedle której każdy czytelnik mógł tego dnia wyliczyć sobie, że na każdego z utopionych żonatych nieszczęśników wypadało średnio po dwoje i trzy czwarte dziecka, ktoś potężnym uderzeniem klepnął go w plecy i ryknął nad głową:

– Chłopie, chłopie, ależ to byczo, że ciebie tu spotykam!!

Nie kto inny, jak Mikołaj von Kotwitz już przysiadał się do niego, już zamawiał dwie wódki z wodą sodową, już opowiadał: szybko, głośno, co chwila wybuchając śmiechem. Ależ się namęczył z ojcem w czasie świąt! Ależ zatęsknił za normalniejszym towarzystwem niż stare ciotki, nadleśniczy i pałacowa służba! Ależ się zdziwił i ucieszył, widząc Castorpa tutaj, bo – prawdę rzekłwszy – nie liczył spotkać tu nikogo z akademickiej braci, było za wcześnie, zjadą się dopiero pod koniec tygodnia – perorował Mikołaj. – No a co u ciebie, bratku? Wróciłeś z tego tam Hamburga tak szybko? Może i ty – baron ryknął na całe gardło i trzepnął Castorpa w ramię – także drzesz koty ze swoim starym?

Delikatnie przemilczał tę kwestię. Ale naprawdę cieszył się ze spotkania, jak ktoś, kto po kilkunastu dniach przemierzania pustyni spotyka na swojej drodze pierwszego wędrowca i może do niego otworzyć usta. Dlatego też – chociaż nie cierpiał tak zwanego sznapsa – przełknął wódkę bez grymasu i dalej słuchał Mikołaja, który grzązł właśnie w jakiejś kolejnej sprzeczce z ojcem, „starym idiotą, którego nic już nie nauczy rozumu". Potem przez chwilę rozmawiali o pogodzie, wreszcie Mikołaj przypomniał sobie, że ma dla Castorpa ważną informację, a mówiąc ściśle: zaproszenie.

– Zobaczysz rzeczy nieprzeznaczone dla zwykłych luteran czy katolików – chichotał baron. – I ubawimy się po pachy.

Stowarzyszenie Miłośników Kultury Antycznej „Omphalos", o którym Hans Castorp słyszał zaledwie, że istnieje, miało tego wieczoru swoje noworoczne posiedzenie. Parę godzin później spotkali się przed Dworcem Głównym, skąd wzięli dorożkę. Bardziej wprawdzie pasowałyby do zimowej aury sanie, ale na szczęście główne ulice zostały już odśnieżone i pojazd, choć nie bez pewnej trudności, skierował się ku Nowym Ogrodom, gdzie pod numerem osiemnastym mieściła się siedziba masońskiej loży „Pod Koronowanym Lwem". Wyszli z niej dwaj panowie Haacke – Leopold oraz Ludwik – bliźniacy podobni do siebie tak bardzo, że Castorp, już po przedstawieniu dokonanym przez Mikołaja, nie mógł powstrzymać się od spoglądania to na jednego, to na drugiego, w nadziei, że odnajdzie jednak jakieś różnice w ich wyglądzie. Było to wszakże niemożliwe, podobnie jak uzyskanie odpowiedzi na nierozważną skądinąd kwestię Castorpa – dokąd właściwie się udają? Na szczęście Mikołaj von Kotwitz zażegnał nieporozumienie.

– Mój przyjaciel – wyjaśnił panom Haacke – nie jest wścibski. Po prostu nie zdążyłem mu powiedzieć, że dyskrecja jest niezbędnym warunkiem naszych spotkań.

Na Długim Targu, przy postoju obok studni Neptuna, zmienili dorożkę. Dopiero wówczas Hans Castorp zorientował się, że Mikołaj również nie zna adresu, pod który się udają. Jeden z panów Haacke, wychylając się co jakiś czas z zaciągniętej budy, dawał wskazówki woźnicy. Przemknęli przez Zielony Most, minęli szybko Mleczne Stągwie i po krótkiej jeździe Długimi Ogrodami, jeszcze przed dawnym pałacem Mniszchów, skręcili w lewo, do starej dzielnicy portowej. Było już ciemno. W kopnym śniegu dorożka jechała coraz wolniej, mijając milczące spichrze, zaryglowane magazyny i pustawe o tej porze roku składy drewna. Ostatnie pięćset metrów po odprawieniu fiakra przeszli pieszo. Kiedy po chwili zniknęła z oczu wątła latarnia dryndy, przyświecały im już tylko gwiazdy.

– Pan nawet nie może zdawać sobie sprawy, doktorze – ciągnął Hans Castorp – jakie to było zaskoczenie. Zobaczyć oświetlony i pełen gości dom, na tym pustkowiu, nagle, gdy wyszliśmy z wąwozu ścian jakichś nieczynnych magazynów. Którędy ci ludzie tam dotarli, skoro nasza droga nie była wcale przetarta? Nie widziałem żadnych pojazdów przed ogromnymi drzwiami, których pilnowało dwóch barczystych fagasów. Panowie Haacke i Haacke podali hasło, pamiętam je dokładnie, brzmiało „Tauromachia", i weszliśmy do środka. Byłem rozbawiony, wyglądało to na teatr, karnawałową maskaradę, na szczęście bez obowiązku zmiany stroju, to znaczy – przebierał się kto chciał, w wyposażonej doskonale garderobie.

Ponieważ doktor Ankewitz, nie wypowiadając wprawdzie słowa, zadał jednak pytanie, unosząc wysoko brwi i spoglądając uważnie na Castorpa, ten złożył dokładne wyjaśnienie, że mógł się przebrać za rzymskiego legionistę, fauna, galijskiego niewolnika, leśną nimfę, filozofa, koryncką prostytutkę dowolnej płci, greckiego kupca, adonisa, syryjskiego rybaka, kitarzystę lub konkretnego herosa, takiego jak Herkules, Jazon czy Tezeusz. Młoda kobieta w skąpym odzieniu służącego chłopca włożyła mu na głowę wieniec i na tym jego przeistoczenie się skończyło, jednakże nie ciekawość doktora Ankewitza. W istocie, sucha i pozbawiona emocji relacja powodowała, że słuchający zapomniał całkiem o notesie, cygarze i koniaku, co chwila mrużąc ze zdumienia oczy i pocierając nerwowo dłonią raz lewy, to znowu prawy policzek.

Zimnym, niemal analitycznym spojrzeniem, przechodząc z sali do sali, Hans Castorp śledził sceny pieszczot, zalotów i wyuzdanych aktów, których zasadą było spełniać się jawnie, bez najmniejszego wstydu i osłony. Służyły temu porozstawiane na obu piętrach, we wszystkich salach – kanapy, kozetki i szezlongi. Zapach palonych ziół, światło lampionów i muzyka wykonywana przez kilka grup flecistów i flecistek – tworzyły zupełnie inną atmosferę niż ta, którą pamiętał z domu publicznego w Hamburgu, odwiedzonego wraz z kolegami po maturze. Tam strefy podniecenia oraz wyładowania żądzy były od siebie ściśle oddzielone: w sali ogólnej, gdzie wybierano sobie prostytutkę, wszystko służyło powiększeniu ekscytacji, jak gdyby było to przeżycie o indukcyjnej mocy wzajemnego sumowania, natomiast ujście nagromadzonych soków, ów krótki, spazmatyczny akt, odbywało się niejako wstydliwie i ukradkiem, w ciasnym, upiornie oświetlonym numerze, pachnącym pudrem, tanimi perfumami i potem poprzedników. Tu natomiast podniecenie i spełnienie odgrywały o wiele bardziej dialektyczną rolę, ponieważ zostały ze sobą naocznie powiązane, i Castorp, którego pruderyjność narażona była na istotny szwank, zadrżał dopiero wówczas, kiedy zdał sobie sprawę z tej zasady. Prawdziwe podniecenie brało się bowiem z podglądania i świadomości, że w każdej chwili można barierę tę przekroczyć, aby samemu być obserwowanym.

Widział bachantki, efebów, kozła, nimfy, panów i niewolników, bogów, ludzi – wszystko tak przemieszane, jak gdyby niebo rzeczywiście złączyło się z podziemiem, nigdzie jednak nie spotkał Mikołaja von Kotwitza, który zniknął mu z oczu zaraz na początku, gdy przechodzili przez garderobę. Dopiero gdy zszedł z powrotem na parter i zatrzymał się przy buzującym kominku, gdzie półnagi filozof w podartej todze i z doprawioną brodą dosypywał wszystkim chętnym do wina jasnego proszku ze złotej puszeczki, mieszając następnie napój gałązką podobną do wiciokrzewu – rozpoznał w nim kolegę. Odkrycie to rozbawiło Castorpa do tego stopnia, że nie mógł powstrzymać się od głośnego śmiechu.

– Jak to – zapytał, wypijając napój – i tylko w ten niewinny sposób tu się bawisz? Mam w to uwierzyć?

Mikołaj Cynik, choć równie dobrze można było go wziąć za Sokratesa, dosypał Castorpowi jeszcze jedną dawkę opium, sam wypił ze swojego kielicha porządny łyk, po czym odparł: – Każdy ma swoje przyjemności; no, a ty? Przecież jest byczo, czy nie tak?

Castorp wzruszył ramionami. Zbyt dużo ludzi podchodziło do Mikołaja, który rozdzielał ciało sproszkowanego boga, by zwierzać mu się z czegokolwiek, a zwłaszcza z pragnień, które pęczniały pod maską chłodnej obserwacji. Castorp krążył jeszcze przez jakiś czas, przyglądając się z daleka grającym w kości legionistom, potem rzymskiej matronie, chodził za nią nieustannie młodzik przebrany za westalkę, aż wreszcie, obserwator nasz osunął się na kanapę, z której przed chwilą odpłynęło dwóch efebów.

– Czy mam rozumieć – doktor Ankewitz mówił nieco schrypniętym głosem – że nie skorzystał pan przez cały wieczór z tej atmosfery rozwiązłości? I czy przyjmował pan jeszcze jakieś dawki opium?

– Nie wiem, jak o tym opowiedzieć – Hans Castorp spojrzał uważnie na doktora. – Musi pan jednak przyjąć hipotezę, że nie widziałem ducha ani jej sobowtóra. To była ona, Rosjanka z hotelu Werminghoff. Przeszła obok mnie tak blisko, że poczułem zapach jej perfum, ten sam – nie miałem wątpliwości – piżmowy przemieszany z fiołkiem...

Widział, jak wstępuje wolno po schodach, dopiero wtedy uniósł się z kanapy i ruszył za nią na piętro. Zapewne mógłby się pomylić, gdyby miała na sobie jakiś antyczny strój, ale nieznajoma nie gustowała widać w tego rodzaju maskaradach, skoro ujrzał ją w zwykłej, popołudniowej, błękitnej sukni. Szukał jej wszędzie, chodził wolno od jednej grupki do drugiej, zbliżał się do półnagich ciał, drzemiących lub właśnie rozbawionych. Do domu przybywały tymczasem nowe tłumy gości, robiło się gorąco i bardzo głośno, lecz nigdzie jej nie spotkał, ulotniła się jak kamfora, a przecież nie mógł się pomylić: to była najwyraźniej ona. Krążył więc niespokojnie pomiędzy piętrem a parterem, zaglądał do garderoby, wypytywał Kotwitza, ale ten tylko go poklepał i podsypał do kielicha proszku. Dwukrotnie w czasie tych poszukiwań Hans Castorp poddał się atmosferze powszechnej lubieżności: raz, przygarnięty niemalże siłą przez atletyczne ramię Hery, wymienił z nią długi, głęboki pocałunek. Pod grubą warstwą pudru na policzku bogini wyczuł zarost. Za drugim razem, ściśnięty w tłumie przechodzących gości, stał, obejmując coraz mocniej ślicznego efeba. Była to drobna, zwinna dziewczyna, przebrana za posłańca. A nieznajomej już nie spotkał. Wychodząc nad ranem, w nie swoim kapeluszu, bez rękawiczek, miał w głowie straszną pustkę. Nie znał drogi i kluczył pośród portowych magazynów, w głębokim śniegu, wdychając z rozkoszą ostre, mroźne powietrze. Nagle zauważył, że nie jest już na stałym lądzie. Maszerował zamarzniętym portowym kanałem, który doprowadził go do Motławy. I właśnie tam, na samym środku skutej lodem rzeki, mając po jednej stronie ceglane mury miasta, po drugiej spichrze i magazyny, ujrzał wschodzącą kulę słońca. Spod zmrużonych powiek widział w śmiertelnej ciszy, jak kula rozdziela się na trzy części i już nie jedno, ale trzy identyczne słońca oświetlają wielką, białą płaszczyznę, po której maszeruje. Trwało to ledwie chwilę. Potem nadciągnęły szare, ciężkie jak ołów chmury i sypnął gęsty śnieg. Nigdy jeszcze, nawet w dniu pogrzebu matki, a potem ojca, nie czuł się tak nieszczęśliwy. Ponure nabrzeża, z których wyrastały zamarznięte kadłuby barek i holowników, przypominały teraz pustynne wzgórza: za nimi rozciągała się nicość. Nigdzie, nawet pomiędzy stłoczonymi sterczynami kościelnych wież, nie widział choćby najcieńszej struny wyczekiwanego światła. Jedyne, czego naprawdę pragnął, to ułożyć się na środku tej zamarzniętej rzeki i zasnąć już na zawsze. Sam nie wiedział, jak to się stało, że dotarł jednak do nabrzeża w okolicy Zielonej Bramy, a stamtąd, niemal nadludzkim wysiłkiem, do tramwaju.

Potem nastały okropne dni. Zapadał się w głąb siebie jak w studnię bez dna, nie znajdując żadnego oparcia. Długie okresy bezsenności wyczerpywały go do tego stopnia, że nie miał siły wyjeżdżać na zajęcia. Nie jadał w związku z tym obiadów, tylko śniadania i kolacje. Czasami, kiedy udało mu się jednak zasnąć, prześladowały go obrazy, w których nieznajoma, wyuzdana i bezwstydna, dręczyła go na sopockiej plaży albo w pokoju hotelu Werminghoff. Czasami zmieniała się w efeba, czasami przywdziewała mundur tutejszego regimentu. Najgorsze jednak były takie noce, kiedy leżąc z oczami utkwionymi w sufit, słyszał jak po mieszkaniu pani Wybe, tam i z powrotem, chodzi ktoś w wojskowych butach, brzękając ostrogami. Wtedy przypominał sobie twarz rudzielca spod koszar, samotnego pasażera w tramwaju i portret pana porucznika, które zlewały się w jedną, odpychającą fizjonomię. Nie zapisał się na żaden egzamin. Nie odpisał na list Joachima ani wuja Tienappela. Nie wysyłał już pannie Schalleen brudnej bielizny, a zapas czystej topniał

z dnia na dzień. Któregoś razu, gdy zmusił się do wyjścia z domu, ujrzał z przystanku tablicę doktora Petera
Ankewitza na rogu budynku przy Klonowej: „Schorzenia nerwów, bezsenność, konsultacje". Pomyślał, że to
szczęśliwa okoliczność: skoro już upadł aż tak nisko, że
zaniedbuje codzienne obowiązki, powinien skorzystać
z nadarzającej się okazji.

– To już wszystko – Hans Castorp zakończył swą opowieść. – Teraz zapisze mi pan krople albo proszki?

Rozdział IX

Cóż znaczy kurhaus? Właściwie niewiele. Trochę hotelowych pokoi, werandy do leżakowania, restauracja z ogródkiem, namiastka promenady. W tamtych czasach, gdy hotelarstwo z fazy przygodnych inicjatyw przeistaczało się w prawdziwy przemysł z akcyjnym kapitałem, kurhausy stawiano dosłownie wszędzie tam, gdzie nie zdążono wcześniej wybudować fabryk lub nie sięgała wielkomiejska zabudowa. Brzeg morski albo źródła mineralne nie stanowiły warunku koniecznego: wystarczył ładny widok i przekonanie, że powietrze właśnie w tym miejscu jest chociaż trochę czystsze niż gdzie indziej. Przykładem mogła być Oliwa: – mimo braku kąpieliska, górskich szczytów czy jednego choćby leczniczego źródła – w uroczym zakątku pod lasem wybudowano kurhaus, jako zapowiedź filozofii nowych czasów. W o wiele lepszej sytuacji były, rzecz jasna, miejscowości położone nad samym morzem, jak Jelitkowo, Brzeźno czy Sobieszewo. Kurhausy tam wzniesione uzupełniano natychmiast kąpielowymi łazienkami, co nie znaczyło na ogół nic ponad parę drewnianych bud zwanych kabinami oraz naprędce sklecownych pomostów i drabinek. Magiczne miano „badu" ściągało jednak do nich gości, choć krótkość bałtyckiego sezonu nie pozwalała poważnie rozwinąć skrzydeł restauratorom, hotelarzom czy właścicielom kiosków z pamiątkami.

Inaczej rzecz miała się w Sopocie. Nie dlatego że oprócz kurhausu i łazienek kąpielisko to posiadało najdłuższe molo, około osiemdziesięciu pensjonatów, dwa luksusowe hotele, sanatorium oraz dziesiątki willi i pałacyków – niektóre także pod wynajem. Sopot prześcignął ostatecznie inne kąpieliska z chwilą otwarcia w nim Zakładu Kąpieli Gorących. Odtąd przez cały rok, niezależnie od pogody, schorzenia faktyczne i urojone (z taką samą powagą traktowane zresztą przez doskonale wykwalifikowany personel) mogły liczyć na zbawienny wpływ nowoczesnej medycyny. W jednej z pięćdziesięciu ośmiu wanien można było zwalczać reumatyzm, chroniczne wysypki, nabrzmienia wątroby, katary, artretyzm, brodawki, palpitacje, chrypki, hemoroidy, impotencję, epilepsję, choroby umysłowe oraz wszystkie rodzaje osłabienia nerwów.

Zapewne dla historii Sopotu nie miało znaczenia, że już w pierwszym roku działalności Warmbadu pacjentem tej placówki został student Hans Castorp. Jego nazwisko figurowało w książce zabiegowej pod numerem 747 z dwiema dodatkowymi literami: „M" + „E". „M" oznaczało kąpiele w podgrzanej wodzie morskiej, „E" – dodatek elektrycznego prądu, przepuszczanego przez wannę w czasie seansu pięciokrotnie, pod stałym i niewielkim napięciem. Bohater nasz na dzień zabiegów wybrał piątki, ponieważ w drugim semestrze tego właśnie dnia zajęcia kończył wcześniej, o trzynastej. Pięćdziesiąt osiem minut później wsiadał już do pociągu na Dworcu Głównym w Gdańsku, dokąd z politechniki docierał tramwajem.

Pięć minut przed piętnastą, lekko rozgrzany marszem ulicą Morską, wkraczał do męskiej poczekalni Warmbadu, gdzie na trzcinowych fotelikach, przy kawie i żurnalach, pacjenci czekali na swych kąpielowych. Odziani w białe kitle musieli wywołać odpowiedni numer i prowadzili podopiecznego do gabinetu.

Tu należało się rozebrać za rozstawionym parawanem i wejść do wanny, gdzie już czekała kąpiel.

– Czy pan jest studentem medycyny? – pytanie to dobiegło Castorpa z sąsiedniej wanny, w której borowinową kurację pobierał chudy jegomość w średnim wieku o wyglądzie spłoszonej kuropatwy. – Pytam, bo ciekaw jestem opinii o tych metodach tutaj. W berlińskich gazetach piszą, że nasza niemiecka medycyna nie ma sobie równych! Słyszał pan podobne bzdury?

Przez rozgrzaną, pachnącą algami wodę, w której Castorp zanurzony był niemal po czubek nosa, przepływał właśnie łagodny prąd. Miłe łaskotanie, rozchodziło się po całym ciele, jak gdyby dziesiątki palców masowały mu skórę. Uniósł lekko głowę i odpowiedział: – Studiuję budowę okrętów! Nie znam się na medycynie, szanowny panie. Niemiecka? Medycyna ma charakter ponadnarodowy! – Powiedziawszy to, Hans Castorp ostentacyjnie dał nurka w swoją morską kipiel, nie miał bowiem ochoty na dalszą wymianę poglądów.

Wtedy, z bardziej oddalonej wanny, wypełnionej solankami z importu, odezwał się tubalny głos: – Czy ma pan coś przeciwko niemieckiej medycynie?! No, bardzo proszę, w czym mianowicie gorsza jest, powiedzmy, od francuskiej? A pan, młody człowieku, nie ma racji – to było do Castorpa. – Kosmopolityzm niczego nie stworzył, w żadnej dziedzinie!! Potrafi tylko czerpać, jak pasożyt, z osiągnięć różnych nacji!! Twarz mówiącego na moment wypłynęła z obłoku pary. Potężne, obwisłe policzki, sumiaste wąsy i worki pod oczami upodobniały go do morsa.

– To niesłychane – odpowiedział natychmiast Chudzielec – jak niektórzy potrafią przeinaczać nie swoje wypowiedzi! Nie powiedziałem, że niemiecka medycyna jest w czymkolwiek gorsza, proszę pana. Nieprawdaż? – zwrócił się do Castorpa, biorąc go na świadka. – Ja tylko powiedziałem, że wynoszenie jej w gazetach ponad lekarską sztukę innych nacji to absurd, to głupia propaganda! Drobny kupczyk może głośno zachwalać swój towar jako lepszy od tego na sąsiednim kramie. Gdy jednak rzecz dotyczy spraw poważnych, żarty się kończą, proszę panów! Strzelanie ze słów prędzej czy później kończy się w okopach!

Chudzielec prychnął i zanurzył się w borowinie. Mors natomiast wynurzył się z solanki do połowy swoich owłosionych i atletycznych piersi i niemal ryknął: – Uderzyć tylko w stół! Od razu pomyślałem, że taki ktoś może być tylko pacyfistą!! Tam, gdzie zaczyna się od krytyki gazet, kończy się na dezercji!! Nasze maszyny – zwrócił się do Castorpa – nasze techniczne wynalazki są bezkonkurencyjne! Chyba temu pan nie zaprzeczy?!

Nasz Praktyk niczemu nie chciał zaprzeczać, ale też niczego nie pragnął potwierdzić. Dał znak kąpielowemu, aby ten podał mu ręcznik, i na kilka minut przed dzwonkiem wyszedł z wanny. Tymczasem adwersarze dalej przerzucali się zdaniami i nawet w chwilę potem, gdy każdy z nich stał pod prysznicem ze słodką wodą, spłukując borowinę i solanki, ich głośna rozmowa przebijała się przez szum wody i nawoływania kąpielowych. Chudzielec wyśmiewał Morsa: – „Może niemieckie powietrze jest też najlepsze? A niemiecki piasek na niemieckiej pla-

ży? Nie mówiąc już – rzecz jasna – o niemieckiej duszy.
O tak, szczególnie ona, której opisem przez ostatnich
sto lat zajmowały się uniwersytety i filozofowie w szlaf-
rokach, szczególnie więc niemiecka dusza – w porównaniu z innymi – jest bezkonkurencyjna.

Mors za to próbował argumentów *ad personam*: – Ktoś,
komu nic się nie podoba, jest nie tylko nihilistą *sensu lar-
go*, ale też niebezpiecznym typem, który powinien nosić
w klapie płaszcza ostrzegawczą tabliczkę, tak aby nor-
malni ludzie wiedzieli już z daleka, że mają do czynienia
z destruktorem, nienawidzącym społeczeństwa.

Jakże śmieszni byli ci dwaj nadzy panowie. Hans Castorp, już owinięty w prześcieradło, poklepywany delikatnie dla osuszenia przez kąpielowego, przyglądał im się
ukradkiem. Przypominali postacie z iluzjonu, jak gdyby
w przesadnej gestykulacji i horrendalnych minach wy-
czerpywała się cała ich energia oraz istota sporu i chociaż oczywiście tak nie było, Castorp omal nie parsknął
śmiechem, gdy spod prysznica Morsa wymknęła się kost-
ka mydła i po śliskiej, zdobionej w starogrecki meander
posadzce popłynęła prosto pod nogi Chudzielca. Najwyraźniej krótkowzroczny Mors, z nosem przy podłodze,
szukając zguby, opuścił swoje stanowisko i tropiąc myd-
ło, dotarł aż do wielkich jak kajaki stóp Chudzielca. Po
czym, podnosząc wzrok, wrzasnął na widok swojego odkrycia: – Ależ to pan!! – Bohater nasz długo pamiętał
tamtą scenę. Chudzielec wyciągnął dłoń i powiedział: –
Jestem Jonatan Gray, bardzo mi miło! – Na co Mors,
z kostką mydła w jednej dłoni, podał wreszcie tę drugą,
swobodną, na powitanie i odrzekł: – A ja jestem Wolfram
Altenberg, do usług szanownego pana!

Było to nawet zabawne, a z pewnością nie uciążli-
we – słuchać ich tyrad raz w tygodniu. Dało się przy

tym doskonale wyczuć, że obaj panowie, korzystając z usług Warmbadu trzy razy w tygodniu, jakby szczególnie czekali na piątkową kąpiel, ponieważ wrodzone każdemu z nich aktorstwo – czy sobie je uświadamiali, to już zupełnie inna sprawa – spełniało się dopiero na oczach osoby trzeciej, niezaangażowanej, wypełniającej skromną, ale niebagatelną rolę publiczności. Tak więc Hans Castorp ożywiał w Zakładzie Kąpieli Gorących nie tylko swoje ciało, poddawane zbawiennym wpływom morskich soli i elektrycznych prądów, ale też umysł, który mimowolnie musiał gimnastykować się nie na żarty, aby uchwycić mglistego ducha erystyki, jaki polatywał nad wannami.

Z opisu pierwszego starcia, zakończonego prezentacją dwóch nagości, czytelnik mógłby wywieść najniesłuszniejszy wniosek, że obu panów wciągała przede wszystkim polityka. Tak, do pewnego stopnia wszystko, o czym mówili, mogło mieć polityczny aspekt, ponieważ taka była już epoka: powszechnych praw wyborczych, ogromnych armii, mas, co z równą siłą żądały chleba i rozrywki, wreszcie przemysłu, który z roku na rok wypuszczał coraz więcej armat, automobilów, lokomotyw i wielkich statków po zęby uzbrojonych – ale musimy tutaj dodać, że polemiczne charaktery Jonatana Graya i Wolframa Altenberga iskrzyły równie dobrze, jeśli nie lepiej, w przestrzeniach od bezpośredniej polityki oddalonych tysiące mil kosmicznych.

Taki na przykład był wątek wagnerowski. Pewnego piątku wystarczyło, że Altenberg zagwizdał – z prawdziwą wirtuozerią – fanfary z *Tannhäusera*, wpluskując się do wanny.

– Czy pan uważa – zapytał Gray – że Wagner to rzeczywiście dobry muzyk?

– Pan użył zupełnie nieadekwatnego określenia. Dobry może być stan pańskiej wątroby. Niedobra może być pogoda. Wagner to geniusz – Altenberg zagwizdał jeszcze parę taktów. – Dobry bądź zły, to można sądzić, powiedzmy, o Schubercie. Ale nigdy o geniuszu. Geniusz ma to do siebie, panie Gray, że jest ponad. Ponad prostactwem i ponad pseudorozumowymi kategoriami.

– Niech pan uważnie słucha, młody człowieku – Gray spojrzał na Castorpa. – Dziś właśnie dowiadujemy się, że Schubert nie był geniuszem. A kim w takim razie był, pańskim zdaniem, panie Altenberg, wiedeńczyk Franz Schubert, jeśli geniuszem nie był?

– Uzdolnionym muzykiem. Oczywiście nikt przy zdrowych zmysłach temu nie zaprzeczy – Altenberg przywołał gestem kąpielowego, aby jeszcze podgrzał jego solankę. – Lecz młodzież – tu skłonił się Castorpowi – młodzież, która ma ideały, garnie się do geniuszu, instynktem tęskni za wielkością, nieprawdaż?

– Chce pana złowić na bombastyczną pompę, na mnóstwo niepotrzebnych nut – Gray usiadł w wannie i machał ręką do Castorpa. – Przecież to dyletantyzm, fanfaronada, blichtr. Owszem, parę udanych melodyjek, zawsze podanych jednak w ciężkim, niestrawnym sosie. I to nazywa pan geniuszem, panie Altenberg? Geniusz to lekkość o poranku, czystość konstrukcji w południe, lekka melancholia wieczorem. A Wagner? Ciężko obładowany wóz przez całą dobę grzęźnie w puszczy, każąc nam wierzyć, że to pragermańska dusza piszczy w piaście, kląska w bagnie, zgrzyta w kościach woźnicy. Doprawdy, trudno o większe nieporozumienie w sztuce.

– Za takie brednie powinno się odpowiadać w sądzie – Altenberg wytarł spoconą twarz ręcznikiem. – Ale skorzystam z pana słów, by pana uświadomić, Gray. Parę udanych melodyjek? Przecież to właśnie Schubert. Poranna kawa. Potem spacerek po Praterze. Wieczorem wino przy księżycu. Jak to mówili? Mistrz nastroju. No właśnie, ale w kawiarni i w salonie.

Jonatan Grey pozornie tylko przełknął tę zniewagę. Zwracając się teraz tylko do Castorpa, mówił wprawdzie spokojnie, ale z mocą.

– Zapewne słyszał pan *Kwintet smyczkowy C-dur*? Zamiast drugiej altówki – jak u Mozarta – mamy tam drugą wiolonczelę. Rozumiemy się, prawda? Druga wiolonczela w miejsce altówki. Zatem: niespotykana dotąd, w żadnym kwintecie, podwójna linia basu. Podczas gdy jedna wznosi się na wyżyny, druga podpiera ją i wzmacnia. Co nam to daje? Niespotykanie głęboką ciemność brzmienia. Mrok wyrażony czysto muzycznym rozwiązaniem. Jeżeli ktoś tego nie pojmuje, jeżeli nie jest w stanie słyszeć, no cóż... – tutaj Jonatan Gray spojrzał w kierunku wanny Wolframa Altenberga. – Wtedy ucieka się do efektów znanej skądinąd, pesymistycznej ociężałości. Wprowadza chóry, trąby, werble, bełkoce o głębi bytu i średniowiecznych bajkach, ale z muzyką niewiele ma to już wspólnego. Geniusz to czysta sztuka kombinacji, subtelnie oddziałująca na uczucia. Takim był Bach, najpełniej w sztuce fugi. Takim jest Schubert – ośmielę się powiedzieć – w każdym takcie. A Wagner? Piękno zamordowane przez furię grafomana blachy. Nieznośny nadmiar, drobnomieszczańska pycha wśród sztucznych palm, makatek i łabędzi wyciętych laubzegą!!

Ostatnie słowa Jonatan Gray wypowiadał z tak żywą gestykulacją, że rozchlapany przez niego roztwór borowiny utworzył przy podeście jego wanny sporą kałużę. Osiągnął jednak zamierzony efekt. Wolfram Altenberg, jak gdyby tracąc oddech, otworzył szeroko usta, plasnął dłońmi po powierzchni solankowej zawiesiny i krzyknął: – Dość!! Nie pozwalam!! Co mi pan tutaj świeci jakąś tam drugą wiolonczelą?! Podwójną linią basu. Kogo to dziś zajmuje? Sztuka to emocje, ale nie takie, które zwiodą paru smakoszy jesiennym popołudniem. Nie lubi pan chórów? Rozszerzonego składu orkiestry? Typowe dla mięczaków. Subtelne połączenia. Wszystko musi się zgadzać: „tra la la la" – melodia idzie w górę, „tra la la la" – opada w następniku. Jak u pańskiego Bacha. Przewidywalność podniesiona do rangi absolutu. Tymczasem absolut, prawdziwy absolut muzyki, panie Gray, to zaskoczenie. Taka melodia, która nie ma początku ani końca. Słowem: melodia nieskończona, rewolucyjna, totalna w swej konstrukcji.

– Przepraszam bardzo, czy powiedział pan: tonalna w swej konstrukcji, a może banalna, bo nie dosłyszałem? – przerwał mu niespodzianie Jonatan Gray.

Donośny dzwonek elektryczny zawiesił nierozwiązany spór. Hans Castorp, który z największą przyjemnością rozciągał członki w rozgrzanej morskiej wodzie, poddając się lekkim falom elektrycznego masażu, przez cały czas słuchał z uwagą. Ale nie zawsze jego myśli nadążały za argumentami przeciwników. Bywało, że uwolnione na jakiś czas wymykały się niepostrzeżenie z kąpielowego gabinetu, przebywając w zupełnie innych rejonach. Bywało, że nachodziło go wspomnienie bałtyckich wakacji z matką i ojcem. Czasami znajdował się w domu Tienappelów, gdzie pił herbatę z Joachimem. Coraz częściej jednak zdarzało mu się myśleć w wannie o nieznajomej i to nie wbrew, lecz zgodnie z zaleceniami doktora Ankewitza. Zapisał on bowiem naszemu Praktykowi nie tylko wizyty w Warmbadzie, spacery, powrót do regularnych obowiązków oraz tynkturę strychninową trzy razy dziennie po piętnaście kropel, dla ogólnego ożywienia organizmu. Powiedział też wyraźnie: – *Infelix amor* to wprawdzie jeszcze nie jest, lecz jeśli będzie pan egzorcyzmował wszystko, co wiąże się z pamięcią tej osoby – dojść może znowu do kryzysu.

Wyjaśnił, że najlepszą drogą byłoby nieznajomą poznać, zbliżyć się do niej w pewien sposób, dyskretnie wywiedzieć się, kim jest, nic bowiem nie napędza melancholii mocniej niż fantazmaty wyrobione na podstawie kilku zaledwie zmysłowych chwil, wzmocnione potem wyobrażeniami.

– Czasami jakiś zwykły szczegół, niech mi pan wierzy, bardzo drobny, może spowodować, że zmieni pan optykę. To się nazywa kontrolowana deziluzja. A zatem: nie myśleć o tym cały czas, a kiedy to się zdarzy, zalecam szukać inspiracji w faktach, bo fakty – nawet jeśli nas zaskakują – są w takiej okoliczności znacznie mniej niebezpieczne od wszelkich marzeń i projekcji.

Była w tym spora doza rozsądku i zgadzał się z doktorem, ale jak miał to zrobić? Dać ogłoszenie w „Anzeigerze"? Zapłacić portierowi za informację z książki meldunków hotelu Werminghoff? Pierwsza możliwość, o ile wchodziła w rachubę, wydawała się nieskuteczna. Ktoś, kto bywa w uzdrowisku raz do roku, nie czyta tutejszych gazet w dalekiej Rosji. Druga w ogóle nie wchodziła w grę. Jak miałby przedstawić portierowi swoją sprawę? Jako *Infelix amor* studenta pierwszego roku politechniki?

Podkreślmy, że te rozważania, na które pozwalał sobie tylko w czasie kąpieli, Hans Castorp snuł w budynku zaledwie o pięćdziesiąt metrów oddalonym od kurhausu. Dwukrotnie w każdy piątek mijał też hotel Werminghoff. Jonatan Gray, rentier z Królewca, który w Sopocie zajmował całe piętro willi „Walhalla", położonej na stoku Wzgórz Poziomkowych, podobnie jak Wolfram Altenberg, emerytowany sędzia z Olsztyna, wynajmujący mieszkanie nad Domem Towarowym Edelsteina, nie domyślali się nawet rozterek młodego człowieka. Gdyby wiedzieli o nich cokolwiek, mieliby świetny temat do nowego sporu. A tak – kłócili się w sposób już nam znany: o system edukacji pruskiej, angielski monetaryzm, rozwody, rosyjską powieść, wyższość Goethego nad Heinem lub odwrotnie, rolę aeroplanów oraz zwiadowców balonowych w przyszłych wojnach, asymilację Żydów, ostatnie strajki w Rosji, francuskie sufrażystki, homeopatię, rozwój uzdrowisk, wojnę peloponeską – mając zapewne przeświadczenie, że ujmujący powierzchownością i manierami student Wyższej Szkoły Technicznej, właśnie za ich pośrednictwem nabierze w Zakładzie Kąpieli Gorących pewnej ogłady umysłowej, której mu nie dostarczy jego własna uczelnia. Być może, nie do końca się mylili. Na pewno jednak byliby zdumieni, gdyby im powiedziano, że najcenniejsza dla Castorpa inspiracja nie miała związku z Goethem czy choćby aeroplanami, lecz padła w czasie zażartego sporu o prawo rozwodowe. Gdy Wolfram Altenberg grzmiał na rozwiązłość obyczajów, która za pośrednictwem teatru, romansideł i kabaretu występek uczyniła akceptowaną normą, zdenerwowany Gray wykrzyknął: – Wszędzie chciałbyś pan widzieć detektywów? – Hans Castorp przypomniał sobie wówczas szyld na Dworcowej, który każdego piątku mijał po drodze do Warmbadu: „Detektyw. Biuro licencjonowane. Hermann Tischler".

Nie wdając się w szczegóły, wyjaśnijmy, że tego samego popołudnia bohater nasz wkroczył do biura Tischlera, lecz zanim zdążył cokolwiek detektywowi powiedzieć, przeżył ogromne zaskoczenie. Tym, który prowadził sprawy sekretne i wstydliwe, wymagające z zasady metod brudnych, był mężczyzna znany już Castorpowi. Spotkał go w październiku w wagonie kolejowym, gdy podczytywał artykuł z „Anzeigera", o zbrodni dokonanej na Hoffmannie.

– Widziałem pana już kiedyś – detektyw uśmiechnął się i wskazał krzesło. – Proszę wybaczyć, to moja zawodowa sprawność, pamięć do twarzy. Ale gdzie? Proszę nie podpowiadać... – przymknął oczy. – Proszę nie mówić... – ściągnął brwi. – Ależ tak! – spojrzał wreszcie na klienta. – W przedziale drugiej klasy!!

Radość i satysfakcja, z jaką to wyjawił, w niczym nie pomagały Castorpowi. Przeciwnie, odczuwał dodatkowe skrępowanie, jak gdyby fakt, że spotkał detektywa wcześniej, nosił znamiona czegoś wstydliwego.

– Czym mogę służyć szanownemu panu? Jakieś kłopoty? Ktoś pana szantażuje? A może listy?

– Listy? – zdziwił się Castorp. – O czym pan mówi, panie Tischler?

– Zawsze są jakieś listy. Nie ma pan pojęcia, jakie kłopoty wynikają z zapisywania papieru i powierzania go w nieodpowiednie ręce. Zawsze powtarzam moim klientom: lepiej zgrzeszyć dziesięć razy nawet bardzo ciężko niż opisać chociaż jeden własny, lekki występek. Pan używa wody toaletowej „Pergamonn", nieprawdaż?

– W rzeczy samej – chłodno odparł Castorp.

– Właśnie, otóż to. Oprócz twarzy, mam pamięć do zapachów. W pociągu, wyczułem od pana, proszę mi wybaczyć tę bezpośredniość – inną wodę. To były, o ile się nie mylę „Trzy korony". Pan nie zaprzecza? Doskonale! Cóż mogłem wówczas wnosić? Że ów młody dżentelmen, który tak bezceremonialnie czyta moją gazetę, udaje się do badu na *rendez-vous*, lecz nie jest pewien rezultatu, ponieważ wybranka serca nawet się nie domyśla, że jest obiektem westchnień od niedawna. Nie pomyliłem się, prawda? Resztę powie pan sam, przecież nie jestem Duchem Świętym!

Powiedziawszy to, detektyw Hermann Tischler włożył do swoich ust miodowy cukierek. Ich cała misternie ułożona piramidka spoczywała w niewielkim koszyku. Gospodarz przesunął go w kierunku Castorpa, czyniąc dłonią zachęcający gest. Ten jednak nie skorzystał z poczęstunku.

– Do pewnego stopnia mogę podziwiać trafność pana intuicji. Ale jedynie w planie ogólnym. Szczegóły zaś mają charakter niezwykle skomplikowany i nawet nie wiem, czy to, czego od pana oczekuję, jest wykonalne. Mam na myśli wykonalność w sensie *lege artis* – podkreślił z naciskiem Hans Castorp. – Chodzi mi mianowicie o ustalenie tożsamości dwojga Rosjan, mężczyzny i kobiety. Jak również o to, czy dokonają rezerwacji w Sopot w tym sezonie, a jeśli tak, to muszę wiedzieć, kiedy i gdzie się zatrzymają.

Podczas gdy Praktyk nasz przeszedł do szczegółów, detektyw Hermann Tischler rozgryzł zmiękczony już cukierek i od niechcenia skreślił w notesie numer pokoju w hotelu Werminghoff, zapisał skrótem „Pens. Sed.", co oznaczało naturalnie nazwę pensjonatu, oraz nad wszystkim postawił zeszłoroczną datę, podaną przez klienta.

– To jest niezwykle prosta sprawa – następny cukierek powędrował do ust detektywa. – Jednakże ustalenie planów tych państwa będzie możliwe dopiero po dokonaniu przez nich rezerwacji. Jeżeli sytuacja w Rosji im pozwoli.

Ponieważ mina Castorpa zdradzała w tym momencie zupełną ignorancję, detektyw uznał za stosowne spytać: – To nie zajmuje pana polityka? – A kiedy klient wzruszył na to ramionami, Hermann Tischler, jak gdyby z satysfakcją, zaczął wyliczać poszczególne miesiące, począwszy od początku roku: Masakra w Petersburgu! Strajki w Moskwie! W Warszawie strzelanina na ulicach! A w Łodzi barykady! Być może – zaśmiał się głośno – ten kolos na glinianych nogach rozleci się jak dynia, car będzie musiał oddać władzę, a wtedy...

– Wtedy? – podchwycił Castorp.

– Już tylko wojna!

Detektyw Hermann Tischler nie określił wprawdzie, kto z kim miałby walczyć po upadku cara, jednakże Castorp – który nie przejmował się nigdy doniesieniami z zagranicy – już w pociągu do Gdańska zaczął poważnie rozważać tę możliwość. Nigdzie jednak nie znajdował niepokojących oznak. W koszarach huzarów wszystko toczyło się normalnym, niemalże sennym rytmem. W gazetach, jeśli cokolwiek pisano w nich o Rosji, dominowały eufemizmy w rodzaju: „uspokojenie nazbyt rozburzonych fal", lub „czarnomorska flota znów na manewrach". Koledzy Edgar Mazkeit i Waldemar Rosenbaum, zapytywani niby od niechcenia, mówili rzeczy interesujące, lecz równie mało konkretne, martwiąc się przede wszystkim, czy będą mogli spokojnie jechać na wakacje, a potem wrócić ze swoich domów w Rosji. Nawet pani Hildegarda Wybe, której nigdy nie podejrzewałby o takie myśli, powiedziała mu kiedyś, gdy minęli się w kuchni: – Szkoda gadać, panie Castorp, ale te Ruskie to nie jest tylko kupa słomy, mój mąż porucznik mawiał, że oni nas wszystkich jeszcze przetrzymają!

Nadzieja, że może uda się coś wydostać od doktora Ankewitza, również spełzła na niczym. Tynkturę strychninową zamienił na sole Erlenmeyeri – trzy razy dziennie po stołowej łyżce – i bardzo zadowolony ze stanu pacjenta, zalecił zmienić sopockie kąpiele na intensywny ruch pod gołym niebem. Castorp, wyraźnie zaniepokojony sformułowaniem „intensywny", zapytał wprost, czy chodzi o coś w rodzaju wojskowych przygotowań na wypadek możliwej przecież wojny. Doktor był szczerze rozbawiony.

– Młody człowieku – podał mu receptę. – Spójrz, jaka piękna wiosna, żyj pełnią życia, a wojny zostaw generałom i cesarzom!

Nie sposób było odmówić doktorowi racji. Pąki na drzewach miały za chwilę eksplodować, w słońcu szalały stada wróbli, Kaszibke trzepała na podwórku dywany, a w porcie na Motławie panował ożywiony ruch. Na święta wielkanocne Hans Castorp postanowił pojechać do domu. Napisał do wuja Tienappela serdeczny list, kupił bilet do Hamburga z przesiadką w Berlinie, uporządkował rzeczy w komodzie i szufladach. Być może, zabrałby ze sobą *Effi Briest*, lecz w dniu wyjazdu, dosłownie na kwadrans przed wyjściem do pociągu, Kaszibke wręczyła mu ofrankowaną kopertę z Sopotu.

„Szanowny Panie – pisał detektyw Hermann Tischler – śpieszę wyjaśnić, że pierwszą część zadania mamy już za sobą. Dama, o którą łaskaw był Pan pytać, nie jest Rosjanką. To Polka, Wanda Pilecka, lat dwadzieścia dziewięć, mieszka w Warszawie. Mężczyzna jest Rosjaninem. Siergiej Dawydow, lat trzydzieści, porucznik kawalerii, awansowany ostatnio do stopnia kapitana i przeniesiony z Warszawy do Lublina. W moim biurze uzyska Pan jeszcze garść szczegółów, zapewne interesujących, które jednakże wolę przekazać Panu ustnie. Z drugą częścią na razie musimy się powstrzymać, nie sposób bowiem ustalić, czy interesujące Szanownego Pana osoby po pierwsze – nadal utrzymują kontakt, po drugie – jeżeli utrzymują, to jakie mają plany. W normalnej sytuacji, mógłbym to zlecić albo samemu udać się za granicę, jednakże – pomijam nieuzgodnioną z Szanownym Panem sprawę tego rodzaju dodatkowych kosztów – obecne wypadki, z jakimi mamy do czynienia w Rosji, wybitnie nie sprzyjają podróżom ani tym bardziej zbieraniu poufnych informacji".

Przeczytał list dwukrotnie, a potem jeszcze raz. Niebywale staranne, sutterlinowskie pismo detektywa zdradzało pedantyczne usposobienie. Co najmniej raz mógł też zrezygnować ze słowa „jednakże". Ale nie o tym myślał Hans Castorp w pociągu pędzącym na zachód. Zastanawiał się, czy wielki, kolorowy atlas Brockhausa, którego używał w gimnazjum, spoczywa na swoim miejscu w bibliotece wuja. I gdzie na mapie Rosji leży miejscowość Lublin, do której przeniesiono kapitana Siergieja Dawydowa.

Rozdział X

Porzuciwszy gorące kąpiele, Castorp nie porzucił Sopotu i każdą dłuższą wolną chwilę spędzał odtąd w kurorcie. Można zaryzykować twierdzenie, że stał się jego miłośnikiem, znawcą i koneserem w jednej osobie, umiejąc doskonale wykorzystać oferowane przyjemności. Konnym tramwajem dojeżdżał na przykład w okolice Królewskiego Wzgórza, skąd – nawet nieuzbrojonym w lornetę okiem – można było podziwiać wspaniałą panoramę Gdańskiej Zatoki, ze statkami na redzie, monumentalną wieżą Kościoła Mariackiego, oraz jasną wstęgą Wiślanej Mierzei, która biegła daleko na wschód, w mglistą nieskończoność, gubiąc się w bezmiarze wody, światła i obłoków. Bliżej rozciągał się widok Sopotu. Jego spiętrzone dachy, wieżyczki pensjonatów, parki, aleje, place spływały łagodnie do morza, znajdując przedłużenie w ciemnej kresce mola, przy którym pojawiały się już kominy parowców. Czyste, wiosenne powietrze sprzyjało nie tylko kontemplacji. Jeśli wspiął się już na leśne wzgórza, lubił podążać dalej, by dotrzeć do gospody Wielka Gwiazda, gdzie z apetytem zajadał tutejszą specjalność: jagnięce kotlety w ziołach, do których zamawiał ulubiony porter.

Do miasta wracał konnym powozem, który co godzinę kursował pomiędzy kolejowym dworcem i leśną restauracją. Równie miłe, jeśli nie przyjemniejsze godziny spędzał jednak najchętniej w dole miasta.

Ponieważ słoneczne dni zapraszały do leżakowania, brał w kurhausie lub na tarasie Północnych Łazienek ów płócienno-drewniany przyrząd, by zalec w nim na parę godzin rozkosznego próżnowania. Było to zajęcie najpełniej odpowiadające charakterowi Hansa Castorpa, dlatego też nigdy nie czuł się lepiej niż wówczas, gdy przebudzony po kilkuminutowej drzemce, z zadowoleniem stwierdzał, że słońce nadal świeci intensywnie, ptaki śpiewają na drzewach, a nieustanny szum morza zaprasza do kolejnej, zapewne dłuższej niż ostatnia drzemki. Czas zatrzymywał się wtedy niczym bezwładny tłok niewidzialnej machiny i pozostawiał naszego bohatera w zupełnie idealnym stanie świadomości. Nie mącił jej żaden, nawet najbardziej przelotny obraz ani też żadna – choćby i podświadoma myśl. Po takim, wyczerpującym na swój sposób, odpoczynku szedł promenadą, rozważając zalety poszczególnych menu – począwszy od gospody Adlera, skończywszy na restauracji w hotelu Werminghoff. Ze względów już wcześniej przez nas opisanych, unikał najstaranniej jedzenia w kurhausie, choć prawdę mówiąc, jednorazowe doświadczenie z zeszłego roku nie było reprezentatywne dla tamtejszej kuchni. Po obiedzie, kończonym kawą i kieliszkiem porto, lubił przespacerować tam i z powrotem całą długość mola. Dwukrotnie w sali koncertowej wysłuchał popularnych wiązanek, choć orkiestra – jakby leniwa przed sezonem – nie dała nadmiernej satysfakcji. Pozwolił sobie także zagrać w kręgle, kilkukrotnie odwiedził fotoplastykon „Kaskada", odbył przejażdżkę brzegiem morza sportową bryczką, skorzystał raz z łuczniczego toru i także raz, dając się ponieść odruchowi, wstąpił na pokład statku zdążającego wprost na Długie Pobrzeże w Gdańsku. W ten sposób upływał mu czas. Dla ścisłości naszej relacji musimy w tym miejscu przyznać, że nie odbywało się to bez coraz częstszych absencji na politechnice, jednakże ówczesny, nadzwyczaj liberalny system odbywania studiów, oraz kondycja umysłowa, jaką uzyskał Hans Castorp właśnie w wyniku swobodniejszego trybu życia – nie powodowały przeszkód, a przeciwnie – czyniły jego postępy znacznie poważniejszymi niż wówczas, gdy z iście pruską dyscypliną pilnował każdych ćwiczeń i wykładów.

Kiedy wieczorem, jeszcze przed kolacją, pochylał się nad *Elektrotechnicznym wyposażeniem nowoczesnych statków* Roedderera, wszystko – nawet skomplikowany schemat prądnicy w turbinie parowej de Lavala – wchodziło mu do głowy łatwo i bez przeszkód. Nie mylił łożysk kulkowych z łożyskami pośrednimi, a wrzeciono z kołem pokrętła ręcznego mógłby wyrysować z pamięci nawet wyrwany ze snu, podobnie jak w każdej chwili gotów był wyrecytować wszystkie klasy budowy niemieckiego Lloyda.

Zupełnie też nie wpłynęły na Castorpa informacje, które uzyskał od Tischlera. Wanda Pilecka była jedyną – od śmierci swego ojca – dziedziczką majątków ziemskich na wschodzie dawnej Polski. Ich roczny dochód był tak znaczny, że mogła kupić w Warszawie kamienicę i spędzać czas jak chciała, w podróżach do Szwajcarii, do Włoch i na Riwierę. Zeszłego roku, owego słonecznego października, Sopot odwiedziła po raz pierwszy i na krótko – tylko trzy dni. Siergiej Dawydow należał do rodziny z tradycjami wojskowymi, jego przodkowie odznaczyli się w czasie wojen z Bonapartem. Do Sopotu przyjechał z dość szczególnym *incognito* – jako kupiec drzewny Borys Iwanowicz Płatonow i taki też posiadał, chyba specjalnie w tym celu wyrobiony, paszport. Castorp polecił jedynie Tischlerowi, aby dał znać w wypadku ich przyjazdu, i nie skorzystał z propozycji detektywa, by „zbierać dalej następne ważne informacje". Intuicja podpowiadała mu, że spotka ich jeszcze tego roku, poza tym – cóż mogło jeszcze go zaskoczyć?

Jedyne, czym się naprawdę martwił w tym okresie, to fakt, że nie wykonał w pełni zaleceń Ankewitza. Doktor wyraźnie mówił o intensywnym ruchu na powietrzu, mając na myśli uprawianie sportu, tymczasem leśne spacery do Wielkiej Gwiazdy czy przechadzki po molo spełniały ten postulat jedynie połowicznie. Prawdę mówiąc, wybrał się raz do klubu wioślarskiego i jako jeden z obsady kajakowej szóstki odbył dziewiczy rejs po Motławie, od Wyspy Spichrzów aż do Polskiego Haka i z powrotem. Z odciskami na dłoniach, zirytowany w najwyższym stopniu pohukiwaniem sternika oraz uwagami kolegów, przysiągł sobie, że jeśli jednak wybierze jakieś sportowe zajęcie, nigdy nie będzie ono trącić duchem kolektywnym. Decyzję przekładał z dnia na dzień, tymczasem w połowie maja skończyły mu się sole Erlenmeyeri i należało radzić się doktora, czy jest to już koniec kuracji, czy też żądać dalszej recepty. Tak czy siak, musiałby odpowiedzieć na pytanie, co z intensywnym ruchem na powietrzu. Nie poszedł więc z wizytą, tłumacząc sobie: „Przecież czuję się doskonale, kto mówiłby w mojej sytuacji o lekarstwach?" I pewnie nigdy nie spełniłby owego zalecenia doktora Ankewitza, gdyby nie przypadek, który – rzecz jasna – zaskoczył go w Sopocie.

Któregoś razu po leżakowaniu udał się do Południowego Parku, w miejsce, gdzie miano wznosić nowe łazienki.

Niedaleko odkrył nieznaną mu do tej pory rybacką tawernę, którą prowadził niejaki Pawlosky, Czech z Mikulova. W ogródku zamówił kartoflankę na łososiu, sandacza w sosie koperkowym, karafkę białego madziarskiego wina oraz do kawy torcik kajmakowy i kieliszek porto. Ponieważ dawno nie jadł tak smacznie i tanio, w doskonałym humorze zapalił „Marię Mancini" i przywoławszy gospodarza, gawędził z nim o nadchodzącym sezonie, słuchając zabawnego akcentu, w którym austriacka miękkość walczyła o pierwszeństwo z czeskim, wyraźnie słowiańskim zaśpiewem. Gdy wyszło na jaw, że Castorp jest studentem, Czech przeprosił na chwilę i zniknął na zapleczu. Wtedy właśnie wzrok Hansa Castorpa, skierowany ku morzu, ujrzał na parkowej ścieżce trzy gracje. Jedna za drugą jechały na bicyklach. Ich kolorowe sukienki i wstążki na kapeluszach powiewały tak samo jak wówczas, gdy ujrzał je – rok młodsze – na pokładzie „Panny Wodnej". Zjawisko to – urocze samo w sobie – miało coś z tajemniczej odsłony czasu: niczym w kinematografie oddalone od siebie zdarzenia spotkały się ze sobą niemal w jednym punkcie, tworząc złudną i sugestywną sekwencję ciągłości.

– To panny Landau – powiedział gospodarz, niosąc na tacy kieliszek wódki. – A to od firmy – postawił beherovkę przed Castorpem. – Uciekły tutaj z ojcem z Ukrainy, po pogromie, chyba z pięć lat temu. Może pan sobie wyobrazić? Ich matkę, panią Landau, zastrzelił na ulicy Kozak.

Hans Castorp – co nigdy mu się nie zdarzało – wypił trunek jednym haustem, zapłacił, podziękował i ruszył prędkim krokiem na dworzec, aby niecałą godzinę później przy ulicy Głównej we Wrzeszczu wkroczyć do magazynu rowerowego Rudiego Wolfa.

– Chciałbym kupić męski bicykl – powiedział. – Do tego pompkę, komplet zapasowych gum, łatki i klej. Jeżeli są, to także ściągacze do nogawek; agrafki uważam za niepraktyczne.

– Tak, proszę pana, oczywiście. Ale na jaki model jest pan zdecydowany? – zapytał subiekt.

Ponieważ Hans Castorp nie był zdecydowany na żadną konkretną markę, musiało dojść do prezentacji.

Pewne walory, zwłaszcza gdy chodziło o nowoczesne rozwiązanie hamulców, posiadał angielski Rover. Grzeszył jednakże wagą i niezbyt wygodnym siodełkiem. Ponadto angielski system metryczny, odmienny od europejskiego, powodował, że niektóre śruby, w wypadku konieczności ich wymiany, trzeba by było sprowadzać z wyspy. Takich problemów nie stwarzał francuski Peugeot. Czempion zeszłorocznego Tour de France, oferowany aż w trzech kolorach, kusił przemyślną kierownicą i nietypowym dzwonkiem. Natomiast produkowana w Gaggenau Badenia mogła stanowić przykład niemieckiej solidności – marka ta spośród wszystkich innych miała najmniej usterek i reklamacji. Również Mars-Räder z fabryki w Norymberdze przedstawiał sobą bardzo zachęcający model. Ostatni – Wanderer z zakładów w Chemnitz spodobał się Castorpowi najbardziej i taki bicykl właśnie wybrał, lecz nie dla jego właściwości, fachowo wyliczanych przez subiekta. Otóż gdy przy poprzednich markach chłopak ów tłumaczył zwięźle zalety poszczególnych typów, Praktyk nasz z uwagą spoglądał na kolorowany ręcznie plakat, wiszący tuż nad kasą. Na tle łagodnych wzgórz miła dziewczyna w błękitnym kapeluszu pchała przed sobą rower, trzymając na dodatek w dłoni bukiet polnych kwiatów. Nie ulegało wątpliwości: przed chwilą zerwała je z pobliskiej łąki, by już za moment doczekać się chłopaka, który nadjedzie na takim samym, tyle że z męską ramą bicyklu – marki Wanderer. W ten sposób – za sprawą trzech panien Landau i krótkiego, być może tajemniczego mgnienia czasu w ogródku tawerny, jak również nie bez udziału doktora Ankewitza, na dodatek z ostateczną pomocą reklamowego plakatu, Hans Castorp zajechał przed dom na Kasztanowej pięknym, błękitnym bicyklem Wanderer, na którego bagażniku w kartonowym pudełku znajdowały się zapasowe dętki, łatki, wentyle, klej oraz dwa eleganckie ściągacze do nogawek. Pompka, mocowana do ramy specjalnym zaciskiem, była chromowana, tak jak kierownica bicykla.

– Szkoda gadać – powiedziała pani Hildegarda Wybe, dając Castorpowi klucz do komórki przy oficynie. – To już teraz tramwaje na panu ani feniga nie zarobią!

W istocie nie pomyliła się aż tak bardzo. Nawet w deszczowe dni, gdy tylko nie zacinał zbyt mocno wiatr, Praktyk nasz, okryty lodenową peleryną, z niewielkim plecakiem fińskim na grzbiecie, pomykał szybko ulicą Główną, a potem Wielką Aleją aż do alei Gosslera, w której pokonanie musiał włożyć nieco więcej wysiłku, jako że wiodła – jak już to kilkukrotnie powiedzieliśmy – nieco pod górę. Pelerynę, fiński plecak z eleganckim wiklinowym stelażem, a także gogle, irchowe rękawiczki – bardzo przydatne w chłodne dni – oraz pilotkę zapinaną pod szyją na haftki, nowe pumpy i dobrane do nich podkolanówki – wszystko to Hans Castorp skompletował w domu towarowym Sternfeldów na rogu Wrzeszczańskiego Rynku i Jaśkowej Doliny. Po raz pierwszy od przybycia do Gdańska wydał więcej pieniędzy niż powinien w przeciągu miesiąca. Zupełnie się jednak tym nie zmartwił. Nie miał przecież długów, a pewna, wymagana teraz powściągliwość w wydatkach doskonale pasowała do nowego trybu jego życia. Z bywalca kurortu stał się prawdziwym wędrowcem, a ta – niejako automatyczna przemiana – odpowiadała mu tak bardzo, że widział z właściwym młodości entuzjazmem tylko jej dobre strony. Czy były zresztą złe? Nawet przy wyostrzonym krytycyzmie albo wrodzonej niechęci do cyklistów – musielibyśmy ich szukać w biały dzień ze świecą.

Znów odczuł niezwykły urok poranków. Miasto jeszcze nie całkiem rozbudzone, ale już pełne słonecznego blasku, otwierało przed nim nowe perspektywy, uchylając nieznane dotąd furtki, sekretne przejścia i pasaże. Nagle – jak gdyby wrócił do ogrodów dzieciństwa, tych z Esplanady przed domem dziadka i tych z Harvestehuder Weg przy domu Tienappelów – czuł intensywne zapachy wiosny, w których zawierała się już obietnica lata. Przed zajęciami odwiedzał kwitnące łąki Zaspy, dolinę Strzyży, park na Kuźniczkach albo jechał na politechnikę specjalnie wybraną, okrężną drogą, wzdłuż granic miejskiej zabudowy, mozolnie pokonując wzgórza, gdzie zamiast tramwajowych dzwonków słyszał koguty i skowronki. Popołudniami wypuszczał się przez Śródmieście na Stare, Główne albo Dolne Miasto. Lubił zatrzymać bicykl nad kanałem i patrzeć, jak w zielonej wodzie przesuwają się obłoki. Odwiedzał zakamarki Wyspy Spichrzów, Ołowianki, Starych i Nowych Szkotów, Oruni, Brzeźna, Zaroślaka, poznając coraz lepiej dziwaczną formę tego miasta, poskładanego z elementów tak różnych i kapryśnych, że chyba tylko poetycki umysł mógłby w nim ujrzeć jedność elementów. Z czasem jednak – mimo że nie był i nie czuł się poetą w najmniejszym choćby stopniu – tę jedność, czy też może raczej całość, ujmował intuicją wyrażoną przekonaniem o kilku zasadniczych warstwach, jakie się tutaj nakładały, zarówno w czasie, jak przestrzeni.

Kaszubi i Polacy, których rozróżnić jednych od drugich zresztą nie potrafił po języku, byli dla niego jak szara warstwa ziemi: dawno przykryta kostką bruku, czasami tylko ujawniająca swe istnienie w miejscach do tego wyznaczonych przez stulecia: przedmiejski szynk, portowe magazyny, plac budowy, ubogi domek na nizinie, czasami sklep w dzielnicy, gdzie nie dochodził miejski wodociąg, tramwaj ani gazowe oświetlenie. Na tym bagiennym, grząskim terytorium wznosiły się ceglane mury hanzy, duma kupieckich rodów i rycerzy, która – choć dawno już miniona – nadała zasadniczą formę zbożowej prosperity poprzez spichlerze, domy, bramy i kościoły. Czas holenderskich fortów i amsterdamskich attyk przyszedł już znacznie później, choć nieobecny był w języku, chyba że na grobowych płytach i cmentarzach. Żydzi jak wszędzie stanowili zróżnicowaną mieszaninę, wśród której dostrzec można było – najczęściej po ubiorze – przybyszów z Rosji i Galicji, jednakże w porównaniu z Hamburgiem czy Frankfurtem nie było ich tak wielu, nie mieli też dzielnicy o własnym, wyłącznym charakterze. Nad miastem unosiła się zbyt pewna przeszłość, by o przyszłości można było równie pewnie wyrokować: niegdyś na głównym szlaku handlu, teraz żyło jak gdyby na uboczu, bez wielkich inwestycji, rozmachu i fantazji, które w Hamburgu czy Szczecinie dawały formę nowoczesną i niemal elektryczny, iskrzący zapłon życia. Jedynie garnizony wojska: piechoty, huzarów, marynarki i artylerii, dawały może złudną wiarę co do znaczenia miasta. Port, stocznie i kilka okolicznych fabryk nie wyglądały na siłownię, z której by ten organizm czerpać mógł napędowe moce, choć ze wzgórzami na południu, zatoką na północy i wielką misą Żuław, ciągnącą się na wschód, pod skłębionymi obłokami, których nieustannie dostarczało morze, miasto posiadało niezaprzeczalny blask i urok.

Mądrala nasz nie ograniczył się przecież wyłącznie do zgłębiania istoty Gdańska. Bodaj najpiękniejszymi momentami w jego karierze cyklisty były te, gdy z dobrze zaopatrzonym w prowiant fińskim plecakiem mijał dawne rogatki na Siedlcach, Oruni lub w Oliwie: polna droga rozchylała się przed Wędrowcem jak łan dojrzałego zboża, obiecując odkrycia już za najbliższym zakrętem. W istocie często tak było i Castorp poddawał się olśnieniom, których istnienia nigdy wcześniej nawet nie podejrzewał. Zwykła wierzba pochylona nad stawem, bocian na łące czy brzozowy zagajnik potrafiły go oczarować do tego stopnia, że zsiadał z bicykla i przyglądał się owym cudom nieraz dobry kwadrans, jak gdyby one były celem wycieczki. Czasami, gdy rozpędzony z górki jechał szczególnie szybko, słowa pieśni o Wędrowcu same cisnęły mu się na usta. Wykrzykiwał je melodyjnie, ze szczególnym upodobaniem powtarzając: *das Wandern, das Wandern*! Największy dreszcz emocji wzbudzały w nim jednak kałuże. Ten krótki moment, gdy jego własna twarz rozcinała niebo i obłoki, niepowtarzalnie odkształcona czubkiem nacierającej fali, miał w sobie coś tajemniczego, jak chwila w ciemnym, opuszczonym kościele, z którego wyszli właśnie ostatni wyznawcy dawno już zapomnianej sekty. Dlatego lubił jazdę po burzy, kiedy zza chmur wychodziło słońce, a w świat brązowych luster wlewało się jasne, ostre światło, dodając ruchomemu obrazowi ostrych blików. Kiedy wieczorem, po kolacji i kąpieli przygotowanej przez Kaszibke zasypiał w swoim pokoju bez najmniejszych trudności, przed jego oczami przesuwały się obrazy miejsc, które pragnął na zawsze już zachować. Łąki w zakolach Raduni, gdzie leżał w cieniu ogromnego wiązu, nadmorskie wydmy Wyspy Sobieszewskiej, skąd ujrzał stado fok, wzgórza Emaus porośnięte stepową trawą i rumiankiem, czy dęby w dolinie Dicke Eiche, gdzie drzemał sobie, rozleniwiony ciszą i gęstym jak smoła zapachem ziół – wszystko to wydawało się Castorpowi nie tyle piękną, zachwycającą cząstką wielkiego ogrodu natury, o którym każdy pastor mówiłby w uniesieniu i zachwycie pół mszy niedzielnej albo jeszcze dłużej, ile właśnie powierzchnią ogromnej, rozlanej niczym jezioro kałuży, w której prócz odbicia tych wszystkich rzeczy, zjawisk i świateł pojawiała się na moment i znikała jego odkształcona ruchem, skupiona twarz.

Nad prawdziwym jeziorem spotkały go jednak pewnego dnia zupełnie inne doznania. Zielony kapelusik Willy'ego Stockhausena wyłonił się zza wzgórza przy dźwięcznym akompaniamencie fletu i chóru dwudziestu kilku młodzieńczych głosów. Willy przygrywał, a chór śpiewał: „Któż to ciebie, piękny lesie, tak wysoko wybudował?". Wędrowne Ptaki – Hans Castorp przypomniał sobie od razu nazwę ich organizacji – najwyraźniej wybrały tę samą co on jasną polankę na brzegu Otomina. Nie zwracając uwagi na cyklistę leżącego w trawie, pod opartym o pień sosny bicyklem, Wędrowne Ptaki bez słowa komendy rozdzieliły się do różnych zadań. Rąbanie drew, przygotowanie paleniska, czerpanie wody do kociołka, budowa szałasu – wszystko szło im sprawnie, pośród wesołych nawoływań, żartów, brzęku menażek, trzasku gałęzi.

– Ależ to ty! – Willy Stockhausen poznał cyklistę i bezceremonialnie uścisnął dłoń właśnie powstającemu z trawy Castorpowi. – Zapamiętałem twoją smutną twarz kolego, wtedy, w Café Hochschule, pamiętasz? Wiedziałem: kiedyś się spotkamy, lecz czy mogłem przypuścić, że to będzie na szlaku? Och nie, nic nie mów, cudowna chwila, zostajesz z nami, bez dyskusji. Chłopcy! – wykrzyknął. – Mamy gościa, to jest Hans, student politechniki! – Po czym zwrócił się znowu do Castorpa: – Nawet nie wyobrażasz sobie, jak się cieszę!

Uprzejmym skinieniem głowy cyklista nasz dał wyraz przekonaniu, że i on się cieszy, po czym powiedział, z naciskiem podkreślając ostatnie słowo: – Jestem na wycieczce. – W ten sposób poinformował Willy'ego Stockhausena, iż „być na szlaku" – nie jest określeniem, które mu odpowiada, ani też nie oddaje istoty rzeczy. Nie byli przecież w górach, czy w kanadyjskiej puszczy, ale godzinę rowerowej jazdy od przedmieścia.

– Ależ i my uwielbiamy wycieczki – Willy Stockhausen ujął Castorpa pod ramię i prowadził go do paleniska, gdzie już za chwilę miał zapłonąć pod kociołkiem ogień. – Porzucić zadymione miasto, oddychać pełną piersią, wyrwać się z mieszczańskiego sosu, czy nie uważasz, że to piękne? Biedny czy bogaty, syn szewca czy lekarza – jaka to różnica? Gwiazdy świecą dla wszystkich tak samo. Fałsz naszych czasów, pieniądze i obłudę – to zostawiamy ludziom w mieście. Zrozumiesz to wieczorem, gdy zaśpiewamy przy ognisku.

Hans Castorp milczał. Usiadł obok Willy'ego na pieńku, przyglądając się, jak Ptaki przygotowują zupę cebulową, pod którą już od chwili płonął ogień.

– Ludziom wydaje się, że rozumieją nowe czasy, kiedy gazety piszą o wynalazkach – kontynuował Willy. – Ale to bzdura! I cóż takiego zawdzięczamy rozumowi? Kiedy spotkałem cię, wtedy, wśród rozwrzeszczanej masy, od razu poczułem do ciebie sympatię. Ktoś taki jak ty myśli inaczej, niezależnie. U nas to ważna sprawa: być niezależnym. Od konwenansu. Ciasnota umysłu jest tak samo dolegliwa jak ciasnota mieszkań. My uwalniamy się od jednej i od drugiej. Wędrujemy i śpiewamy. Spałeś kiedyś w stogu siana? Piłeś zsiadłe mleko podane ręką spracowanego gospodarza? Nocowałeś w lesie, przy ogniu? Kto budzi się przy pierwszym śpiewie ptaka, wie, co to smak życia. Chodzi nam właśnie o to. Podoba ci się taka filozofia?

Przez cały czas, kiedy Willy mówił, Hans Castorp wyobrażał sobie, jak z wystruganym kijaszkiem idzie wiejską ulicą obszczekiwany przez psy. Na domiar złego, zawsze robiło mu się niedobrze już na samą myśl o kwaśnym mleku, a cóż dopiero podanym w jakimś glinianym, na pewno upstrzonym przez muchy garnku, żylastą dłonią chłopa.

– Rozumiem – odparł po namyśle – że każdy czegoś poszukuje. Zgoda. Ale nie nazywaj tego filozofią.

– Dlaczego? – żachnął się Willy i spojrzał Castorpowi prosto w oczy. – Czy to słowo jest zastrzeżone dla profesorów? Bezdusznych mózgowców, którzy nosa z miasta nie wystawiają? I dzielą włos na czworo, nie znając życia? My je bierzemy, jakim jest. I żadnych przy tym pokrętnych teorii. Prostota, rozumiesz?

– Filozofia – powiedział z ociąganiem Castorp – poszukuje prawdy. A wy? Spędzacie czas po swojemu. To wszystko.

– Prawda – zaśmiał się Willy. – A cóż to jest takiego? Abstrakcja wymyślona w zaduchu bibliotek! Nie potrzeba ksiąg, żeby ją odczuwać. Nigdy o tym nie myślałeś?

Hans Castorp nie miał ochoty zwierzać się ze swoich myśli przywódcy Wędrownych Ptaków. A już na pewno nie zamierzał dotrwać tutaj do wieczora, by przy ognisku zaznać z nimi radosnej wiedzy o prostocie życia. Chciał grzecznie się pożegnać i odjechać, ale Willy Stockhausen protestował tak żywo i natarczywie, że w końcu przystał na wspólny posiłek. Była to cebulowa zupa z chlebem omaszczonym smalcem ze skwarkami. Do tego podano gorzką herbatę. Musiał jeść nie swoją łyżką, z pożyczonej menażki. Herbatę popijał ze wspólnego kubka, za każdym razem wycierając starannie otłuszczone usta wiechciem trawy, czego Willy Stockhausen nie czynił zbyt dokładnie. Powtarzał za to często: „pyszota!" albo „nie masz to jak posiłek na świeżym powietrzu!". A kiedy doszło już wreszcie do pożegnania, ucałował serdecznie Hansa Castorpa w oba policzki i powiedział: „Na pewno spotkamy się któregoś dnia na szlaku!".

Zdegustowany Praktyk nasz przejechał sosnowym duktem do leśniczówki, a stamtąd skręcił w drogę do wsi. Już za ostatnimi zabudowaniami Otomina poczuł ostre bóle żołądka. Zatrzymał się, położył w trawie, by opanować skurcze i straszne dźwięki, jakie wydobywały się z jego kiszek, ale na próżno. Na tę okropną rewolucję nie było innego sposobu, jak zatrzymywać się co chwila i pędzić w krzaki – jeśli takowe znajdowały się w pobliżu. Kiedy zaś musiał kucać w przydrożnym rowie, straszna myśl, że ujrzy go przejeżdżający drogą chłop albo ktokolwiek inny – przyprawiała go o prawdziwy zawrót głowy. Z przyczyn, o których nie musimy tu wspominać, zrezygnował w końcu z wsiadania na siodełko i pchał swój bicykl, z trudem powłócząc nogami po piachu pobocza. Miał dreszcze i czuł, że rośnie mu gorączka. Dotarł wreszcie do wzgórza, za którym rozciągały się dachy wsi o nazwie Piękne Pola. Ostatkiem sił dopchał wanderera do niewielkiego kamienia, spod którego tryskało źródełko. Leżąc w trawie na brzuchu, pił zimną, krystaliczną wodę, co przyniosło mu pewną ulgę. Zaspokoiwszy pragnienie, odwrócił się na wznak i patrzył w niebo, po którym przeciągały barokowe, olśniewająco jasne chmury. Przypomniał sobie jakieś dawne zalecenia doktora Heidekinda: oddychać głęboko, masując brzuch otwartymi dłońmi! Tak też zrobił i o dziwo przyniosło to poprawę. Nie czuł już następnych skurczów, a wypróżnione kiszki, jak gdyby udobruchane tym prostym zabiegiem, łaskawie zezwoliły mu na nieprzerwany odpoczynek. W takim stanie Hans Castorp leżał z zamkniętymi oczami, marząc o wypełnionej ciepłą wodą wannie, posłanym łóżku, termoforze oraz gorącej, lekko osłodzonej herbacie, którą w porcelanowej filiżance ze złotym paskiem przyniesie mu do pokoju Kaszibke. Wszystko to mogło i miało w istocie się spełnić, ale nie tak znów prędko.

Gdy usłyszał dwa znajome z przeszłości głosy, zdawało mu się, że jest na statku, w oficerskiej mesie „Merkurego", naprzeciw pastora Gropiusa i pani de Venancourt. Coś tam do siebie szeptali znad talerzy: wielebny pastor ewangelicko-augsburskiego zboru z niefrasobliwą katoliczką. Nie był to jednak sen, bo głosy dźwięczały nadal, kiedy otworzył już oczy. Ależ tak, nie ulegało wątpliwości: łąką, wzdłuż strumienia, który jak na rozkosznym, oleodrukowym landszafcie wił się pośród wysokich traw, trzymając się za dłonie, szli wolno wielebny Gropius i pani de Venancourt. Trochę dalej skubały koniczynę dwa konie, zaprzężone do opuszczonej przez pasażerów bryczki– siwek i kasztanka. Para usiadła pod jaworem, na rozłożonej przez Francuzkę chuście, pastor wydobył z koszyka prowiant, butelkę wina i kieliszki. Hans Castorp dopiero po chwili zrozumiał całą złożoność swego położenia: mógł wprawdzie niezauważony obserwować ich, lecz gdyby uniósł się znad źródła, by zabrać leżący w trawie bicykl, albo co gorsza, gdyby musiał nagle – z wiadomych przyczyn – unieść się w równie wiadomym celu, tamci zauważyliby go natychmiast i pewnie rozpoznali, co w obecnym, wiadomym przecież stanie rzeczy, pomijając wszelkie inne okoliczności – byłoby dla niego rzeczą wysoce niewskazaną, by nie powiedzieć: wstydliwie kompromitującą. Jakież więc cierpiał katusze, obawiając się w każdej chwili ponownego ataku żołądkowej niestrawności – tego nie zamierzamy nawet opisywać. Poprzestaniemy na tym, że coraz bardziej zmęczony, tęskniąc z każdą minutą do chwili, w której wyruszyć będzie mógł w dalszą drogę do domu, obserwować musiał owe – godne miana *fêts galantes* – sceny pod jaworem, które łączyły w sobie iście germańską, protestancką systematyczność z katolicką, prawdziwie francuską żarliwością. Różowe *dessous* pani de Venancourt, doskonale kontrastowało z czarnymi pończochami pastora Gropiusa. Parasolka damy spoczywała tuż obok zapinanej na srebrną skuwkę Biblii.

– Adam i Ewa – myślał rozgoryczony Praktyk. – Jaka szkoda, że nie trafili, zamiast na mnie, na stado Wędrownych Ptaków.

Późnym popołudniem, gdy dotarł wreszcie na Kasztanową, był rzeczywiście u kresu sił. Ponieważ Kaszibke miała niespodziewanie wychodne, sam musiał rozpalić ogień pod kolumienką w łazience, a po kąpieli, już w szlafroku i bamboszach, zaparzyć w kuchni herbatę.

– Tak wcześnie chodzi pan teraz spać? – zdziwiła się Hildegarda Wybe. – Przecież lato za pasem, nie ma co gadać. A czytał pan gazetę? Ten Pudrowski, który złotnika zamordował, skazany jest na ścięcie. I jego narzeczona też, choć piszą, że cesarz może podpisze dla niej łaskę, ze względu na to, że podobno ona nie mordowała i nie ćwiartowała, tylko pomogła chłopakowi te kawałki ciała do worków upakować. Niezłe ziółko, prawda? A w ogóle, to mi się zdaje, panie Castorp, że nasze czasy są pełne barbarzyństwa. Mówią, że w Rosji coraz większe strajki i car wprowadza wojsko wszędzie. Czy to możliwe? Ach, byłabym zapomniała, jest list do pana, z Sopot.

Gospodyni przyniosła mu gazetę i kopertę, na której natychmiast rozpoznał charakter pisma Hermanna Tischlera. Ale – choć tego właśnie należałoby się spodziewać, wcale nie otworzył listu, gdy tylko zamknął za sobą drzwi pokoju. Najpierw uważnie przejrzał szpalty „Anzeigera". O Rosji nie pisano nic, a sprawę wyroku na czeladnika roztrząsano pod kątem technicznego wykonania kary: w więzieniu okręgowym nie było gilotyny i wobec tego faktu ścięcie mogło się odbyć tradycyjnie, czy jednak nie trąciło to cokolwiek średniowieczem? Autor notatki, choć tego nie wyjawiał wprost, wyraźnie opowiadał się za postępem. Hans Castorp, odłożywszy gazetę, przeczytał list detektywa.

„Wielce Szanowny Panie – pisał Tischler – śpieszę donieść o nadzwyczajnie ważnych wiadomościach. Wanda Pilecka przybędzie do pensjonatu Miramare, przy ulicy Małoleśnej, dokładnie za tydzień od dnia dzisiejszego. Zarezerwowała pojedynczy apartament z widokiem na morze, piętro pierwsze, numer dziesiąty. Żadnych natomiast informacji na temat planów jej towarzysza, pana Dawydowa, na razie nie posiadamy. Istnieje prawdopodobieństwo, że ich spotkanie jest już zaplanowane, ponieważ Pilecka wynajęła apartament na całe lato. To daje nam poszlaki, iż będzie na niego oczekiwać, jak również, że Dawydow nie może przybyć w terminie z góry określonym, a zatem pojawi się w pierwszym dla niego możliwym, czyli praktycznie w każdej chwili. Rzecz jasna, pragnę zapewnić Szanownego Pana, że wszystko znajduje się pod moją ścisłą kontrolą, zatem na wypadek

przyjazdu Rosjanina – poinformuję listem, a jeśli będzie zbyt mało czasu – wyślę telegram o następującej
treści: Spotkanie w hotelu...; pod numerem...; pozdra-
wiam – wuj Hermann... Ponieważ nie wydał Szanowny
Pan żadnych dodatkowych dyspozycji – do których wy-
pełnienia jestem gotów, jednakże po ustaleniu wszystkich związanych z tym kosztów, rozumiem, że do czasu
ewentualnych zmian charakteru zlecenia nie podejmuję
obserwacji Wandy Pileckiej. Z szacunkiem – Hermann
Tischler".

Hans Castorp wyjął z szuflady egzemplarz *Effi Briest*.
Otworzył powieść na przypadkowej stronie i przeczytał: „Pociąg mijał właśnie peron i po chwili przemknął
przed domkiem i ogródkiem. Effi była tak wzburzona,
że nic nie widziała, i jakby w zamroczeniu patrzyła za
ostatnim wagonem, gdzie siedział na podwyższeniu ha-
mulcowy...". Przez chwilę zastanawiał się czy zamknąć
i odłożyć książkę, wreszcie założył tę właśnie stronę kar-
tonową zakładką z przewodnika Brockhausa i zapako-
wał egzemplarz w welinowy papier, obwiązując go księgarskim sznureczkiem dokładnie tak, jak pamiętał to
z zeszłego roku. Następnie obwinął wszystko raz jeszcze
grubym, pocztowym papierem przesyłkowym, rogi pod-
kleił gumą arabską, a kiedy przeschła, wyjął pióro i napisał: „Hotel Werminghoff, ulica Morska, Sopot". A niżej: „Własność zgubiona przez osobę, która mieszkała
pod numerem siódmym". Tu dopisał dokładną ubiegło-
roczną datę. A po chwili jeszcze: „Oddać do pensjonatu
Miramare". Potem wypił herbatę i położył się do łóżka.
Straszliwe skutki cebulowej zupy ustępowały najwyraźniej, lecz Castorp tylko przez chwilę wspomniał Wędrowne Ptaki, Willy'ego Stockhausena, kociołek zawieszony
nad ogniskiem, wreszcie niesamowitą parę pod jawo-

rem, z bryczką w tle. Wszystko to było już przeszłością, bardzo odległą, jak mu się zdawało, i znacznie dalszą niż zeszłoroczny porter wypity na tarasie kurhausu czy karnawałowy wieczór Towarzystwa Miłośników Kultury Antycznej „Omphalos", kiedy to, zapewne w wyniku halucynacji spowodowanej dodanym do wina opium, widział przez moment kobietę tak podobną do Wandy Pileckiej.

Znów nie mógł zasnąć. Ale nie z powodu jakichś szczególnie ponętnych obrazów czy uciążliwych myśli. Słyszał, jak przez korytarz mieszkania pani Wybe przechodzi ktoś raz i drugi w ciężkich, wojskowych butach z ostrogami. Po tylu miesiącach życia na Kasztanowej, mogąc rozpoznać sposób chodzenia zarówno pani, jak służącej samym słuchem, był pewien, że to żadna z nich. Nie wierzył w duchy, miałby więc zatem omamy, tym razem dźwiękowej natury?

Rozdział XI

Uważny czytelnik naszej relacji spostrzegł zapewne, że w postępowaniu detektywa Hermanna Tischlera zachodzi pewna niekonsekwencja. Gorąco odradzając swoim klientom pisanie jakichkolwiek listów – rzecz dotyczy oczywiście miłosnych awantur, nieformalnych związków, przelotnych namiętności, jak też długotrwale utrzymywanych kochanek – otóż odradzając im pozostawianie tego rodzaju śladów, które, zupełnie jak w powieści Theodora Fontane, nawet po siedmiu latach potrafią eksplodować ze straszliwą siłą – sam napisał do Hansa Castorpa owe dwa, cytowane przez nas listy, gdzie nie próbował niczego, choćby dla pozoru, zawoalować. Wytłumaczenie jest dosyć proste: zleceniodawca zażyczył sobie kategorycznie właśnie takiej, listownej formy kontaktu i nie chciał nawet słyszeć o tym, by, po otrzymaniu zwykłej pocztówki, udawać się każdorazowo do biura detektywa. Istniał też drugi powód, o którym Praktyk nasz nie mógł mieć pojęcia, a który – aby oświetlić, na ile to możliwe, mające już niedługo nastąpić fakty – wypada nam podać. Otóż detektyw Hermann Tischler, który musiał tu i ówdzie zasięgnąć języka, pewnego dnia odwiedzony został przez cywilnego urzędnika policji, niejakiego Haacke. Rozmowa była krótka i rzeczowa.

– Z jakich powodów – zapytał Haacke – zbiera pan informacje o rosyjskich oficerach sztabowych?

A potem, kiedy Tischler złożył stosowne wyjaśnienie, pan Haacke uprzejmie mu wyjaśnił, że wkracza w nie swoje kompetencje. Na pytanie detektywa, czy w takim razie oddać ma klientowi zaliczkę i poinformować go, iż sprawa nie będzie prowadzona, powiedzmy, z braku możliwości zdobycia informacji – Haacke powiedział: – „W żadnym wypadku. Ma pan po prostu informować mnie o wszystkim i nie zatrzymać sobie nawet z pozoru błahej wiadomości".

Dlatego właśnie w listach do Castorpa detektyw Hermann Tischler pisał o wszystkim wprost, jak nigdy do żadnego ze swoich klientów. Rzecz jasna, nie potrafił do końca zrezygnować z przyzwyczajeń i w pierwszym liście jest tego ślad, choćby w stwierdzeniu „interesujące Szanownego Pana osoby", lecz oczywiście dla Hansa Castorpa był to szczegół ulotny i zupełnie bez znaczenia, podobnie jak dla detektywa nie miał znaczenia fakt, że niejaki Haacke w istocie pracował dla armii, a zatrudnienie w policji było dodatkowym, zapewne wygodnym i nie jedynym jego kostiumem.

Tymczasem Praktyk nasz na początku czerwca napisał do domu list pełen niejasnych stwierdzeń, z których jasno wynikało, że letnie wakacje, a przynajmniej większą ich część, zamierza spędzić w Gdańsku, gdyby zaś plany zmienił, natychmiast poinformuje wuja i pannę Schalleen o przyjeździe. Pierwszą ofiarą nowej sytuacji padł jego bicykl, coraz rzadziej wyprowadzany z komórki przy oficynie. W tamtych czasach kolej nie oferowała jeszcze wygodnych przedziałów rowerowych, a pedałowanie z Wrzeszcza do Sopotu i z powrotem wydawało się Castorpowi pewną stratą energii i czasu wobec nowych i nie do końca jeszcze określonych zadań. Strój cyklisty zamienił więc na powrót w uniform kuracjusza, bez szczególnego żalu, a nawet z pewnym ożywieniem, i w ogóle – przyznajmy – pełen był niezwykle optymistycznych, jasnych, choć nie sprecyzowanych idei, w których zawierała się ufność co do czekających go wydarzeń. Zapisał się na egzamin z fizyki i zdał go na dostateczny z plusem, zaliczając również przed wakacjami rysunek techniczny, co w sumie nie stanowiło osiągnięć nadzwyczajnych, ale utwierdzało go w przekonaniu, że w przyszłości podoła znacznie poważniejszym obciążeniom.

Niemal codziennie udawał się teraz do Sopotu, gdzie spędzał wiele czasu, w sposób nie odbiegający od tego, jaki już opisaliśmy, z tą różnicą, że coraz częściej zamawiał obiad i porter na tarasie pensjonatu Miramare. W dwudziestu siedmiu numerach rozmaitej wielkości przebywał już komplet letników z Berlina, Wrocławia, Drezna, Warszawy i Poznania. Obok niemieckiego słyszał więc polski i rosyjski. Jedna przy tym rodzina żydowska z Łodzi, która zajmowała dwa połączone na parterze apartamenty, mówiła między sobą wszystkimi tymi trzema językami na raz, a kiedy dochodziło pomiędzy nimi do sprzeczek – o co przy pięciorgu dzieciach i dwóch służących nie było, jak się zdaje, trudno – Castorp słyszał ów żargon, którym posługiwali się Żydzi także w Hamburgu, posiadający nader liczne zapożyczenia z niemieckiego, w istocie jednak brzmiący obco i niemal zupełnie niezrozumiały. W dniu, w którym Pilecka powinna była przybyć do Sopotu, Hans Castorp nadał na miejscowej poczcie zapakowaną pieczołowicie *Effi Briest*. Ale Polka nie przyjechała w podanym przez Tischlera terminie, nie zjawiła się również w ciągu następnych dwóch dni. Numer dziesiąty na pierwszym piętrze pozostawał pusty, drewniane żaluzje w oknie były zaciągnięte i tylko w recepcyjnej przegródce, pod oczekującym na Pilecką kluczem, spoczywała znajoma przesyłka, którą Hans Castorp dostrzegł kątem oka, przechodząc holem do sali restauracyjnej.

Nie było powodów do niepokoju. Jeśli dyrekcja pensjonatu trzymała dla niej pokój – a tak to właśnie wyglądało – po prostu musiał czekać. Hans Castorp uzbroił się w cierpliwość i poddany rytmowi słonecznych dni spoczywał na leżaku, skąd obserwował spacerowe i rybackie łodzie, dzieci bawiące się na brzegu oraz okno na pierwszym piętrze Miramare otwierane przez służbę raz dziennie, zapewne dla wietrzenia apartamentu. W okolicach świętego Jana upał tężał tak mocno, że nawet w koszuli z krótkim rękawem i przewiewnym, słomkowym kapeluszu nie mógł wytrzymać na rozgrzanym piachu dłużej niż godzinę, mimo dyskretnie zdjętych butów i skarpetek. Dlatego ustawiał leżak w cieniu drzew, przy parkowej dróżce, coraz częściej rozważając, czy nie powinien podjąć decyzji o kąpieli. Tylko najmłodszym dzieciom przysługiwał ów rozkoszny przywilej pluskania się przy brzegu; dorośli musieli w tym celu udawać się do łazienek, by tam, w oddzielnych sekcjach dla panów i dla pań, rozdzielonych drewnianym przepierzeniem, zażyć miłego ochłodzenia w bałtyckich falach. Wracając do Wrzeszcza, kupił więc w towarowym domu Fastów kostium w biało-zielone pasy, z wyszytą na wysokości mostka żaglówką, pod którą biegł jeszcze napis „Ostsee Bad Zoppot". Kiedy stanął ubrany w trykot przed lustrem swojej szafy, nie mógł powstrzymać się od śmiechu. W istocie, podobny był teraz do cyrkowca, tyle tylko, że jego gołe łydki i ramiona nie miały znamion atletycznych, podobnie jak klatka piersiowa, na której wizerunek łódki nieco zwisał, jak też i to, co rysowało się pod brzuchem, gdzie trykot przywierał akurat równo i obciśle. Z cygarem natomiast i w słomkowym kapeluszu postać w lustrze nabierała jakiejś ironicznej cechy: tak mógł wyglądać jeden z braci Wellinek, słynnych klownów, których pamiętał z hamburskiego cyrku.

Rzecz jasna, bez cygara i bez słomkowego kapelusza, mniej więcej o jedenastej następnego dnia, przeszedł parę metrów po rozgrzanych deskach pomostu od kąpielowej kabiny do drabinki, by zstąpić w chłodną otchłań morza. Uczucie przyjemności, jakiego doznał, nie dało się porównać z niczym. Najpierw stał zanurzony po pas, przyjmując uderzenia niewielkich fal, których syczące bąbelki i piana rozbryzgiwały się na jego twarzy. Potem zanurzył się cały, zanurkował do piaszczystego dna, wyskoczył na powierzchnię i wreszcie płynął żabką aż do czerwonej boi i z powrotem. Powtórzył ten kurs jeszcze dwa razy i wcale nie odczuwał zmęczenia. Przeciwnie – opanował go jakiś rodzaj, nieznanej mu dotąd, kąpielowej euforii, wobec której zbladły zupełnie miłe przecież doświadczenia z Zakładu Kąpieli Gorących. Siedział potem na rozgrzanych deskach pomostu, osuszany przez słońce, słuchając nieustannego szumu morza, w który wlewały się wesołe nawoływania dzieci, mężczyzn i kobiet. Łazienki Północne bowiem – co rejestrował nie bez pewnego zaskoczenia – zezwalały od tego właśnie sezonu na wspólne kąpiele, zwane rodzinnymi, prowadzone w środkowym, największym akwenie. Kiedy wychodził z wody po następnym pływaniu, zegar na drewnianej wieżyczce wskazywał już trzynastą. Hans Castorp przebrał się w kabinie i ruszył promenadą, mijając kurhaus, molo, budynek

Warmbadu, plac pod przyszłe Łazienki Południowe, aż wreszcie usiadł w ogródku rybackiej tawerny, zjadł suty obiad, pokrzepił się schłodzonym, podwójnym porterem, do kieliszka porto zapalił „Marię Mancini". W końcu, po kilku jeszcze minutach marszu, dotarł do pensjonatu Miramare, gdzie czekał już na niego, opłacony za cały miesiąc z góry, leżak.

Ujrzał ją od razu. Wanda Pilecka stała przy otwartym oknie, spoglądając na plażę i wyciągnięte z wody łodzie przez – tak mu się wydawało – teatralne lornion. Hans Castorp przesunął swój kapelusz na czoło i podniósł do oczu płachtę „Anzeigera". Na pierwszej stronie pisano o wizycie cesarza Wilhelma. Planowano paradę huzarów z Wrzeszcza, zawody hippiczne w Sopocie, wizytę monarchy w stoczni, wreszcie iluminację Starego Miasta i przyjęcie w Dworze Artusa. Zdjęcie przedstawiało cesarza podczas zeszłorocznej wizyty w huzarskim regimencie. Przez moment pomyślał o poruczniku Wybe. Gdyby żył, na pewno dzisiaj wróciłby z koszar bardzo późno. Ciekawe, na co umarł? O tym pani Hildegarda Wybe nigdy nie wspominała. Na drugiej stronie pisano o wizycie następcy tronu, Fryderyka Wilhelma, która nastąpi kilka tygodni po jutrzejszej wizycie cesarza. Planowano udział następcy tronu w lipcowym korso, zawodach tenisowych, żeglarskim rejsie, a także jego wizytę we wrzeszczańskim regimencie. Zdjęcie przedstawiało następcę tronu podczas zeszłorocznej wizyty w tych samych koszarach. Miał na sobie paradny mundur z trupią czaszką na czapie, podobnie jak towarzysząca mu małżonka Zofia. Na stronie trzeciej przeczytał o wypadku, jaki się zdarzył na plaży Westerplatte: dwaj młodzieńcy, synowie rybaka, niejakiego Paschke, wypłynęli zbyt głęboko w morze i utonęli. Tylko ciało jednego z nich odnaleziono. Policja podejrzewała, że przed kąpielą bracia raczyli się mocniejszym trunkiem. Na stronie czwartej gazeta donosiła, że niejaka Emma Ghermann uwolniona została przed gdańskim sądem od zarzutu krzywoprzysięstwa w sprawie o cudzołóstwo Grety Kolodzik, na skutek zeznań niejakiego Krefta, czeladnika piekarskiego.

Sylwetka Pileckiej zniknęła z okna. Hans Castorp odłożył gazetę z irytacją. Czy to miało być wszystko? – pomyślał z goryczą. Nie chodziło mu, rzecz jasna, o zawartość „Anzeigera", ale o jego obecność tutaj, na plaży, przed pensjonatem Miramare. Jeszcze kilka dni temu wydawało mu się, że ma w głowie wiele pomysłów, o których nie mógłby powiedzieć wprawdzie nic konkretnego, lecz których sama potencjalna obecność zdawała się zapewniać, że po przyjeździe Polki, poczyni jakieś, choćby i ryzykowne kroki, i że pozwolą one zbliżyć mu się do tej pięknej i nieco tajemniczej kobiety. Tymczasem w głowie miał zupełną pustkę, jedyne, na co mógł teraz wpaść, to czekać aż Pilecka wyjdzie na spacer albo do łazienek i śledzić ją z pożałowania godnym rezultatem, cóż bowiem mógł uzyskać? Gdyby chociaż włożył do wysyłanej książki jakiś bilet z bezczelną – czemu nie, do licha! – propozycją spotkania, coś w stylu: „Jeśli chciałaby Pani rozmawiać o tej powieści, która i na mnie zrobiła ogromne wrażenie, a którą znalazłem zeszłego roku w hotelu Werminghoff, proszę wysłać ten bilet na adres taki to a taki, odezwę się na każde żądanie. Jako człowiek, jako student z wyższych sfer mieszczańskich zapewniam Panią o moich zupełnie czystych intencjach, po prostu, kiedy ujrzałem Panią raz jeden, zeszłego roku, nie mogłem sobie wyobrazić, że kiedyś opuszczę to miasto i nigdy nie zamienię z Panią choćby kilku słów". Lecz skoro tego nie uczynił, skoro nie odważył się na inny podobny krok, na co mógł ostatecznie liczyć? Że doczeka się przyjazdu jej kochanka i śledząc ich dyskretnie, posiądzie jakąś tajemnicę, banalną, prostą, oczywistą – o dwojgu ludziach, którzy spotykają się za granicą swojego kraju, w kurorcie, aby zachować miłosne uniesienia tylko dla siebie? Cóż by mu przyszło z takiej wiedzy? Jakieś rosyjskie albo polskie słowo, wtrącone nagle do francuskiej konwersacji? Obraz dwojga splecionych na spacerze dłoni? Lub pocałunków w alei, o zmierzchu? „Ależ nie – myślał dalej i równie gorączkowo – muszę coś zrobić, uczynić ten pierwszy krok, dać jej wyraźny sygnał, na który najwyżej nie odpowie, wtedy wyjadę, cóż, przecież to wakacje jak każde inne, właściwie czego się obawiam?".

Na razie nic konkretnego nie przyszło mu do głowy, postanowił jednak sprawdzić dyskretnie, czy przynajmniej zabrała ze sobą przesyłkę. Pozostawiając leżak na plaży, Hans Castorp wszedł po schodach na taras pensjonatu, a stamtąd do obszernego holu, gdzie przy szerokich drzwiach restauracji mieściła się recepcja. Nie dane mu było jednak spojrzeć ukradkiem na przedziałek pod numerem dziesiątym. Przed deską recepcji panowało jakieś nadzwyczajne, awanturnicze ożywienie: właściciel Miramare, pan Gustaw Ziehm, wraz z kierownikiem i swoją prawą ręką, eksmaszynistą cesarskiej marynarki wojennej Alfredem Konke stali obok odzianego w letni, wyjściowy surdut jegomościa.

Wąsacz ten z najwyraźniej węgierskim akcentem krzyczał. – Ja sobie nie pozwolę na taki międzynarodowy skandal! Panowie straszycie mnie policją?! Poszukam innego pensjonatu!!

Chodziło o to, że przybysz z Budapesztu, pan Lajos Shegivi, kupiec, który, jak się okazało, mieszkał w numerze jedenastym, wywołał przed południem skandal. Nie znając przepisów miejscowych czy też udając, że ich nie zna, przebrał się w plażowym koszu w strój kąpielowy i na oczach niemal wszystkich gości pensjonatu, w tym oczywiście pań, zażywał najspokojniej przez pół godziny kąpieli. Przybył policjant, który okrywszy pana Shegivi kocem, odprowadził go do numeru, nakazał przebrać się, po czym wziął ze sobą na posterunek w celu spisania zeznań. Pouczono go, że kąpiele są w tutejszym badzie dozwolone tylko w miejscach do tego wyznaczonych, po czym puszczono wolno, nie wezwawszy nawet – jak tego żądał – konsula monarchii Austro-Węgier, który podobno przebywa na urlopie w Trieście. Pan Lajos Shegivi właśnie wrócił do pensjonatu i zamierzał wyjechać, lecz wcale nie chciał płacić za ten jeden, zepsuty dzień. Dlatego recepcjonista wezwał kierownika, kierownik Gustawa Ziehma, a Gustaw Ziehm oświadczył, że skoro cudzoziemiec odmawia zapłaty, znów wezwie się policję.

Hans Castorp przeszedł do restauracji, zamówił małą szklankę porteru i śledził dalszy tok wydarzeń. Węgier ostatecznie zapłacił, służący zniósł jego bagaż i niespokojny gość odjechał wezwaną dorożką, mamrocząc głośno, że w badach adriatyckich, gdzie woda jest zdrowsza i cieplejsza, a obsługa kulturalna, kąpać się można wszędzie, bez głupich, pruskich ograniczeń i drewnianych kurników, zwanych łazienkami.

– Może tak jest nad Balatonem – odpowiedział Gustaw Ziehm. – Ale w Rijece? Poli? Dubrowniku? Na pewno nie!

Gdy recepcjonista został już sam, Hans Castorp podszedł do deski i spytał – czy macie wolny pokój?

– Jedenastka – odpowiedział recepcjonista. – Ale jeszcze nie posprzątany.

– Nie szkodzi – Castorp spojrzał na pustą przegród-
kę dziesiątki. – Dziś jestem jeszcze w Gdańsku. Rzeczy
przywiozę jutro rano.

– Na jak długo?

– Dwa tygodnie – powiedział bez wahania. – Potem
może przedłużę.

– Muszę zapisać rezerwację. Proszę nazwisko i stały
adres zamieszkania.

– Hans Castorp, Hamburg. Harvestehuder Weg dwanaście.

– Nie ma co gadać – powiedziała pani Hildegarda
Wybe, kiedy Castorp, dwie godziny później, wszedł do
salonu, by załatwić rachunki i poinformować ją, że dalszą część lata spędzi w Sopocie, dokąd przyjeżdżają jego
kuzyn z ciotką. – To już zupełnie zostaniemy same, a nie
mówiłam, pamięta pan, zaraz pierwszego dnia, że u nas
we Wrzeszczu powietrze równie zdrowe, ale bez taksy
klimatycznej?

Hans Castorp przypomniał jej również, że powiedziała: „W pańskim młodym wieku, może się pan w pełni cieszyć życiem".

– Naprawdę – śmiała się teraz – naprawdę tak powiedziałam? Nie ma co gadać, przecież szczęściarz z pana,
panie Castorp, od razu widać, że życie należy do takich
jak pan.

Nigdy jeszcze nie widział pani Hildegardy Wybe z twarzą w pełni rozjaśnioną uśmiechem. Jej codzienna – jak
to określał „lisiość" – zmieniła się teraz, pod wpływem
tego właśnie grymasu, w coś, czemu winna patronować
raczej „wiewórkowatość", choć równie dobrze – pomyślał, wychodząc z salonu – można by przyrównać całą
jej fizjonomię, niezależnie od tego, czy się uśmiecha, czy
nie – do lamy lub anatolijskiej odmiany muflona.

Dodajmy, że nie było w tej myśli Castorpa żadnej, najmniejszej choćby złośliwości, a raczej sucha rzeczowość, połączona z odrobiną sympatii, którą – po raz pierwszy, odkąd przybył na ulicę Kasztanową – poczuł do pani Hildegardy Wybe. Na dłuższe jednak rozważania w tej materii nie miał już ochoty ani czasu; przed przeprowadzką do pensjonatu Miramare w Sopocie musiał bowiem poczynić szereg istotnych kroków. Dwa kąpielowe ręczniki, płócienną marynarkę w angielskim stylu, dodatkowe koszule z krótkim rękawem, nowy kapelusz, drugi kostium kąpielowy na zmianę, kilka par cienkich skarpetek – wszystko to kupił u Sternfeldów, gdzie jeszcze tak niedawno zaopatrywał się w ekwipunek cyklisty. Okazało się przy tym, że wszystkie męskie kostiumy kąpielowe w tym sezonie są niemal identyczne z tym, który już posiada. Jedyna różnica dotyczyła koloru poprzecznych pasów i ewentualnych aplikacji na wysokości klatki piersiowej. Wybrał więc tym razem pasy biało-czerwone, z niewielkim wyszytym kołem sterowym i napisem „Hansa". W księgarni przy rynku kupił nadzwyczajnie piękną i drogą papeterię z czerpanego papieru oraz – w ostatniej chwili dostrzeżoną na półce – *Effi Briest* Theodora Fontane. Spakowany do jednej, niezbyt wielkiej walizki, w nadzwyczajnym wprost humorze wysiadł następnego dnia rano z sopockiej dorożki, która zatrzymała się na końcu ulicy Małoleśnej, tuż obok pensjonatu Miramare.

Podobnie jak wcześniej, nie miał planów w znaczeniu konkretnych posunięć. Sama jednak świadomość, którą odczuwał już od pierwszych chwil instalowania się w numerze jedenastym, że będzie odtąd patrzył na te same, co jego sąsiadka zza ściany, wschody i zachody słońca, że przez całą dobę będzie wdychał to samo morskie powietrze i tę samą, leniwą, uwodzicielską atmosferę pensjonatu, że będzie widywał Pilecką często, podczas śniadań, spacerów, leżakowania – być może nabierając owego towarzyskiego, nieformalnego prawa w związku z przebywaniem pod wspólnym dachem – do składania jej ukłonu na tarasie lub na korytarzu wiodącym do numerów – już sama ta świadomość, powtórzmy, dostarczała mu energii i radosnego nastroju oraz przeświadczenia, że jednak nastąpi taki moment, w którym zbliży się do ukochanej.

Był oczywiście rozsądny i już od pierwszych godzin, jako zwyczajny letnik z Hamburga, prowadził w pensjonacie żywot nieodróżniający go od innych gości. Po śniadaniu maszerował wolnym krokiem do Łazienek Północnych, gdzie z przyjemnością oddawał się rozkoszom pływania. Obiady jadał na zmianę w tawernie Czecha Pawloskiego lub w restauracji pensjonatu, gdzie mieli równie dobrą, choć może nieco cięższą, typowo północną kuchnię. Potem leżakował z „Anzeigerem", cygarem i piersiówką, uzupełnianą co jakiś czas ulubionym porto, ustawiając się zawsze tak, aby z połowy plaży lub nawet z samego brzegu, gdzie nieustannie pośród łodzi i zamków z piasku baraszkowały dzieci, widzieć mógł okna Miramare. Pod wieczór, gdy lekka bryza rozpraszała nieco upał, udawał się na molo, na którym nowe, elektryczne lampy tworzyły nadzwyczajny teatr cieni jako oprawę dla damskich toalet i męskich komplementów. Bywał na koncertach w otwartej muszli i sali kurhausu. W szczególnie gorące dni udawał się do Łazienek Północnych po raz drugi – po obiedzie i godzinnej drzemce w numerze, którą aplikował sobie wówczas zamiast leżakowania. To spokojne, nader przyjemne życie, w którym znajdował właściwe dla swojej sfery upodobanie – jakby to określił wuj Tienappel – nie usypiało rzecz jasna jego czujności. Na co dzień nie starał się za wszelką cenę przebywać blisko Pileckiej, bacząc uważnie, by jego stolik śniadaniowy lub rozłożony leżak znajdowały się zawsze w pewnej odległości od jej stolika czy leżaka, oddzielone paroma innymi. Gdy widział ją na spacerze w parku lub wracającą z łazienek – raczej unikał spotkania w alejce, niż do niego dążył. Dwukrotnie jednak złożyli sobie ukłon – raz na molo, podczas wieczornej promenady, drugi raz na tarasie pensjonatu, w czas poobiedniej sjesty. Na molo ujrzał Pilecką nagle, niespodziewanie. Wpadli niemal na siebie, gdy rozchodząca się grupa gapiów, która śledziła wcześniej popisy pary linoskoczków, zajęła niemal całą szerokość mola, powodując na moment tłok. Miała na sobie letnią, błękitną suknię z zieloną tuniką i kapelusz w kolorze morskiej wody. Wysoki, tak modny wówczas kołnierz *à la Medici* powodował, że jej głowa, którą skłoniła w odpowiedzi na jego ukłon, zdawała się nieco usztywniona, jak gdyby zdolna jedynie do bardzo oficjalnego pozdrowienia. Na tarasie pensjonatu, w letniej, piaskowej sukni, której dekolt okrywała koronkowa szmizetka, Pilecka wydawała się znacznie swobodniejsza. Ale i tutaj, oddając mu ukłon, gdy przechodził tuż obok jej leżaka, jej szaroniebieskie czy też może raczej niebieskoszare oczy spoczęły na nim z tym rodzajem pytającej uwagi, który wprowadził go najpierw w stan zupełnego osłupienia, a następnie kilkugodzinnego zamętu.

Pośród okoliczności nadzwyczajnych, a mówiąc krótko – wycieczkowych, pozwolił sobie na znacznie więcej. W dużej łodzi, która woziła letników z Miramare po zatoce, siedział na ławce tuż obok niej, dotykając dwukrotnie w czasie niewielkiego przechyłu batystowego materiału, z jakiego uszyta była jej bluzka, posiadająca wspieniony żabot. W pewnym sensie jeszcze bliżej Pileckiej znalazł się podczas leśnej wycieczki na Wzgórza Poziomkowe, z odwiedzinami restauracji Wielka Gwiazda. Jechał wprawdzie w trzecim powozie, a ona w pierwszym, ale tak się złożyło, że przy dłuższym, sześcioosobowym stole pod sosnami Hans Castorp otrzymał miejsce naprzeciw Pileckiej, dyskretnie śledząc, jak delikatnie podnosi do swoich ust widelec ze szparagami, potem ociera wargi serwetą, by upić następnie lekko schłodzone chablis. Siedzący obok niej berliński radca Fryderyk Haupt co rusz przepijał do niej, sypał lekkimi żarcikami, które zdaniem Castorpa balansowały na granicy przyzwoitej konwersacji. Pilecka natomiast odpowiadała radcy równie wesoło, chętnie trącała się z nim kieliszkiem i pewnie, gdyby nie jego żona o wyglądzie czternastej z rzędu córki kalwińskiego pastora, tych dwoje – radca i Polka – wracałoby z wycieczki obok siebie, w jednym powozie. Hans Castorp uważnie słuchał jej niemieckiego: zaledwie sporadycznie, gdzieś na samym dnie wyrazów dało się wyczuć obcy akcent, lecz niekoniecznie polski, bo równie dobrze można go było wziąć za pozostałość po wychowaniu w jakimś niemieckim domu w Rydze czy Kłajpedzie. Już przy wetach Pilecka, widząc nietknięty przez Castorpa podczas drugiego dania porter, spytała wesoło: – A pan, młody człowieku, studiuje teologię?

Wszyscy sąsiedzi roześmiali się, podczas gdy Castorp odpowiedział poważnie, patrząc jej głęboko w oczy: – Jestem na politechnice, będę budował statki, nie sumienia!

Nikt jednak tego nie słuchał: po cieście podano lody z kremem poziomkowym, co dało berlińskiemu radcy nowy temat do żarcików.

Zbliżenia te, jakkolwiek dostarczyły Castorpowi niebywałych emocji, rozpętując w jego nasłonecznionym i obecnie wysportowanym do pewnego stopnia ciele prawdziwą namiętność, oprócz erotycznego napięcia, które nie zawsze umiał poskromić podczas zasypiania, stawiały mu także pewne kwestie, nad jakimi do tej pory – niesiony codziennymi wydarzeniami – nie zastanawiał się, choć wiedział, że powinien był to uczynić. Pilecka była Polką, Dawydow, na którego oczekiwała – Rosjaninem, i już sam ten wybór, a nie miał wątpliwości, że to jest ostatecznie jednak wybór jej, nie jego – stanowił dla niego zagadkę. W gimnazjum na historii miał kiedyś tylko jedną lekcję dotyczącą Polski: anarchia i pijaństwo szlachty doprowadziły do rozbiorów, bo wrzód ten, w środku Europy, trzeba było czym prędzej wyciąć ze względów higienicznych. Więcej się nie dowiedział, a to, co słyszał mimowolnie tu i tam o Syberii, Kozakach, powstaniach, spiskowcach strajkach i więzieniach, dotyczyło jedynie wydarzeń ostatnich, by nie powiedzieć – obecnych, które rozgrywały się w Łodzi czy Warszawie.

Czasami wyobrażał sobie Pilecką, jak odwiedzając swój ziemski majątek gdzieś na wschodzie, zaprasza na konne przejażdżki Dawydowa. I pędzą przez zagajniki niczym Effi Briest z majorem Crampasem. Czy było to możliwe? A jeśli nawet tak, to za jaką cenę? Hans Castorp, choć boleśnie odczuwał przy tego rodzaju rozważaniach swój niemal kompletny brak wiadomości historycznych oraz równie niewielką orientację w tym polsko-rosyjskim, czy też rosyjsko-polskim, obecnym zapętleniu, posiadał przecież głęboką intuicję i wyobraźnię. Wystarczyło to, by zdawać sobie sprawę, że romans oficera i dziedziczki nie był jednak wcale aż tak zwykły czy pospolity, jak mógłby o nim myśleć zupełnie niewtajemniczony obserwator. Castorp pamiętał doskonale tamten, zasłyszany w kurhausie, fragment ich rozmowy. Skoro Dawydow mówił o dymisji jako o niemożliwej w obecnej sytuacji, musiał obiecać ją Pileckiej lub też to ona nalegała. Czy jednak wystąpienie z wojska byłoby jakimś krokiem, który pozwoliłby tym dwojgu spotykać się normalnie, bez *incognito* za granicą? Niejasno przedstawiał się też fakt, że rozmawiali wyłącznie po francusku, chyba że obopólna niechęć do wrogiej sobie mowy, podyktowała takie rozwiązanie. Czym jednak była ich miłość, gdyby w istocie nie potrafili szeptać do siebie w jednym z tych dwóch słowiańskich języków? Czy gdyby szli w Warszawie pod rękę, Pilecka i Dawydow, znajomi jej i jego odwracaliby od nich głowy?

Mijały spokojne, słoneczne dni, a Hans Castorp, obserwując Pilecką, coraz częściej wyobrażał sobie ów polsko--rosyjski węzeł niczym skłębioną, ciemną chmurę, przesuwającą się po stepie, która z daleka wygląda na szarańczę, im bliżej jednak jest obserwatora, tym wyraźniej wyłaniają się z niej dzikie, walczące ze sobą postacie skrwawionych Kozaków i polskich powstańców. Przypomniał też sobie zdanie Hermanna Tischlera, kiedy w pociągu detektyw z sarkazmem mówił o zabójcy złotnika. I kłótnię między sternikiem a kapitanem Mattiasem Hildebrandtem na mostku „Merkurego", gdy sternik pozwolił sobie na uwagę o polaczkach. Tym bardziej było to dziwne i niesmaczne dla Castorpa, że przecież ani w Gdańsku, ani w Prusach, ani w całej ogromnej Rzeszy Niemiec Polacy nie podkładali bomb jak w Rosji, nie strzelali do niemieckich policjantów i niemieckich burmistrzów. Historia jest w pełni nielogiczna – doszedł pewnego razu do takiego wniosku, patrząc, jak Pilecka pomaga na brzegu morza dwóm małym dziewczynkom wydobyć z wody wiaderko na piasek – Polacy jako Słowianie powinni czuć się w Rosji znacznie lepiej niż w Niemczech, a to znaczyłoby, że jeśli już koniecznie muszą gdzieś rzucać bomby i zawiązywać rewolucyjne spiski, powinni to uskuteczniać właśnie tutaj, w państwie germańskim, a nie w Rosji. Było jednak odwrotnie i powracająca znad brzegu morza Wanda Pilecka uświadomiła to Castorpowi, ponieważ patrząc na jej sylwetkę, przypomniał sobie Dawydowa, który – jeśli wciąż do Sopotu nie przyjeżdżał – zapewne zajmował się tropieniem polskich buntowników.

Może dlatego, mając poniekąd dosyć tych wszystkich zawiłości, Castorp postanowił uciec się do prostej prowokacji? Popołudniami leżakował z egzemplarzem *Effi Briest* w dłoniach, tak żeby każdy przechodzący mógł ujrzeć tytuł książki. Wybrał też takie miejsce, by ten, kto na taras wchodził, musiał go minąć. Lecz jak na złość przez dwa kolejne popołudnia Pilecka nie pojawiała się tutaj. Cierpliwie czekał. Wreszcie trzeciego dnia nadeszła i – jak mu się zdawało – najwyraźniej zwolniła kroku, mijając jego leżak. Serce zabiło mu żywiej, kiedy po chwili odłożył powieść i spojrzał w jej kierunku. Że patrzyła na niego, nie ulegało wątpliwości. Ale czy była zdumiona? Podejrzewała coś zaledwie? Może wszystkiego się domyśliła? Znów podniósł książkę do oczu i znów po minucie ją odłożył, spoglądając w jej kierunku, ale tym razem poczuł, jak wzbiera w nim fala gorąca. Pilecka trzymała w swoich dłoniach powieść Theodora Fontane i nie mógł się mylić, poznałby ją przecież po okładce nawet ze znacznie większej odległości. Czytali więc oboje dobry kwadrans, choć Castorpowi wydawało się, że Pilecka, tak samo zresztą jak on sam, nie może się skupić i co chwila odkłada egzemplarz, aby spojrzeć na niego. A gdy uniosła się z leżaka i ruszyła w jego stronę, z książką pod pachą, pomyślał tylko: „Ach, więc to już!". Było w tym więcej ulgi niż niepokoju. Nie zatrzymała się jednak wcale przy nim, żeby zapytać: „Widzę, interesują pana te same co mnie powieści?". Minęła go, a kiedy powiódł za nią wzrokiem dalej, aż do balustrady tarasu, zrozumiał: na piasku stał Dawydow i machając przyjaźnie jedną dłonią, drugą uchylał kapelusza. Niczym w cylindrze siłowni okrętowej, do której wpada przez uchylony zawór nowa porcja sprężonej pary, czas zaczął płynąć w umyśle Castorpa z zawrotną – w porównaniu z poprzednimi tygodniami – siłą i prędkością. Przez następne dni miał tego doświadczyć aż nadto namacalnie.

Rozdział XII

Było to zdumiewające uczucie: cieszyć się z przybycia Rosjanina. Ale tak właśnie Parki wyprzędły Castorpowi. Dawydow – myślał nasz Praktyk – mógł przecież zginąć w leśnej potyczce, szarżując na strajkujących robotników, albo od bomby podłożonej w kasynie oficerskim. Wtedy Pilecka opuściłaby Sopot, zapewne zawiadomiona nagłą depeszą przez zaufanego przyjaciela z jego pułku. Tymczasem z dnia na dzień piękniała i chociaż w sensie dosłownym Hans Castorp nic z tego nie miał, jej widok, gdy uśmiechnięta odkłaniała mu się na korytarzu albo na tarasie, cieszył go nadzwyczajnie. Uczył się także miłosnego kodu, który tylko wtajemniczeni znają: kobieta udająca się na *rendez-vous* idzie alejką parku zupełnie inaczej, niż kiedy wraca z niego lekko zamyślona, po paru godzinach spędzonych w objęciach kochanka. Także gdy jest z nim w miejscu publicznym, pośród dziesiątków innych ludzi, można rozpoznać po wielu drobnych, z pozoru nic nieznaczących gestach, czy każe się wieźć powozem na leśne wzgórza, czy raczej po wizycie w cukierni zechce natychmiast udać się z kochankiem do jego *locum*.

Użyliśmy tego słowa z pełną celowością, ponieważ Dawydow nie zamieszkał w żadnym z hoteli ani pensjonatów, tylko wynajął apartament, a mówiąc jeszcze precyzyjniej: całe piętro willi z osobnym wejściem od ogrodu. Była to jedna z owych pięknych, pałacykowych rezydencji, ustawionych frontem do morza, jakie dosłownie w przeciągu paru lat od początku stulecia wyrosły przy wielu ulicach. Ta, obok której Hans Castorp przechodzić miał teraz wiele razy, mieściła się niedaleko pensjonatu Miramare, pod numerem drugim, u wylotu Jelitkowskiej Drogi. Jej piachów nie zdążył jeszcze pokryć bruk. Było to miejsce nieco już oddalone od głównych atrakcji kurortu i może dlatego Rosjanin wynajął stałego fiakra, który – jeśli Pilecka pozostawała w willi dłużej – odjeżdżał w sobie wiadome miejsce, by wrócić po nią wieczorem. Nie zawsze jednak wracał. Praktyk nasz doskonale wiedział, kiedy Polka spędza u Dawydowa noc. Nie tylko po jej pustym miejscu podczas śniadania w pensjonacie. Także po zupełnej ciszy, jaka panowała za ścianą jego numeru. Normalnie słyszał tam krzątaninę, stukot bucików, brzęk dzbanka o miednicę, trzask przymykanego na noc okna. Bywało, że wracała na chwilę przed śniadaniem; wtedy skrzypiały kilka razy drzwi dwuskrzydłowej szafy, z której zapewne wyjmowała świeże ubrania.

Nie miał zamiaru śledzić pary przez cały czas. Po pierwsze, mogłoby to wzbudzić ich niepotrzebne podejrzenia. Gdyby na przykład również wynajął powóz i kazał jechać za nimi, Pilecka natychmiast zwróciłaby uwagę, że jej młody sąsiad z jedenastki do tej pory wszędzie udawał się piechotą. Po drugie, wolał zaufać przypadkowi. Spotykać ich na molo, w kurhausie, w hotelu Werminghoff, gdzie często zasiadali do obiadu, na widowni muszli koncertowej albo w parku, gdy przed Łazienkami dawali miejscowemu chłopcu monetę, by wraz z nim wejść na teren rodzinnego kąpieliska. Ten prosty wybieg – jak się okazało, stosowany nie tylko przez tę parę – bardzo Castorpa rozbawił. Kochankowie mogli dzięki temu wspólnie zażywać kąpieli, chłopak zarabiał dziennie parę groszy, a moralność publiczna zachowywała tradycyjnie wysoki poziom. Widział ich kiedyś w wodzie, obok siebie, przez szparę drewnianego przepierzenia. Dawydow miał taki sam co Castorp kostium w pasy, tyle że czarno-białe. Pilecka w rozdętym jak balon, chyba drelichowym uniformie, zwieńczonym żółtym, gumowym czepkiem, wyglądała okropnie. Ale zupełnie im to nie przeszkadzało. Kapitan, wołając coś głośno po rosyjsku, brał ją na ramiona, a ona, udając przerażenie, machała rękami, dopóki nie wyrzucił jej jak z katapulty w wodę. Zabawę tę powtarzali wiele razy, potem płynęli obok siebie – on kraulem, ona żabką.

Znacznie lepiej prezentowali się na korcie tenisowym. On w uniformie męskim, ona w przepisowej spódniczce z plisem i w bluzce z podciągniętymi rękawami. Jej piłki były krótkie, ostre, czasami podkręcane, jego – łagodne, długie, jak gdyby lepiej wykończone.

Cóż jeszcze powinniśmy dodać? Owszem, Hans Castorp czuł już zmęczenie. Któregoś razu, podczas spaceru plażą, widział Pilecką z Dawydowem na balkonie willi. Po obu stronach stoliczka z napojami siedzieli w wiklinowych fotelach. Rosjanin czytał gazetę, podczas gdy Polka patrzyła w morze przez dużych rozmiarów lornetę, taką, jakie oferowano za opłatą na molo lub na Królewskim Wzgórzu. Pilecka musiała go wypatrzyć i najwyraźniej też dostrzegła, że właśnie spogląda w ich stronę, pomachała więc Castorpowi dłonią, jak marynarze z mijających się okrętów, schyliła się do Dawydowa i powiedziała o odkryciu, być może: „Zobacz, to mój sąsiad z Miramare, ten młody Niemiec", lub coś w tym rodzaju; dość, że Dawydow wziął z jej rąk lornetę i teraz oparty o kutą balustradę balkonu, śledził naszego Praktyka, który, widząc to kątem oka – albowiem odwrócił już był głowę – szedł nieco szybciej po skrzypiącym piachu dalej, czując wyraźną niechęć do bycia obserwowanym, choć tak naprawdę była to niechęć do sytuacji, w którą sam siebie wpędził i z której nie bardzo potrafił teraz znaleźć wyjście.

Tego wieczoru Pilecka nie wróciła do pensjonatu. Hans Castorp usiadł w swoim numerze przy stole, wydobył z walizki papeterię i zaczął pisać:

„Wielce Szanowna Pani! Przed wyjazdem postanowiłem to wyjaśnić. Tak, to właśnie ja zabrałem zeszłego roku, w październiku, w hotelu Werminghoff, z recepcyjnej deski książkę, którą Pani tam zostawiła. Nie wiem, dlaczego pozwoliłem sobie na tak – mówiąc najdelikatniej – nieelegancki uczynek. Być może usprawiedliwia mnie ciekawość młodego i niedoświadczonego człowieka – jakąż to książkę może czytać elegancka cudzoziemka? Przyznam, że przeczytałem *Effi Briest* z najwyższą przyjemnością, lecz potem zapłaciłem za nią – proszę mi wierzyć, dużą cenę. Wyrzuty sumienia nakazały mi wysłać książkę z powrotem do hotelu. Przyznaję – dzięki współpracy pewnego detektywa, dowiedziałem się, i tylko w celu dokonania zwrotu, że będzie Pani w tym sezonie gościć w Miramare. Nie chcąc już dalej komplikować prostych spraw, dopisałem na przesyłce do Werminghoffu, by przesłali ją stamtąd właśnie do tego pensjonatu. Mam nadzieję, że w niczym Pani nie zaniepokoiłem ani też nie naraziłem Pani na inne, nieprzewidywane nieprzyjemności. Proszę mi wybaczyć".

Czy miał podpisać list? A jeśli tak, to jaki powinien podać adres – w Hamburgu czy we Wrzeszczu? W dodatku – powinien nadać go na poczcie czy raczej zostawić w recepcji? Wszystko to były pytania mniej istotne wobec kwestii o zasadniczym znaczeniu. Czy rzeczywiście chciał wyjeżdżać? Ostatecznie, po długim namyśle, postanowił pozostać jeszcze parę dni, do kwiatowego korso, zajmując się wyłącznie sobą. A co do listu, nawet jeżeli miał go wysłać, zdecydował, że go nie podpisze i wyśle pocztą. Wystarczyło, aby Pilecka, wiedziona intuicją, zagadnęła w recepcji o nazwisko swojego sąsiada i sprawa byłaby kłopotliwa, tak dla niej, jak dla niego. Jak to tłumaczył Hermann Tischler? Że lepiej ciężko zgrzeszyć – przypomniał sobie sentencję detektywa – niż pozostawiać ślady choćby i lekkich występków.

Jednakże nie doczekał korsa ani nie miał okazji wysłać listu. Następnego dnia wczesnym popołudniem, kiedy powrócił z Łazienek Północnych, przed pensjonatem Miramare dyskretnie zatrzymało go dwóch cywilnych policjantów. By nie nadawać sprawie rozgłosu, jak również dlatego, że przesłuchanie było nieformalne, chcieli rozmawiać z nim w numerze. Dawydow został zastrzelony w sypialni swojej willi przez nieznanego sprawcę. Hans Castorp natychmiast zorientował się, że obaj panowie, którzy w jakiś przedziwny sposób przypominali mu bliźniaków Haacke, wiedzą o jego – jak można było nazwać to w istocie? – powiązaniach z polsko-rosyjską parą. Pytania, grzeczne, formułowane precyzyjnie, dotyczyły Wandy Pileckiej. Czy interesował się jej życiem? Od kiedy? Dlaczego? Czy wiedziała, że śledził ją przez prywatnego detektywa?

Hans Castorp wyjaśnił, że nie polecił tego Tischlerowi, żądając jedynie informacji, kiedy i gdzie Pilecka zatrzyma się w Sopocie. Nie zrobiło to na obu panach żadnego wrażenia. Pytali dalej – czy wiedział, kim jest jej przyjaciel. Czy widział kiedyś w jego towarzystwie inne jeszcze osoby? Na koniec zapytano go, czy może stwierdzić, a jeśli tak, to w jaki sposób, czy Wanda Pilecka nocowała ostatniej nocy w numerze obok, pod dziesiątką.

– Wydaje mi się, że nocowała – odpowiedział Hans Castorp. – Słyszałem wyraźnie, jak otwiera drzwi. Potem przymknęła okno – dodał po chwili – jak zawsze robiła to przed snem.

– Która to mogła być godzina?– zapytał niższy mężczyzna.

– Niewiele przed północą – powiedział Castorp. – Choć mogło być też po północy. Tego nie jestem w stanie stwierdzić.

Gdy dwaj panowie opuścili numer, usiadł na łóżku i chłodno, punkt po punkcie, zaczął zbierać myśli. Jeżeli zeznał nieprawdę, pomoże to, czy zaszkodzi Pileckiej? Nie mógł jej podejrzewać. Lecz jeśli była tam, na miejscu zbrodni, nawet niewinna, i tak ją zatrzymano, czy też przybyto na jej wezwanie – to, co powiedział, mogło jej zaszkodzić, ponieważ mąciło sytuację i wprowadzało nowe podejrzenia. Jeśli natomiast zeznała na przykład, że nocą była w pensjonacie, a Dawydowa znalazła martwego wcześnie rano, gdy przyszła do jego willi – miałoby to jakiś sens. Ale dlaczego miałaby tak mówić, skoro nie nocowała w pensjonacie? Tylko wówczas, gdyby faktycznie była winna. Wtedy jego alibi byłoby dla niej na wagę złota, tyle że byłby w zmowie z morderczynią. Nie miał jasnych odpowiedzi, ponieważ nie znał żadnego szczegółu. Nagle usłyszał za ścianą jakiś hałas, potem trzaśnięcie drzwiami, kroki. To dwaj panowie opuszczali sąsiedni numer. Odczekał chwilę, wyszedł na korytarz i zapukał do dziesiątki. Nikt nie odpowiedział, pchnął więc drzwi i nieśmiało wszedł do środka. Zobaczył Wandę Pilecką. Siedziała na łóżku, a właściwie półleżała, ubrana w domową suknię z narzuconą niedbale, kolorową matinką.

– Przepraszam – powiedział – byli u mnie policjanci. Zeznałem, że spała pani tutaj, słyszałem kroki i przymykanie okna.

Ponieważ Pilecka nie uniosła nawet głowy i milczała, mówił dalej.

– Nie wiem jak. Czy mogę pani pomóc? Proszę wybaczyć, będę u siebie obok. Tak, proszę mnie zawołać.

– Niech pan zostanie – wreszcie ujrzał jej szarozielone oczy. – Dziękuję panu – powiedziała – choć to, co pan zeznał, nie ma znaczenia. Tam w willi, jeden z nich, jeden z tych ludzi, został postrzelony. Siergiej się bronił – przełknęła ślinę – więc pozostały ślady. Gdyby wiedzieli, że jestem obok sypialni, w łazience, nie rozmawiałabym z tobą.

Teraz Hans Castorp przełknął ślinę i milczał.

– Wiem, że mnie kochasz – Pilecka usiadła na łóżku i sięgnęła po książkę. – Weź ją sobie, na pamiątkę – z trudem powstrzymywała łzy. – Jesteś miłym chłopcem, czy wiesz, że bez przerwy rozmawialiśmy o tobie?

– Domyślała się Pani? – bardziej stwierdził, niż spytał Castorp.

– Och, tak. Nawet wtedy, w Gdańsku. Ale to bez znaczenia.

– Czy to pani rodacy dokonali zamachu?

– Rodacy? Dlaczego o to pytasz?

– Chciałbym wiedzieć.

– Za granicą wynajmuje się zbirów. Poznałabym jednego. Brzydki, niski, nikczemna twarz. Rude włosy. Lekko kulawy. Ale tego nie powiedziałam policji. Jestem ci wdzięczna za twoje kłamstwo. Powiedziałam im, że do willi przyszłam rano, stąd.

– Dlaczego?

– Jestem Polką. Jeśli zostanę świadkiem, będą mnie przesłuchiwać i nie wyjadę stąd za miesiąc. Potem przekażą sprawę Rosjanom. Tam też będą mnie przesłuchiwać, dłużej niż miesiąc. A ja widziałam tylko twarz tego zbira, nic więcej.

– Czy mogę jeszcze o coś spytać?

– Tak.

– Dlaczego powiedziała pani „wtedy w Gdańsku"?

– Miałeś na głowie taki śmieszny wieniec.

– Więc jednak nie myliłem się. Co pani tam robiła?

– To samo co ty. Idź już. I nie zapomnij książki.

Podała mu egzemplarz *Effi Briest* z zakładką z przewodnika Brockhausa i delikatnie pocałowała go w czoło. Hans Castorp, wzburzony w najwyższym stopniu, opuszczał numer dziesiąty, czując, że chaos myśli, obrazów i sprzecznych uczuć za chwilę rozsadzi mu głowę i rozerwie na strzępy serce.

Jeszcze tego samego dnia przeprowadził się z pensjonatu Miramare na Kasztanową.

– Nie ma co gadać – przywitała go pani Hildegarda Wybe. – To ciocia i pański kuzyn już wyjechali z Sopot? A pański bicykl czeka.

Ale nie zajrzał nawet do komórki. Brudną bieliznę dla panny Schalleen nadał na poczcie, a sam wsiadł do nocnego pociągu do Berlina. W stolicy przesiadł się na Hamburg i z radością powitał w drzwiach domu przy Harvestehuder Weg wuja Tienappela, który jak zawsze rozwarł przed nim ramiona, choć nie przypominał sobie, by Castorp uprzedził go tym razem o przyjeździe.

Tak mogłaby się skończyć nasza relacja, gdyby nie to, że Hans Castorp, który do końca wakacji spędzał czas głównie w bibliotece wuja albo w swoim pokoju, czasami chodząc tylko na spacer na Esplenadę lub grając z Joachimem w szachy, na trzeci semestr studiów musiał znów udać się do Gdańska, gdzie zjechał trzeciego października, w mglisty, deszczowy dzień.

Uważny obserwator dostrzegłby w nim pewne istotne zmiany. Był powściągliwy, małomówny, rzadko odwiedzał teraz Café Hochschule, do kolegów odnosił się jak dawniej uprzejmie, ale rozmowę podejmował tylko w sprawach konkretnych. Wanderer, przesmarowany towotem i umyty, znów wrócił do codziennych łask, chociaż nie służył już dalekim wyprawom za miasto, czasami tylko wypuszczając się ze swoim właścicielem do Oliwy lub na Stare Miasto.

Z niebywałym wręcz zapałem zabrał się za to Castorp do studiowania matematyki, i to nie dlatego, że miał składać z niej egzamin – do profesora Hansa von Mangoldta mógł się bowiem zapisać w dowolnym terminie – ale z innej całkiem przyczyny. Przypomniał sobie mianowicie pewien szczegół z zeszłorocznego wykładu: krzywą, której równanie dało się zapisać, lecz której nie można było w rzeczywistości narysować. Ta sprzeczność niepokoiła go bardzo. W podręczniku Ernsta Pascala do *Matematyki wyższej*, szukał wszystkich teorii Karla Weierstrassa, jako że właśnie ten uczony, trzydzieści lat po odkryciu dokonanym przez Bolzana, przypadek ten opisał w formie równania. Zagłębił się zatem najpierw w formułę współrzędnych płaszczyzny minimalnej. Potem w teorię elementów zbiorów. Następnie czytał o systemie współrzędnych dla stałych krzywizn biegnących w przestrzeni. Nigdzie jednak, pośród uwag poświęconych przez

Ernsta Pascala Weierstrassowi, nie odnajdywał tamtego równania, które musiał zapisać w notesie pierwszego semestru, a którego nie mógł teraz odszukać. Była to krzywa biegnąca jedynie w algebraicznej wyobraźni matematyka, ale skoro posiadała wzór, na czym dokładnie polegała niemożność jej wykreślenia? Że tak było w istocie, pamiętał z wykładu profesora Mangoldta, lecz gdyby miał przed oczami tamto równanie, zrozumiałby natychmiast. Nie znalazł go, więc rzucił się w zupełnie inną stronę, zapisawszy się na rosyjski u lektora Mikołaja van der Bergena. Przebrnął przez alfabet nie bez zasadniczych trudności, doszedł następnie do pierwszych czytanek, które – na poziomie najniższych lat rosyjskiej szkoły powszechnej – opowiadały o wakacjach w lesie, zbieraniu grzybów, pływaniu łódką po jeziorze, następnie o domu, rodzinie i zwierzętach. Kiedy jednak dotarł do wstępnych informacji o kraju i musiał na głos czytać: „To jest Mikołaj, Car Wszechrusi" – z hukiem zamknął podręcznik i wyszedł z zajęć, by więcej na nie już nie wrócić. Podobnie było na wykładzie z niemieckiej literatury u doktora Loebnera. Słuchał go co tydzień, pilnie notując, lecz kiedy Loebner, mówiąc o Goethem, powiedział: „Nam, Niemcom, panowie, sprzyja Bóg, bo takiego poety nie ma nikt na świecie" – Hans Castorp zapisał w notesie: „Zaprawdę!" i porzucił tę gałąź wiedzy ogólnej, którą mu zapewniała jego szkoła.

W istocie czuł, jak chaos podstępnymi furtkami opanowuje jego duszę, i wszystkie te ucieczki, których próbował, miały ten sam cel: nie dopuścić do zachwiania równowagi. Rezultat był jednak również zawsze ten sam: za każdym razem zniechęcał się do życia coraz mocniej. Złożył wizytę u doktora, który nazywał się już Anke i dzięki tej, rozsądnej skądinąd, operacji miał teraz gabinet w śródmieściu z pielęgniarką i masę pacjentów. Wizyta, trwająca dziesięć minut, pełna była wymiany wakacyjnych, ogólnych informacji, lecz kiedy Anke zapytał wprost: „Czy coś dolega panu znowu?", Castorp nie potrafił właściwie wyjaśnić, o co mu chodzi, przeprosił, ukłonił się i wyszedł. Naprawdę wiedział, że tęskni za Pilecką, lecz sama myśl, że mógłby o tym z kimkolwiek porozmawiać, nawet z doktorem Anke, budziła w nim paniczny lęk, jak gdyby za tamtymi drzwiami pensjonatu Miramare ukrywało się coś, o czym nawet poeci powinni milczeć.

Pewnego dnia wkroczył na ścieżkę filozofa. W antykwariacie przy Ogarnej, pośród szpargałów, starodruków i zwyczajnego śmiecia znalazł odbitkę listu Kanta do Hartknocha. Rzecz dotyczyła pobytu Diderota w Rydze, przez którą Francuz udawał się na dwór carycy, do Petersburga. Widocznie Hartknoch zrelacjonował Kantowi ten ryski popas Diderota, skoro Kant tak odpisywał: „Informacja, że zadał się tam z jakąś ladacznicą, a następnie opisał to we frywolnym wierszyku, właściwie zupełnie mnie nie obchodzi, ale aby odpowiedzieć na pańskie pytanie, Hartknoch – czy jestem tym zgorszony? – odpowiem: nie! Czegóż się bowiem spodziewać po Francuzie? Ich filozofowie są jak kobiety – zwykli używać książek jak zegarka. Noszą go w taki sposób, żeby było widać, że go mają, ale nieważne, czy stanął lub w ogóle przestał chodzić".

Bardzo to Castorpa zainteresowało, ale gdy antykwariusz spytał, czy poszukuje może dzieł Kanta, powiedział, że szuka czegoś bardziej współczesnego, choć niekoniecznie najświeższej daty.

– Chyba specjalnie na pana tu czekało – powiedział antykwariusz i wręczył mu grubą broszurę. – Sam napisałem, niech pan no tylko spojrzy.

Omal nie jęknął, przypominając sobie opracowania kancelisty, zapłacił więc szybko i wyszedł z broszurą, ale najgorsze przeczucia tym razem miały się nie spełnić. Izaak Danciger – bo takie było nazwisko autora – napisał rzecz o Schopenhauerze. Z licznymi cytatami, pełne subtelnych, bardzo rzeczowych streszczeń i omówień, dziełko kładło szczególny nacisk na miejsca rodzinne filozofa, począwszy od dworu na Oruni, skończywszy na rezydencji przy Polankach. W domu Hans Castorp czytał je niemal do północy, potem kartkował jeszcze wybrane fragmenty, zakreślał ołówkiem rozmaite sentencje, a wreszcie zasnął, przekonany, że znalazł coś nadzwyczajnego.

W tym miejscu wypada nam zaznaczyć, że system filozofa nie był mu po lekturze w pełni dany ani też rozświetlony, lecz praca Izaaka Dancigera, pełna prostoty i niemal muzycznej pasji, ukazała naszemu studentowi znacznie więcej niż niejeden uczony wykład z filozofii: poczuł, że w tych okruchach zawiera się jego własne, skupione jak w soczewce życie, które może oglądać pod każdym kątem, z dowolnej odległości. Zapewne, była w tym przesada i nawet odrobina egzaltacji, lecz nie do końca. Mógł teraz myśleć o własnym ojcu, jego chorobie, fatalnym dla finansów domu porzuceniu kupieckich obowiązków – jak o przypadku losu, tego samego, który spotkał ojca filozofa w Hamburgu. Tamten wyskoczył ze spichrza, popełniając samobójstwo, jego – przeziębił się na inspekcji takich samych, jeśli nie tych samych spichrzów, i zmarł na płuca, a prawdę mówiąc, przeziębienie owo nie było znowu takie przypadkowe, jeśli – jak szeptano – celowo nie wkładał czapki i szalika. A życie przyrównane do knota płonącej lampy? Człowiek, gdy boi się zgaśnięcia i ciemności, powinien sobie uświadomić, że po tym fakcie będzie jedynie to samo, co było przed zapaleniem lampy. Hans Castorp poczuł w sercu otuchę, ponieważ jego młodzieńcze zwątpienia okazywały się elementem większego mechanizmu, któremu dotąd ślepo ulegał. Lecz jeśli zaczynał rozumieć sam mechanizm?

Odtąd systematycznie i w każdej chwili czytał opracowanie Dancigera, pożyczył też z biblioteki dwa opasłe tomy *Dzieł* samego filozofa, których wprawdzie jego temperament nie mógł zaabsorbować nazbyt prędko, ale to mu nie przeszkadzało – podczytywał je fragmentami, z pasją nie mniejszą niż ta, którą znajdował u antykwariusza.

Takim ujrzyjmy Hansa Castorpa któregoś razu na Oruni, gdy jeszcze na bicyklu, z książeczką Dancigera w kieszeni lodenowej peleryny, spogląda na dwór i stajnie dziadka filozofa. Również przy Świętego Ducha, w przedprożu starej kamienicy, w której filozof Artur zaczął swoje długie życie. Potem na Wyspie Spichrzów, przed kantorem, gdzie ojciec filozofa – ten sam, który popełni w Hamburgu samobójstwo –zarabiał na rodzinę. Przy Polankach, gdzie matka filozofa, w letniej rodzinnej rezydencji, czytała razem z mężem gazety z Anglii, donoszące o Francuskiej Rewolucji i lotach balonowych. Wszędzie znajdował student nasz ową przedziwną nitkę czasu, w istocie niewidzialną – jak krzywa Weierstrassa – która łączyła go z gorzkim, ale wyzwalającym przesłaniem Artura Filozofa, nauką, jakiej oddał następne dwa semestry swoich przemyśleń w tutejszej, prowincjonalnej, choć wcale nie podrzędnej politechnice.

Jeżeli nabrał dzięki temu sił duchowych, pogodził się z tym, co przeżył bardzo już dawno temu, ale i też ostatnio w Gdańsku – co staraliśmy się oświetlić tą relacją – zawdzięczał to również pewnemu momentowi najdziwniejszego uniesienia, mistycznej niemal aurze wydarzenia, o którym na koniec wypada nam powiedzieć choć kilkanaście zdań.

Znowu, jak w zeszłym roku, padał śnieg. Najpierw wielkie, białe płaty spadały na szare miasto, potem ściął mróz i sypało drobniej, ale równo przez trzy dni. Hans Castorp zdał właśnie matematykę u profesora Mangoldta z oceną celującą. Największe chyba wrażenie wywarł na panu rektorze swobodny, precyzyjny wywód Castorpa na temat twierdzenia Bolzana-Weierstrassa, opis warunków krzywej, do której nie ma stycznych, więc istniejącej niejako idealnie, mimo to ciągłej, wyrażonej w równaniu, jakie student Castorp napisał na kartce szybko i bezbłędnie. Po egzaminie pragnął się przewietrzyć; pojechał tramwajem do Głównego Miasta i wysiadł już za Zielonym Mostem, przy Mlecznych Stągwiach. Tam uznał za zabawne i nawet do pewnego stopnia pouczające, aby piechotą odtworzyć szlak dorożki, jaką z panami Haacke i Haacke – ich imion dawno nie pamiętał – oraz Mikołajem von Kotwitzem jechał na posiedzenie Towarzystwa Miłośników Antyku „Omphalos". Dawny Pałac Mniszchów, który po czasach Polski ponad sto lat służył pruskiemu garnizonowi miasta, teraz był rozebrany. Wiedział jednak, gdzie skręcić, by wejść w dzielnicę portowych magazynów, spichrzów, składów węglowych, drzewnych i budowlanych. Mimo śniegu i mrozu, panował tu jakiś ruch, choć statki na Motławie i w kanałach były więźniami lodu. Mała lokomotywka przetaczała wagony, z konnych lor na płozach dokerzy wynosili skrzynie, gdzieś niedaleko huczał parowy młot.

Na próżno jednak szukał budynku, w którym Miłośnicy Antycznej Kultury wydali swój karnawałowy bal. Sprawdzał bardzo dokładnie: tu stanęła dorożka, tu szli jakieś sześćset kroków, tam było przejście pomiędzy magazynami. Wszystko zgadzało się co do joty, poza tym, że tamtego budynku, do którego wpuściło ich wtedy owych dwóch głupkowatych fagasów – nie było tu nigdy. Bo sprawdził na wszelki wypadek, czy pod śniegiem nie ukrywają się zgruzowane fundamenty. Hans Castorp, który nie wierzył w cuda, zaczął się nagle śmiać. Tak głośno, że z dachu pobliskiego spichlerza zjechała wielka czapa śniegu, a z ceglanej wnęki wyleciały, skrzecząc, dwie spłoszone sroki. Kiedy już wyśmiał się do woli, spoważniał i ruszył przed siebie wśród wirujących coraz gęściej płatków śniegu. Razem z jego krokami po zamarzniętej tafli kanału rozbrzmiewały pierwsze dźwięki fortepianu, choć jeszcze ich nie słyszał. Najsmutniejsza z dwudziestu czterech najpiękniejszych pieśni świata zaczynała swoją przygrywkę. Schubert w mieszkaniu Szobera: świece i jego zawsze chłodne, zimniejsze od klawiatury palce. Schubert grający w Wiedniu dla przyjaciół i równocześnie grający dla Castorpa, który nagle zaczął słyszeć swojego ojca przy fortepianie, ojca, jak grał dla siebie, dla umierającej właśnie żony, dla małego Castorpa i dla Schuberta, którego nigdy nie poznał. Koło się zamknęło. Muzyka płynęła mimo słów, choć słowa niosły dźwięki. Potem nastała cisza. Hans Castorp stał na środku zamarzniętej rzeki w samym środku miasta i widział jak zza chmur, powoli pojawiają się trzy słońca, jedno obok drugiego, nie jedno nad drugim. Nie chciał jednak umierać. Chciał żyć, mimo że pieśń mówiła co innego. Ale on był już innym Castorpem, nie tym, który rok temu, patrząc jak za śrubą „Merkurego" znika wszelki ślad obecności, poddawał się temu uczuciu z łagodną melancholią. Dlatego gdy znowu nastała ciemność i wielkie, ołowiane chmury znad zatoki sypnęły śniegiem, ruszył spokojnie dalej, jakby nic się nie wydarzyło.

Czy możemy wyobrazić sobie łagodną, jowialną twarz wuja Tienappela, kiedy po powrocie Hansa Castorpa bierze go w ramiona, całuje, a potem, chichocząc, sięga po berlińską gazetę, wręcza ją Castorpowi i dalej nie mogąc powstrzymać się od chichotu, powtarza: – A nie mówiłem? A nie mówiłem? Same okropne rzeczy! Dobrze, że już tam nie wracasz, mój drogi. Wschód nigdy nie jest dla nas dobry!

Zatem, czy możemy sobie wyobrazić również twarz Hansa Castorpa skupioną nad krótkim artykułem? Piszą o pani Hildegardzie Wybe, która razem ze służącą otruła męża. Zeznania aptekarza, ekshumacja zwłok, wreszcie zeznania nieszczęsnej dziewczyny, przyznającej się do wszystkiego, ujawniając takie szczegóły, że śledczy nie mają wątpliwości: wszystko to zamyka w wyobraźni Castorpa zdanie, które brzmi: „Nie ma co gadać, teraz to już nas zetną gilotyną!".

Podczas gdy wuj Tienappel pyta Castorpa: – Zaraz, zaraz, czy to nie było nazwisko twojej gospodyni? – on przypomina sobie różne szczegóły. Ale zostawmy go w tej kłopotliwej sytuacji.

Wolałbym Cię zobaczyć na tej samej ulicy Wrzeszcza, gdy idziesz chodnikiem, a ulicą huzary z trupimi czaszkami na czakach pędzą rosyjskich więźniów; jest rok 1914, chwila po Tannenbergu, stoją tramwaje, upał i moment chwały. Potem tą samą ulicą maszerują bojówki w brunatnych koszulach i znowu jest chwila chwały. Na szczęście nie lubisz takich chwil, zatem oszczędzę – ale tylko Tobie – widoku tej samej ulicy we Wrzeszczu. W marcowym błocie buty Twoich rodaków żłobią brudne kałuże: prowadzą ich sołdaci Czerwonej Armii, ulica jest spalona, jak całe miasto, i świat. Zapewne nikt z nich więcej tu nie powróci, a na pewno już nie zamieszka, nie rozumieją jeszcze słowa „bezpowrotnie", ale Ty je rozumiesz. Dlatego chciałbym Cię widzieć, wieczny, naiwny idealisto, na tej samej ulicy dzisiaj, gdzie setki samochodów pędzą teraz z Gdańska do Wrzeszcza i z Wrzeszcza do Gdańska, w tramwajach słychać wyłącznie szeleszczącą mowę Wandy Pileckiej, a jeśli już ktoś mówi tutaj Twoim językiem, są to studenci tej samej politechniki, na egzaminach z niemieckiego.

Dziwisz się, co to za ścieżka? Gdzie podziały się cmentarze? Ależ, Mój Drogi, wsiadaj na swój przepiękny bicykl i niech na zawsze ta ulica należy już do Ciebie; chciałbym Cię widzieć codziennie, jak na błękitnym wandererze suniesz Wielką Aleją, Ty – wirtualny, niczym magiczna krzywa Weierstrassa, nad którą suną zawsze te same obłoki znad Bałtyku.